Vor dem Hintergrund einer historischen Katastrophe erzählt der Romancier Gert Loschütz eine große, unter die Haut gehende Geschichte von Liebe und Verrat: Im Dezember 1939 kommt es vor dem Bahnhof von Genthin zum schwersten Zugunglück, das sich jemals auf deutschem Boden ereignet hat. Zwei Züge prallen aufeinander, zahlreiche Menschen sterben. In einem davon sitzt Carla, die schwer verletzt überlebt. Verlobt ist sie mit Richard, einem Juden aus Neuss, aber nicht er ist ihr Begleiter, sondern der Italiener Giuseppe Buonomo, der durch den Aufprall ums Leben kommt. Das Ladenmädchen Lisa vom Kaufhaus Magnus erhält den Auftrag, der Verletzten, die bei dem Unglück alles verloren hat, Kleidung zu bringen. Aber da gibt Carla sich bereits als Frau Buonomo aus. Was versucht sie zu verbergen? Von diesem mysteriösen Vorfall erfährt viele Jahre später Lisas Sohn Thomas Vandersee, dem die Mutter zugleich ihre eigene Liebes- und Unglücksgeschichte erzählt. Kann er Carlas Geheimnis ergründen? Hängt es womöglich mit seiner eigenen Familie zusammen?

GERT LOSCHÜTZ, 1946 in Genthin geboren, hat Erzählungen, Romane, Gedichte, Hörspiele, Theaterstücke und Filmdrehbücher geschrieben und wurde für sein Werk vielfach ausgezeichnet, u. a. mit dem Ernst-Reuter-Preis und dem Rheingau Literatur-Preis. Seine Romane »Ein schönes Paar« (2018) und »Besichtigung eines Unglücks« (2021) wurden für den Deutschen Buchpreis nominiert. »Besichtigung eines Unglücks« wurde mit dem Wilhelm Raabe-Literaturpreis 2021 ausgezeichnet. Der Autor lebt mit seiner Familie in Berlin.

Gert Loschütz

Besichtigung eines Unglücks

Roman

btb

Der Verlag behält sich die Verwertung der urheberrechtlich geschützten Inhalte dieses Werkes für Zwecke des Text- und Data-Minings nach § 44b UrhG ausdrücklich vor. Jegliche unbefugte Nutzung ist hiermit ausgeschlossen.

Penguin Random House Verlagsgruppe FSC® N001967

1. Auflage
Taschenbuchausgabe Dezember 2023
btb Verlag in der Penguin Random House Verlagsgruppe,
Neumarkter Straße 28, 81673 München
© Schöffling & Co. Verlagsbuchhandlung GmbH, Frankfurt am Main 2021
Lizenzausgabe mit freundlicher Genehmigung
Covergestaltung: semper smile, München,
nach einem Entwurf von Schöffling & Co.
Covermotiv: © SLUB / Deutsche Fotothek: Fritz Eschen
Druck und Einband: GGP Media GmbH, Pößneck
cb · Herstellung: sc
Printed in Germany
ISBN 978-3-442-77305-3

www.btb-verlag.de
www.facebook.com/penguinbuecher

Woher weiß ich das. Woher mag ich das wissen. (…) Es ist nicht an dem, dass es so gewesen ist, weil ich es so brauche; nur, dass ich anders es nicht erkennte.

Uwe Johnson: Heute Neunzig Jahr

Besichtigung eines Unglücks

1. Vier Sekunden

I

»Nicht deine Zeit.«

Das sei doch nicht meine Zeit, sagte Yps, als ich mit der Zusammenschrift schon begonnen hatte, beugte sich aus dem Bett und angelte nach ihrem Pulli, der vom Sessel gerutscht war, setzte sich auf und zog ihn mit einer raschen Bewegung über den Kopf. Ihre Kleider waren über das ganze Zimmer verteilt, die Hose kringelte sich auf dem Boden, die Jacke hing über dem Stuhl, die Schuhe lagen umgekippt neben der Tür. Sie sammelte alles ein, ging ins Bad, und kurz darauf hörte ich ihre Schritte auf der Treppe, das Klappen der Haustür.

Früher Abend, noch nicht dunkel, im Hof flammte das Licht auf. Ich zog den Bademantel an und ging ins vordere Zimmer. Der Himmel auf der anderen Parkseite war von einem tiefen Rot, zwischen den Bäumen ein Glitzern und Strahlen. Die Balkontür stand auf ... trat hinaus und sah Yps auf dem Uferweg. Eine Stunde zuvor war sie, unterwegs zu einem Termin in Mitte, vorbeigekommen, auf einen Sprung (wie sie es nannte), und an mir vorbei in die Wohnung gestürmt. Als ich ins Balkonzimmer kam, sah ich sie am Schreibtisch stehen. Sie beugte sich über die Papiere, die dort lagen, die Berichte, Akten, Artikel, Fotos, und sagte:

»Nicht deine Zeit.«

Und als wir im Bett lagen, wiederholte sie den Satz. Y, Yps oder Ypsilon... Kürzel, das seine Entstehung dem Umstand verdankt, dass sie glücklich verheiratet ist und ihr Mann auf keinen Fall wissen darf, dass sie in meine Wohnung kommt, um Verrat an ihm zu üben... das wäre sein Tod, sagte sie, als wir einmal darüber sprachen, und schaute so betrübt, dass ich nicht wusste, ob sie es ernst meinte oder ob es nicht einer ihrer den Ernst streifenden Witze war... das wäre sein Tod... konnte und kann vom Betrug aber nicht lassen, sondern kommt, wenn sich die Gelegenheit bietet, vorbei. Und schleppt, wenn sie weiß, dass ich unterwegs bin, auch andere an.

Bevor sie hinter den Büschen verschwand, drehte sie sich um, hob die Hand. Und ich winkte zurück.

Nicht meine Zeit, aber an meine heranreichend, weshalb ich (anders als die jüngere Yps) beim Lesen der Akten sogleich den Sandweg sehe, der an Lisas Haus vorbeiführt, um die Wiese herum, die knatternden Autos, die nachmittags fast leeren Straßen und die noch nicht gänzlich aus dem Gebrauch gekommenen Pferdefuhrwerke. Ich höre das Knirschen der eisenbeschlagenen Räder und spüre den warmen Geruch der Strohballen, die bis weit über den Wagenrand hinaus übereinandergeschichtet sind. Oder den schwarzen Geruch des Kanals. Ich stehe auf der Brücke und sehe die mit Kohle, Sand oder Kies beladenen Schleppzüge, die ein kleines Beiboot hinter sich herziehen, höre den Klang des Signalhorns, den Schlag der Glocke.

Alles taucht wieder auf: die im Stollen der unterirdischen Munitionsfabrik gefundenen und auf die Schienen der Kleinbahn gelegten Patronen, die ausgemergelten Männer mit dem zusammengerollten und unterm Stumpf mit einer Sicherheitsnadel festgesteckten Hosenbein, das Klacken der sich vom Pflaster abstoßenden Krücken... die Freude beim Radfahren im Sommer und die Furcht vor der Dunkelheit im Winter, die Nachtfurcht. Die Furcht vorm Verlorengehen.

Hat sie mich nicht im Bahnsteigdurcheinander hochgehoben und in die ihr aus einem Zugfenster entgegengestreckten Hände fremder Leute gegeben, weil es ohne mich leichter war, sich zur Wagentür durchzuzwängen? Sah ich sie nicht im Gewoge der Köpfe und Schultern untergehen, so dass ich beim Anrucken des Zugs glauben musste, sie sei zurückgeblieben, während ich in immer schnellerer Fahrt von ihr fortgerissen wurde? Hüpfte mein Herz nicht vor Freude, wenn ich sie am Gangende auftauchen sah... wie sie sich mit einer ungewohnten, nur durch ihre Furcht um mich erklärbaren Ruppigkeit durch die Leute kämpfte? Ging es nach Magdeburg? Nach Berlin? Zum Begabten? Oder zur Tante, der Lederarmfrau?

Die Bilder kommen von weit her und gehören zum Angstvorrat, dem sich nachts mit weit aufgerissenem Maul über mich stülpenden Schrecken... da ist sie, die schwarze aus der Dunkelheit auftauchende, stets feucht schimmernde Walze des Lokomotivkessels, da sind sie, die mannshohen, vom Gestänge vorwärtsgeschobenen

Räder, die sich durch die Rauch- und Wasserdampfschwaden bohrenden Scheinwerfer, das Zischen, Knirschen und Stampfen, das Funkengespeie und Eisengequietsche, das Rattern und Klappern, das mich nach solchen Fahrten bis in den Schlaf hinein verfolgende Schlagen der Räder.

Und der Ort dazu, der Bahnhof, dieser eine ... so oft habe ich ihn, seiner ansichtig werdend, fotografiert, dass sich mit den in Schubladen, Kisten, Kartons aufbewahrten Bildern ganze Ausstellungen bestücken ließen, immer wieder habe ich fast automatisch die Kamera hochgerissen und zwei, drei Fotos geschossen, wann immer ich herkam, im Frühsommer, wenn sich mir das Gebäude halb verdeckt von den in Blüte stehenden Kastanienbäumen zeigte, im Herbst, wenn das Laub schon braungesprenkelt an den Zweigen hing, im Winter, auch bei Regen oder Schnee, und nicht nur vom Vorplatz aus oder dem mit Bäumen gesäumten Straßenstück, sondern auch von den Bahnsteigen, selbst aus dem fahrenden Zug, als er noch nicht wieder dort hielt, sondern den Bahnhof durchquerte, als Interzonenzug, immer hob ich (obwohl bei Strafe verboten) die Kamera und drückte den Auslöser ... auch wenn ich mir sagte, du hast das längst, du brauchst das nicht mehr, konnte ich der Versuchung nicht widerstehen, oder besser dem Zwang, denn das war es ja, ein Zwang. Wenn schon die hierher gehörenden Menschen verschwunden waren, sollte doch wenigstens der Ort bleiben, und wenn der Ort nicht bleiben konnte, musste doch die Erinnerung an sein Aussehen bewahrt werden, die Bühne, auf der sie sich bewegt hatten, nicht selten war ja dieses eigenartige, früher (in meiner Kindheit) bis unter das Dach vor Betriebsamkeit brummende, heute dem Verfall anheimgegebene Gebäude das letzte, was sie von der Stadt sahen, dieser aus unerfindlichen Gründen ochsenblutrot angestrichene Hauswürfel, der inzwischen so eingedunkelt ist, dass er fast schwarz erscheint. Das Dach ist flach und trägt eine Anzahl kleiner Türme, die Schornsteine sein können oder Lüftungsrohre oder Reste einer einst burgähnlichen Befestigung, im Dunkeln vor allem, wenn man bloß den Gebäudeumriss sieht, kommt ihm etwas Arabisches zu, fast fühlt man sich an ein Haus in der Medina von Tanger erinnert, nur dass es nicht blendendweiß ist, sondern von dieser düsteren Farbe.

Hier also, im ersten Stock dieses damals schon dunkelrot angemalten Hauswürfels, lagen die Dienstzimmer des mir aus den Akten entgegentretenden Personals, des Bahnhofsvorstehers Jentzsch und des Reichsbahnassistenten Kruse sowie die ihrer Mitarbeiter und (nicht vergessen) das der Magdeburger, das ihnen für ihre Untersuchung zur Verfügung gestellte Eckzimmer … die Magdeburger, sagten die ständig hier beschäftigten Reichsbahner, wenn sie Heinze und Wagner meinten, die zur Klärung der Unfallursache aus Magdeburg hergesandten Beamten, die Kriminalen, sagte Kruse … der Dicke und die Bohnenstange, lästerte Lebrecht, der Mann im Stellwerk, bis ihm das Lästern verging, in diesem Gebäude also.

2

Zwei Tage vor Heiligabend, zwölf Grad minus, 0 Uhr 53. Die Stadt, die Dörfer in tiefem Schlaf. Kein Mond, keine Sterne, der Himmel bedeckt, ein wenig Schnee.

Dann der harte metallische Schlag, Eisen auf Eisen, das Kreischen der sich ineinander bohrenden Wagen, das Knirschen der sich stauchenden Bleche, das Krachen und Splittern zerberstenden Holzes. Alles in eins. Mit einer solchen Gewalt, dass es im Umkreis von zehn Kilometern zu hören ist, in der Stadt, in den umliegenden Dörfern, Vorwerken, Gehöften. Die Leute schlafen und schrecken aus dem Schlaf hoch. Dann wieder Stille. Noch tiefere Stille.

Der 21. Dezember 1939 ist ein Donnerstag. Schon vom frühen Morgen an herrscht auf dem Potsdamer Bahnhof in Berlin ein dichtes Gedränge, das bis in die späten Nachtstunden hinein anhält. Am 1. September haben die deutschen Truppen Polen überfallen, das Land befindet sich im Krieg, und das heißt, dass alle Züge, die nicht gebraucht werden, um den Betrieb aufrechtzuerhalten, für militärische Zwecke abgezogen wurden. Räder müssen rollen für den Sieg. Und fehlen jetzt. Die früher in den Wochen um Weihnachten herum eingesetzten Sonderzüge stehen nicht mehr zur Verfügung, während gleichzeitig mehr Leute unterwegs sind als in der Friedenszeit. Und so ist es, zumal die Fahrpläne auch noch zusammengestrichen wurden, kein Wunder, dass es immer wieder zu Verspätungen kommt.

Am späten Abend verlassen zwei Züge den Bahnhof, der Schnellzug D 10 in Richtung Köln und der Schnellzug D 180 in Richtung Neunkirchen, und zwar im Abstand von einer halben Stunde. Der D 10 fährt pünktlich um 23 Uhr 15 ab. Und der D 180, ebenfalls pünktlich, um 23 Uhr 45. Aber keiner wird sein Ziel erreichen. Denn 68 Minuten danach, in der ersten Morgenstunde des 22. Dezember 1939 – genau um 0 Uhr 53 – kommt es 90 Kilometer weiter westlich, im Bahnhof von Genthin, zur größten Katastrophe, von der die deutsche Eisenbahn jemals betroffen wurde und die dennoch, für eine Weile zumindest, beinahe völlig aus dem Gedächtnis verschwunden war.

Der D 180 prallt mit voller Geschwindigkeit auf den D 10. 196 Menschen sterben am Unfallort, beziehungsweise in den Tagen danach. Und hunderte werden verletzt.

Als ich ein Bild davon bekam, wie sich die Sache zugetragen hatte, sah ich das Haus vor mir, in dem das Mädchen, das Lisa damals war, mit ihrer Mutter lebte, und nahm an, dass sie ebenfalls wach geworden ist.

Ihr Zimmer lag nach hinten, zum Hühnerhof und den sich daran anschließenden Gärten. Sie wird aus dem Schlaf geschreckt und, ohne Licht einzuschalten, ans Fenster getreten sein.

Wie in allen Wintern dort, an die ich mich erinnere, werden die Scheiben gefroren gewesen sein, ein Eisblumenfeld. Sie brachte den Mund ans Glas, hauchte dagegen, zog den Hemdsärmel über den Handballen und wischte darüber... aber nichts, nur der Umriss der Kirche, die mit ihrem breiten Turm hinter den Gärten gluckengleich zwischen den Bäumen hockte, weshalb sie, noch immer im Dunkeln, ins Treppenhaus tappte, barfuß über die kalten Fliesen hinüber zur Stube. Sie zog den Vorhang zurück, öffnete das Fenster, stieß den Laden auf, aber auch hier nichts, was den Lärm erklärt hätte, nur die igluförmige Holzmiete, die ihr Vater (schon schwerkrank) im Sommer aufgeschichtet hatte, dahinter, jenseits der Wiese, der Saum des Kiefernwalds, durch den es zu den Feldern hinausging, ein dicker, wie mit einem schwarzen Marker gezogener Strich.

Seltsamerweise sehe ich sie allein, nie mit ihrer Mutter, die nebenan schlief, in der angrenzenden Kammer, die so schmal war, dass die Ehebetten nicht nebeneinander hineinpassten, sondern (wie angekoppelte Wagen) hintereinander stehen mussten, mit den Längsseiten an der Wand. Auch sie muss wach geworden sein, blieb aber liegen. Warum? Weil sie nichts sah? Oder war das erst später? Nach dem Krieg? Als sie, wenn Lisa zur Arbeit ging, für mich sorgte? In dieser Zeit konnte sie nur noch hell und dunkel unterscheiden und blickte, wenn ein fremdes Geräusch an ihr Ohr drang, nicht auf, sondern unter sich, als horchte sie in sich hinein und als sei dort, in ihrem Inneren, die Erklärung für das Gehörte zu finden.

Lisa schloss das Fenster, und da jetzt nur noch das Ticken der Wanduhr da war, das später neben ihrem

Geigenspiel zum beherrschenden Geräusch dieses Zimmers für mich wurde, legte sie sich wieder hin, um erst am Morgen auf dem Weg zur Arbeit zu erfahren, was geschehen war.

Auch in dieser Nacht, denke ich jetzt, stand der Notenständer neben dem Fenster, nicht in der Wohnstube, wie später, als wir allein dort wohnten, sondern in dem zum Hühnerhof hin gelegenen Raum, der dann mein Zimmer wurde, während Lisa nach dem Tod ihrer Mutter nach vorn zog, in die vormals als Elternschlafzimmer genutzte Kammer.

Was mich angeht, so hörte ich zum ersten Mal Mitte der neunziger Jahre davon.

Nachdem ich für ein Reisemagazin einen Beitrag über die Straße der Romanik geschrieben hatte (in dem die Stadt notgedrungen nur eine untergeordnete Rolle spielte), erhielt ich Post von einem Herrn Weidenkopf, den ich nicht kannte. Er schrieb, der Text habe ihm gefallen, und da er den biographischen Angaben entnehme, dass ich aus Genthin stammte, erlaube er sich, mich auf ein Ereignis hinzuweisen, das weitgehend in Vergessenheit geraten sei: das große Zugunglück von 1939.

Als ich die Blätter auseinanderfaltete, die in dem Umschlag steckten, sah ich, dass es sich um einen Aufsatz handelte, der zu Beginn der Achtziger in der Zeitschrift *Der Eisenbahnfreund*, Erfurt, erschienen war, acht schon beinahe vergilbte Blätter, keine Kopien, sondern aus dem Heft herausgetrennte Originale. Die im Text abgedruckten Fotos zeigten ein Bild der Verwüstung. Der zweite Zug war mit einer solchen Wucht auf den ersten geprallt, dass sich die Wagen übereinander geschoben hatten. Ein Wagen ragte steil in die Luft, während sich ein anderer in die Erde zu bohren schien.

Am Ende seines Briefs erwähnte Weidenkopf, dass er selbst aus Genthin stamme und in den Dreißigern das Realgymnasium in der Großen Schulstraße besucht habe. Beim Lesen meines Namens sei ihm ein Mädchen eingefallen, das ein oder zwei Klassen unter ihm war, eine Lisa Vandersee, die nach der Mittleren Reife abgegangen sei und eine Lehre in einem Kaufhaus begonnen habe.

»Darf ich fragen, ob Sie mit ihr verwandt sind? Und wenn, was aus ihr geworden ist?«

Ich bedankte mich für den Aufsatz, teilte ihm mit, dass Lisa Vandersee meine Mutter sei und in Berlin lebe.

Worauf ich einen zweiten Brief erhielt, in dem er mir Grüße auftrug und schrieb, dass er sie als ein hochgewachsenes Mädchen in Erinnerung habe, das, wann immer er ihm auf der Straße begegnete, einen Geigenkasten dabei hatte.

Es gingen noch ein paar Briefe zwischen uns hin und her. Und jedes Mal lag ihnen etwas anderes bei: ein Foto des Realgymnasiums aus dem Jahr 1934, ein alter Bierdeckel mit dem Aufdruck *Genthiner Bier*, das hektographierte Exemplar einer von ihm verfassten Stadtgeschichte, auf deren Deckblatt das Stadtwappen prangte: die in der Luft schwebende Jungfrau Maria, barfüßig, das Kind auf dem Arm.

Er war (erfuhr ich nach und nach) Anfang der Fünfziger in den Westen gegangen und dort über seiner Sehnsucht nach der Kanalstadt zum Sammler und Heimatforscher geworden. Ein Heimatforscher ohne Heimat, der unter anderen Umständen Briefmarken oder Erstdrucke gesammelt hätte, so aber seine Sammel- und Forscherleidenschaft auf seinen Geburtsort gerichtet hatte.

»Mein Archiv«, schrieb er, »ich lege Ihnen etwas aus meinem Archiv bei.«

Doch anstatt mich darüber zu freuen, merkte ich, wie sich etwas in mir verschloss. War es möglich, dachte ich, dass er in mir eine verwandte Seele sah, jemanden, den er durch seine Geschenke dazu verpflichten konnte, dereinst seine Nachfolgerschaft anzutreten? Ich lebte noch in Italien und hatte nicht die geringste Lust, mich in eine Rolle drängen zu lassen, und schon gar nicht in die des Heimatforschers. So kam es, dass meine Briefe immer kürzer wurden.

»Vielen Dank«, schrieb ich zurück. »Vielen Dank.«

Bis unsere Korrespondenz ganz einschlief. Mit der Zeit vergaß ich ihn, und wenn ich doch einmal an ihn dachte, dann wie an einen längst Verstorbenen. Doch dann kam wieder ein Brief.

»Heute möchte ich Ihnen zwei Fotos schicken, die vor ein paar Wochen in Saalfeld entstanden sind.«

Das eine zeigte ein Gewirr von Gleisen, ein Bahngelände, auf dem alte Dampfloks abgestellt waren, eine Art Friedhof für Lokomotiven. Das andere ihn selbst, einen alten Herrn (er musste an die neunzig sein), der einen Stock in der Hand hielt und mit allen Anzeichen des Triumphs auf eine Zahl deutete.

»01 531! Erinnern Sie sich? Die Unglückslok hatte die Betriebsnummer 01 158. Nach dem Unfall wurde sie repariert und war, wie ich herausfand, bis in die Siebziger hinein in Betrieb. Nach einer Generalüberholung, 1964, hat sie eine neue Nummer erhalten: 01 531. Voila, ich stehe also vor jener Lok, die mich in jener Unglücksnacht aus dem Schlaf gerissen hat.«

Und dann folgte jenes, wie ich heute weiß, wohlberechnete Postskriptum.

»Im Übrigen wurde sie später auf der Strecke Magdeburg – Potsdam eingesetzt, so dass nicht auszuschließen ist, dass dieselbe Lokomotive auch dem Zug vorgespannt war, der Sie und Ihre Frau Mutter von Genthin weggebracht hat.«

Nein, ausgeschlossen war es nicht, aber doch ziemlich unwahrscheinlich. Aber sind Zufälle das nicht immer? Ich hole den Artikel wieder hervor, und, tatsächlich, auf der letzten Seite stand:

»Aus 01 158 wurde 01 531.«

Damit fing es an. Mit Weidenkopfs Bemerkung über die Lok. Oder ging es da schon um die vier Sekunden, die in dem Artikel erwähnt wurden?

»Hätte der Mann im Stellwerk das Haltesignal vier Sekunden später gegeben, wäre es nicht zum Unglück gekommen.«

Um dieses *Was wäre, wenn?*

Am Abend schrieb ich zwei Briefe. Den einen an Weidenkopf, um ihm für den Hinweis zu danken. Den anderen ans Landesarchiv von Sachsen-Anhalt. Und kaum eine Woche danach kam die Antwort. Ein Dr. Herter teilte mir mit, dass sich im Bestand des Landesarchivs zwei Akten befänden, die ich einsehen könne, die eine läge im Magdeburger Kriminalarchiv, die andere im Archiv der Reichsbahn.

»Diese müssten Sie allerdings selbst auswerten.«

Ja, es ging um dieses *Was wäre, wenn*. Eben noch ist es so. Und gleich darauf ist es ganz anders. Eben noch ist alles in Ordnung. Und im nächsten Moment versinkt es im Chaos. Und dazwischen liegt ein falscher Handgriff, die Winzigkeit von vier Sekunden.

Oder ein Brief: »Lisa, warum bist du da und nicht hier?«

»Es geht doch nicht«, hatte sie mit Bleistift an den Rand geschrieben. Der Brief lag im Kreutzer, der neben Bériots Violinschule eine Weile ihre Bibel war. Das Papier war so dünn, dass es sich an die Seiten geschmiegt hatte und beim Umblättern mit umgeschlagen wurde. Deshalb war es mir, als ich bei Beginn der Zusammenschrift die Noten aus dem Karton nahm und neben den Schreibtisch legte, nicht aufgefallen. Ihre Schrift war so winzig, dass ich eine Weile brauchte, um sie zu entziffern. Aber es war ihre Schrift, daran gab es keinen Zweifel.

»Es geht doch nicht«, hatte sie an den Rand geschrieben. »Es geht doch nicht, Liebster.«

Aber dann ging es doch.

Der Aufsatz im *Eisenbahnfreund* stammt von einem Herrn Bothe aus Bad Saarow am Scharmützelsee und beschäftigt sich vor allem mit der Rolle, die Erich Wernicke, der Lokführer des D 180, bei dem Unglück spielte. Er hatte mehrere Signale überfahren und war in dem Prozess, der im Sommer 1940 in Magdeburg stattfand, zu einer Freiheitsstrafe von drei Jahren verurteilt worden, zu Unrecht, wie Bothe meinte. Seiner Meinung nach handelte es sich um ein faschistisches Willkürurteil. So nannte er es.

Er schildert den Lokführer, der zum Zeitpunkt des Unglücks 51 Jahre alt war, als einen verantwortungsvollen Mann, dem in seinem langen Berufsleben kein einziger Fehler unterlaufen sei. Er habe sich nicht das Geringste zu Schulden kommen lassen und sei, was ebenfalls für ihn sprach, weder Mitglied der Nazipartei noch einer ihrer Gliederungen gewesen.

Hätte so jemand, fragt er, leichtfertig sein Leben und das der ihm anvertrauten Menschen aufs Spiel gesetzt? Nein, unmöglich. Wenn er die Signale überfahren habe, müsse es einen Grund geben, der nicht in seiner Person liege.

Wenn ich den Autor richtig verstand, sah er ihn im Wetter. Das sei das Entscheidende gewesen: Die Verteilung der warmen und kalten Luftströme. Es habe eine Inversionswetterlage vorgelegen, die verhinderte, dass die Rauchgase aus dem Schornstein der Lok nach oben abzogen. Sie seien an den Windleitblechen vorbeigeführt worden, in das offene Führerhaus eingedrungen und hätten zu einer Kohlenmonoxidvergiftung des Personals geführt.

Wernicke und Krollmann, sein Heizer, seien beim Überfahren der Signale betäubt, wenn nicht gar bewusstlos gewesen, weshalb sie das Geschehen nicht mitbekommen hätten. Daraus leitet Bothe ab, dass Wernickes Urteil wie das des ebenfalls angeklagten Krollmann auf Freispruch hätte lauten müssen.

Heißt das: Der Zug raste führerlos durch die Nacht? Als Bild abgegriffen, als realer Vorgang ein Alptraum, der den Reisenden, wüssten sie um die Gefahr, in der sie schweben, den Angstschweiß auf die Stirn triebe. Aber sie wissen es ja nicht, sie sitzen in der überschaubaren Sicherheit ihres Abteils, dösen vor sich hin, blättern in einem Buch oder schauen auf die Landschaft hinaus.

3

Am Vormittag Yps, die einen Katalog mit den für ihren Konzern angekauften Bildern vorbeibringen wollte und erst, als sie vor meiner Tür stand, merkte, dass sie ihn im Auto liegengelassen hatte. Brachte sie, um den Katalog in Empfang zu nehmen, zurück. Da sie in Zeitnot war, schlug sie es mir nicht ab.

Sie parkt nie in meiner Straße, sondern immer vorm Schloss, und nach Möglichkeit so, dass ihr Auto von anderen Autos verdeckt wird, also nahe am Zaun, damit Lennart es, falls er vorbeikommen sollte, nicht sofort sieht. Und nun zeigten wir uns zusammen auf der Straße. Bot ihr an, vorzulaufen, aber das fand sie albern. Vormittag ist ohnehin nicht seine Zeit, vormittags ist er in der Klinik. Wenn er auf dem Spandauer Damm vorbeifährt, dann am frühen Abend.

Am Nachmittag mit dem Rad zum Zeitungsarchiv, das in einem der ehemaligen Lagerhäuser im Westhafen untergebracht ist. Mir ging das Bild nicht aus dem Kopf: die bewusstlos im Führerstand liegenden Männer. Und wollte selbst sehen, was an der Theorie von der Inversionswetterlage dran war.

Als ich hinkam, lagen die zu dicken Folianten gebundenen Zeitungen, die ich vor einer Woche bestellt hatte, auf einem kleinen Eisenwagen. Ich schob ihn zu einem freien Tisch und nahm sie herab. Doch als ich sie aufschlug, sah ich, dass in keiner einzigen Zeitung ein Wetterbericht stand. Der Wetterbericht war als Rubrik, die dem Feind Informationen für seine Kriegsführung liefern konnte, aus den Blättern verschwunden. Aber dann fand ich doch etwas, eine Meldung im Nachrichtenteil:

»Die angekündigte Verschärfung der Kältewelle, die seit vier Tagen über Deutschland und den Nachbargebieten liegt, ist nun eingetreten. Während in der Innenstadt bis zu 14 Grad minus gemessen wurden, meldeten einige Außenbezirke in den späten Nachmittagsstunden bereits 16 und sogar 18 Grad minus.«

Nennenswerte Folgen habe der scharfe Frost bisher nicht gehabt. Insbesondere seien die sonst üblichen Verkehrsstörungen bei der Eisenbahn und beim Straßenverkehr ausgeblieben. Dagegen habe der Verkehr auf allen märkischen Wasserstraßen eingestellt werden müssen. Bei dem gegenwärtig herrschenden strengen Frost, heißt es weiter, seien die zum Verkauf angebotenen Fische oft hart gefroren, was ihrer Güte jedoch keinen Abbruch tue, vorausgesetzt, dass sie langsam aufgetaut und weder auf den warmen Herd noch in heißes Wasser gelegt würden.

Der letzte Wetterbericht stammte vom 1. September 1939, dem Tag des Überfalls auf Polen, dem ersten Kriegstag. Danach rückte an seine Stelle die Rubrik »Wann wird verdunkelt?«, in der die Zeiten des Sonnenuntergangs und Sonnenaufgangs genannt wurden.

Mit Kriegsbeginn wurde die allgemeine Verdunklung angeordnet. Aber da offenbar keiner wusste, wie sie zu handhaben war, schreibt die Berliner Zeitung vom 2. September: »Es ist so, dass nicht nur die Leuchtreklamen zu verschwinden haben, sondern auch die Wohnungen so zu verdunkeln sind, dass kein Lichtschein ins Freie tritt.«

Außerdem sei es verboten, in den S-Bahnen Zigaretten anzuzünden, da die Helligkeit der aufschießenden Flamme nach außen dringe. Die Vorhänge in den Zügen müssten, soweit vorhanden, geschlossen werden.

Am Donnerstag, dem 21. Dezember 1939, ging die Sonne um 15 Uhr 48 unter und am nächsten Morgen um 8 Uhr 9 auf.

Damit lässt sich sagen, dass sich das Unglück ungefähr in der Mitte zwischen Sonnenuntergang und Sonnenaufgang ereignete. Manche Zeitungen melden auch die Zeiten des Mondes. An diesem Donnerstag ging der Mond am Mittag um 12 Uhr 50 auf und am nächsten Morgen um 3 Uhr 20 unter.

Das heißt, die Sichel des Neumonds, denn es war Neumond, stand, wenn auch meistens von Wolken verdeckt, den ganzen Nachmittag über am Himmel.

Ich erinnere mich an solche Tage.

Die Häuser ducken sich unter der Kälte, ein dünner Rauchfaden steigt aus dem Schornstein. Die Kähne sind weniger am Ufer vertäut als daran fest gefroren. In den Stuben brennt von morgens bis abends Licht, vor den unteren Fensterdritteln hängen Wolldecken gegen den Luftzug. Tagelang steht der Essensgeruch in der Wohnung, nistet sich in den Haaren ein, im Pullover. Auf den zwischen Haus und Straße in den Schnee getrampelten Pfad wird am Morgen braune Asche gestreut, die im Laufe des Tags unter den Schuhen wieder ins Haus getragen wird. Die Menschen huschen mit kleinen, wie in der Kälte geschrumpften Gesichtern herum. Aber meistens ist niemand zu sehen.

Kein Winter wie aus dem Reiseprospekt, sondern ein dunkler, bedrückender, nach hinten verlegter Totensonntag.

So ein Tag also. Aber nirgends, an keiner Stelle, ein Hinweis auf eine Wetterlage, die geeignet gewesen wäre, die Handlungsfähigkeit der Männer im Führerstand herabzusetzen. Sie waren, als sie zu Verursachern des dann Katastrophe genannten Unfalls wurden, bei vollem Bewusstsein. Und haben auch bei der auf Grund ihrer Verletzungen erst Wochen später erfolgten Vernehmung keinen Anlass gegeben, daran zu zweifeln.

4

Es gibt drei Orte, die man sich merken muss.

Die Blockstelle Belicke, rund sechs Kilometer östlich von Genthin, ein zweistöckiges Haus mit drei großen Fenstern, von denen man den herannahenden Zug ebenso wie die beiden Signale im Blick hat, das Vor- und das Hauptsignal.

Den Streckenposten 89, eine Schrankenwärterbude zwischen Belicke und Genthin.

Und schließlich das Stellwerk Genthin Ost, eingangs des Bahnhofs, gelegen am Übergang nach Mützel, einem kleinen Dorf, zu dem eine mit groben Feldsteinen gepflasterte Straße hinausführt, daneben ein schmaler, im Sommer von Gras überwachsener Sandweg.

Diese drei Orte tauchen in allen Berichten über das Unglück auf. Jeder von ihnen spielt in der Geschichte eine Rolle. Das ist sicher. Während sonst fast nichts sicher ist.

In der Blockstelle Belicke hat an diesem Abend der Weichenwärter Friedrich Ackermann Dienst, ein sechzigjähriger Mann, der die anderthalb Kilometer von seinem Wohnort Kaderschleuse mit dem Rad zurücklegt.

Er nimmt nicht den Weg über die Chaussee, den ich als Kind öfter gefahren bin, sondern einen Schleichweg, der das letzte Stück an den Schienen entlangführt und im Herbst von Holz- und Pilzsammlern benutzt wird. Der Weg ist so schmal, dass er absteigen muss, wenn ihm jemand entgegenkommt. Oder der andere müsste einen Schritt in den Wald hineintun. Aber die Wahrscheinlichkeit, dass ihm jemand begegnet, ist gering. Es ist schon dunkel, als er losfährt, es ist kalt, die Erde gefroren, und es fällt, wie ich jetzt weiß, ein wenig Schnee.

Links die Schienen, rechts der Wald.

Er wird kurz vor sechs bei der Blockstelle angekommen sein, noch ein paar Worte mit seinem Kollegen gewechselt haben. Und nachdem dieser gegangen ist, bleibt er allein. Sein Dienst dauert zwölf Stunden, bis zum nächsten Morgen um sechs.

Anders als bei der Blockstelle Belicke, die ein Steinbau ist, handelt es sich bei dem Streckenposten 89 lediglich um eine mit Teerpappe und Wellblech abgedichtete Holzbude, die direkt an den Schienen liegt und an deren Seite unübersehbar die Zahl 89 prangt. Auffällig der breite gemauerte Schornstein, der von dem flachen Dach aufragt. Der Bahnübergang, an dem die Bude steht, ist auf dem Bild, das ich gesehen habe, nicht zu erkennen, nur ein paar kahle Bäume, ein Telegrafenmast und die nach hinten wegführenden Schienen.

Auch Otto Wustermark hat seinen Dienst abends um sechs angetreten, er endet wie bei Ackermann am nächsten Morgen um sechs. Und wie Ackermann wird er die Strecke von Genthin, seinem Wohnort, zum Posten 89 mit dem Rad zurückgelegt haben.

Was noch? In der Ecke ein Eisenofen, auf dem eine Blechkanne mit Kaffee steht. Ein Stuhl, ein Tisch, das

Streckentelefon, mit dem sich die Verbindung zu den benachbarten Posten und zum nächsten Bahnhof herstellen lässt. Auf einem Brett an der Wand: das Signalhorn, die Handlampe und eine Reihe von Knallkapseln, die sogenannten Petarden, die ebenso wie das Signalhorn und die Handlampe immer griffbereit liegen müssen.

So ungefähr hat man sich die Bude 89 vorzustellen.

Die Knallkapseln oder Petarden sind Explosivkörper, die bei Gefahr im Abstand von dreißig Metern auf die Schienen gelegt und durch das darüber rollende Rad ausgelöst werden. Sie sind akustische Signale, die dem Lokführer bedeuten: Sofort halten! Laut *Handbuch der Eisenbahn von 1931* ist bei ihrer Anwendung Vorsicht geboten.

Am Stellwerk Genthin Ost, kurz GO, führt außen eine Eisentreppe hoch. Es ist ein richtiges Haus, solide gebaut, mit großen, zur Strecke hin gelegenen Fenstern, die eine Art Erker bilden. Von dort oben hat man sowohl den Bahnhof im Blick als auch die ein- und ausfahrenden Züge.

Auf Adolf Lebrecht, der an diesem Abend dort Dienst hat, lastet eine größere Verantwortung als auf Ackermann und Wustermark. Deshalb dauert seine Nachtschicht auch nicht zwölf, sondern nur acht Stunden, von zehn Uhr abends bis morgens um sechs. Er ist fünfundfünfzig Jahre alt und lebt – wie Wustermark – in Genthin. Auch er benutzt für den Weg zur Arbeit gewöhnlich das Rad. An diesem Abend aber ging er (die Kälte, der Schnee) zu Fuß.

Als er die Eisentreppe erreicht, taucht, eben von seinem Rundgang zurück, Kurt Zeuner aus der Dunkelheit auf. Er ist für die Schneewache eingeteilt und hat dafür zu sorgen, dass die Weichen nicht einschneien; er muss sie mit dem Besen abfegen oder notfalls, wie manchmal bei Verwehungen und starkem Frost, mit den Händen freilegen.

Die beiden reden ein paar Worte miteinander. Dann steigen sie die Treppe hoch. Zeuner lässt Lebrecht, dem Älteren und Ranghöheren, den Vortritt. Als sie die Tür öffnen, schlägt ihnen die Wärme entgegen. Zeuner zieht seinen Mantel aus, wirft ihn auf die Bank und reibt sich die Hände, während Lebrecht, wie immer, zuerst in den Erker tritt, um einen Blick auf die Strecke zu werfen.

An diesem Abend, in dieser Nacht bekommen Ackermann und Wustermark die Lokomotive, die den Unglückszug zieht, zweimal zu sehen. Das erste Mal, als sie, unterwegs von Braunschweig nach Berlin, gegen 20 Uhr 20 mit dem D 33 an ihnen vorbeifährt, das zweite Mal, als sie mit dem D 180 zurückkommt, wenige Minuten, bevor *es* geschieht.

Während Lebrecht, der um 20 Uhr 20 noch zu Hause vorm Radio sitzt, sie nur einmal sieht, und zwar erst, als es zu spät ist, um sie danach immer zu sehen. Anfangs nur nachts oder beim Betreten eines dunklen Zimmers, dann auch draußen im Hof, auf der Straße, im Hellen. Beim Schneeschippen im Winter, beim Rechen des Sandwegs vorm Haus im Sommer; beim Blick in den Stall, in den schwarz glänzenden Augen der Kaninchen – immer sieht er die beiden Scheinwerferschlitze aus der Dunkelheit auftauchen, unerwartet, bösartig, völlig unbegreiflich.

*

Wernicke und Krollmann, beide aus Magdeburg. Wernicke aus Sudenburg, Krollmann aus Buckau. Von keinem ist eine Beschreibung überliefert, nur diese fleischlosen Sätze, mit denen sie die Schuldvorhaltungen abzuwehren versuchten, und doch kommt es mir vor, als sei Wernicke, der Ältere, zugleich der Größere gewesen, ein massiger Mann, der mit seiner Gewalt den Heizer beiseitezuschieben pflegte, ein Polterer mit glattrasiertem Gesicht, in dessen Nackenfalten Ablagerungen von Ruß zu finden waren, egal, wie gründlich er sich auch wusch, wie viel Seife er auch auf den Lappen gab, wie fest er auch rieb... um die Falten zu glätten, beugte er den Kopf vor, schrubbte dann den Nacken, aber wenn er den Kopf wieder hob, entstanden die Falten erneut, und damit war auch der Dreck wieder da. Zwei schwarze Rußstreifen zwischen drei roten Fettrollen.

Krollmann dagegen: ein Leichtgewicht mit flatternden Hosen, die von einem viel zu langen Gürtel am Rutschen gehindert wurden. Täglich fanden sich in der ihm von seiner Frau mitgegebenen Messingbüchse neben den Broten drei Pferdefleisch-Buletten, von denen eine für Wernicke bestimmt war, dazu ein Gläschen Mostrich aus Bautzen und, sommers, zwei aufgeschnittene Äpfel.

Sein Platz im Führerhaus war links. Wenn er nicht mit dem Feuer beschäftigt war, hatte er (insbesondere beim Rangieren, bei Fahrten mit dem Tender voran oder beim Bahnhofsdurchqueren) die linke Streckenseite im Auge zu behalten. Er stand am linken Fenster, Wernicke am rechten; beide achteten auf die Signale. Wer ihre Stellung zuerst aufnahm, rief sie dem anderen zu, und dieser wiederholte den Ruf, sobald er sie ebenfalls erkannte.

So war es vorgeschrieben.

Sie fuhren seit einem Vierteljahr zusammen, werden sich aber schon vorher gekannt haben. Tach, Wernicke! Tach, Krollmann! Jeder tippte an den Schirm seiner Mütze und ging weiter. Jetzt waren sie zusammengespannt. Ja, so kann man es nennen. Nirgends aber ein Hinweis darauf, dass sie darüber hinaus Umgang pflegten, auch privat. Sie fuhren zusammen und gingen danach ihrer Wege. Wernicke kehrte nach Sudenburg zurück, Krollmann nach Buckau.

Am Tag davor, dem vorm Unglück, endete ihr Dienst abends gegen acht. Ihre Unterkunft lag auf dem Gelände des Rangierbahnhofs. Nachdem sie sich gewaschen und umgezogen hatten, knöpften sie ihre Joppe zu, schlugen den Kragen hoch, klemmten die Tasche unter den Arm und traten auf die Straße hinaus.

Nach Sudenburg brauchte Wernicke ungefähr eine Stunde. Gegen neun kam er zu Hause an, schloss die Tür auf und stieg zu seiner Wohnung hinauf. Ich kenne das Haus. Nach meinem ersten Besuch im Archiv bin ich hingefahren und in der Wolfenbüttelstraße, in der er wohnte, auf und ab gegangen, es war ein dreistöckiges Gebäude mit zwei übereinanderliegenden Erkerzimmern, von denen das obere zur Wernickeschen Wohnung gehört haben muss.

Was dann geschah, klingt in der Protokollsprache, in die seine Aussage übersetzt wurde, so: Ich habe Abendbrot gegessen und mich noch etwas mit meiner Familie unterhalten. Nachdem die 22-Uhr-Nachrichten im Radio zu Ende waren, habe ich mich zu Bett gelegt. Ich habe bis acht Uhr gut durchgeschlafen. Ich bin dann aufgestanden, habe gefrühstückt und bin zu Fuß wieder nach meiner Dienststelle gegangen, wo ich um elf Uhr ankam und Krollmann traf.

Es ist der Tag, an dem in Berlin vierzehn und in den Außenbezirken sechzehn bis achtzehn Grad minus gemessen werden. Und an dem die Sonne am Nachmittag um 15 Uhr 48 untergeht, während der Mond schon seit 12 Uhr 50 am Himmel steht.

Der Tag verlief, wie im Dienstplan vorgesehen: Fahrt nach Braunschweig, Herausdrücken des Zugs aus dem Bahnhof, Aufnahme von Kohle und Wasser, Reinigen des Feuers und Besanden der Lok. Anschließend Fahrt zur Untersuchungsgrube, um die Lok auch von unten zu *revidieren*.

Nachdem auch das erledigt war, gingen sie zu ihrer im Betriebswerk gelegenen Unterkunft. Krollmann machte sich lang (wie er sagte), Wernicke setzte sich an den Tisch und füllte Reparaturzettel aus. Das war nichts Besonderes. Das hieß nicht, dass ihm etwas aufgefallen wäre, was die Fahrtüchtigkeit der Lok beeinträchtigt hätte. Was er festhielt, waren kleinere Schäden, wie sie jederzeit auftraten, *Undichtigkeiten*, die sich nur im kalten Zustand der Maschine beseitigen ließen. Um sie nicht zu vergessen, notierte er sie auf verschiedene Zettel und legte sie in eine Mappe.

»Danach hab ich mich noch eine Viertelstunde lang gemacht.«

Auch er benutzte diesen Ausdruck.

Am frühen Abend Fahrt nach Berlin, wo sie, bei Einhaltung des Fahrplans, um 20 Uhr 21 hätten ankommen sollen, aber da ihre Abfahrt von Braunschweig ohne ihre Schuld mit großer Verspätung erfolgte, passieren sie um diese Zeit herum gerade das Stellwerk Genthin Ost, die Bude 89 und die Blockstelle Belicke.

Normale Fahrt. Gute Sicht, kein Nebel.

Nach ihrer Ankunft am Potsdamer Bahnhof wieder die obligatorischen Arbeiten: Reinigen der Maschine, Wasser und Kohle nehmen. Als Letztes fahren sie die Lok auf die Drehscheibe und bringen sie in die neue Fahrtrichtung: Westen.

Danach gehen sie zu ihrer Unterkunft, eine langgestreckte Holzbaracke.

Beim Nehmen der Kohle passiert etwas, worüber Krollmann später in aller Ausführlichkeit reden wird: Sie erhalten keine Lagerkohle, sondern frische aus der Lore, und zwar westfälische.

»Meistens ist die Lagerkohle so ausgetrocknet, dass sie nicht denselben Heizwert besitzt wie frische. Westfälische Kohle ist die beste, noch besser als die schlesische, die stückereicher und härter ist und deshalb ebenfalls schnell verbrennt. Ich weiß genau, dass wir westfälische Kohle erhalten haben.«

Am Nachmittag im Archiv, als ich Krollmanns Äußerungen zum ersten Mal las, glaubte ich, es sei die Begeisterung für seinen Beruf, die ihn so ausführlich über die Kohle sprechen ließ, bis mir klar wurde, dass sie Teil seiner Verteidigungsstrategie waren. Er wollte sagen, dass er wegen der schnell verbrennenden Kohle keine Zeit hatte, auf die Signale zu achten. Er konnte von seinem Führerstandfenster aus nicht, wie vorgeschrieben, die Strecke im Auge behalten, sondern musste Kohle nachwerfen.

Die schnell und hell brennende.

Die Lok steht jetzt in Fahrtrichtung im Schuppen, das heißt, mit der Spitze in Richtung Genthin, mit dem Tender zum Bahnhof, in dem zur selben Zeit, zu der sie ihre Brote auspacken, die beiden anderen ihre Maschine vor den Zug spannen. Die beiden anderen? Ernst und Stuck, Lokführer und Heizer des D 10, die, nähme man das Entsetzliche sportlich, die andere Mannschaft bildeten.

Ihr Zug wird von Gleis 2 abfahren.

Der Zug von Wernicke und Krollmann von Gleis 1.

Bis zur Abfahrt von Ernst und Stuck, die zuerst auf die Strecke gehen, bleiben noch fünfundzwanzig Minuten.

Dies ist der Moment, in dem die Abläufe ineinanderzugreifen beginnen. Keiner weiß es, die Katastrophe ist noch nicht sichtbar. Aber für einen Moment sind alle, die daran teilhaben werden, am selben Ort versammelt.

*

Der Potsdamer Bahnhof ist der älteste der Stadt. Gelegen am Endpunkt der Strecke nach Potsdam, die 1838 eröffnet und 1846 bis nach Magdeburg weitergeführt wurde, war es zunächst ein beinahe ländlich anmutendes Gebäude von den bescheidenen Ausmaßen eines märkischen Gutshauses, an dessen Stelle zwischen 1868 und 1872 ein neues errichtet wurde. Ein Prachtbau, der mit seinen klassizistischen Säulen, Bögen und Ornamenten von außen eher an ein Museum oder Theater erinnerte als an einen Bahnhof. Und doch war er genau das. Ein Kopfbahnhof mit zwei Mittelgleisen und acht Zugängen in der Bahnsteigmitte und an beiden Seiten, über dem sich ein Glasdach wölbte.

Die drei Schalterhallen befinden sich im Zwischengeschoss. Die Wände sind weiß gefliest, und das Abschlussgesims besteht aus roten und schwarzen Keramiksteinen. Die Treppenwände sind aus poliertem Muschelkalk. Die trichterförmigen Lampen hängen an langen Kabeln von den quer durch die Halle gespannten Stahlverstrebungen. Die Wartebänke stehen mit der Rückenlehne zu den Absperrgittern. In den Rundbögen über dem Ausgang hängen Reklametafeln für Boenicke-Zigarren, an einer Säule das lachende Gesicht des Sarottimohren. Ein Mann schiebt einen mit Milchkannen beladenen Karren vorbei.

Betrachtet man die Fotos lange genug, kann man das Stimmengewirr hören, die gellenden Pfiffe, das Knacken der Lautsprecher, bei dem die Leute in der Halle wie auf Befehl den Kopf heben, um ihn beim Ausbleiben der Durchsage wieder sinken zu lassen.

Am späten Abend kommen zwei Leute die Saarlandstraße herauf, eine junge Frau und ein etwas älterer Mann, der einen breitkrempigen Hut trägt, weshalb das ihm nachgesagte südländische Aussehen noch nicht zu erkennen ist. Erst im Abteil, nach Ablegen der Sachen, wird man das schwarze, straff nach hinten gekämmte Haar bemerken, den etwas dunkleren Teint, der in dem funzligen Abteillicht noch dunkler wirkt und neben dem die helle Haut der jungen Frau noch heller, fast weiß erscheint.

Jetzt aber sind sie nur zwei, die mit hochgeschlagenem Kragen und zusammengezogenen Schultern der Kälte zu entrinnen versuchen. Sie eilen am Haus Vaterland vorbei (in dem an diesem Abend die Kapelle Rudi Paetzold spielt) und steigen die Bahnhofstreppe mit den weiß gestrichenen, in der Dunkelheit leuchtenden Stufenkanten hinauf.

In der Linken trägt die junge Frau einen kleinen braunen Pappkoffer, über ihrer Schulter hängt eine rotbraunlederne Handtasche. Es sind die beiden in der Akte

Nr. 779 erwähnten Gepäckstücke. Trotz des darin gefundenen Ausweises und der auf den Namen Carla Finck lautenden Reichskleiderkarte wird es dem Beamten der Ermittlungs- und Fundsachenstelle, zu dem sie am nächsten Tag gebracht werden, nicht gelingen, sie jemandem zuzuordnen. Er wird Koffer und Tasche auf eine Liste setzen, aber nicht wissen, wie sie in den Zug gelangt sind. Eine Weile wird es aussehen, als hätten sie die Reise allein angetreten. Während es mit dem Gepäck ihres Begleiters kein Problem geben wird. Sein Name, Giuseppe Buonomo, wird schon auf der ersten in der Volksstimme abgedruckten Opferliste stehen und mir sofort ins Auge springen.

Zehn Minuten nachdem die beiden die Bahnhofshalle betreten haben, verlassen Wernicke und Krollmann ihre Unterkunft.

Sie schrauben die Thermosflaschen zu, drücken den Deckel auf die Brotdosen und stellen sie in die Tasche, nehmen ihre Joppen vom Haken neben der Tür und machen sich auf den Weg. Obwohl es verboten ist, gehen sie quer über die Gleise. Wernicke vorweg, Krollmann hinterher. Als er nach oben schaut, merkt er, dass es zu schneien begonnen hat, nicht viel, aber doch so, dass er spürt, wie sich die Schneekristalle auf seiner Haut niederlassen. Da er weiß, dass der Ruß mit dem Schmelzwasser einen schmierigen Schmutzfilm bildet, der sich in die Poren frisst, wischt er mit dem Ärmel über die Stirn, die Augen.

Daran wird er sich im Krankenhaus erinnern. Das meiste hat er vergessen oder behauptet es zumindest, aber an diese für den Unfall unwichtige Armbewegung wird er sich erinnern.

Die Gleise, die Schwellen, auf die sie die Füße zu setzen versuchen, der tanzende Schnee, die zum Schutz vor den englischen Fliegern oben mit Blenden versehenen Signale, vom Bahnhof her das Hallen der Lautsprecherdurchsagen. Dann der dunkle Umriss des Schuppens, in dem sie dreißig Minuten zuvor ihre Lok abgestellt haben.

Der 21. Dezember ist der erste Ferientag, von Nachmittag an gelten die um fünfzig Prozent verbilligten Weihnachtsrückfahrkarten, was der Grund für den Andrang sein mag, der an diesem Tag herrscht.

Der D 10 besteht aus neun Wagen, wobei es sich bei dem letzten um den kurz vor der Jahrhundertwende gebauten Packwagen handelt, dessen Wände aus Holz sind; für Reisende nach Düsseldorf und Köln führt er einen Schlafwagen der 1. und 2. Klasse, das Abteil des Zugführers befindet sich in der Wagenmitte.

Der Zug, dessen Plätze an diesem Abend zur Gänze besetzt sind, hat eine Länge von 203,7 Metern, was für die Berechnung des Bremswegs eine Rolle spielen wird. Besonders die Wagen der 3. Klasse sind so überfüllt, dass sich die Leute noch in den Gängen und Vorräumen drängen. Und irgendwo dort werden sich die beiden aufgehalten haben, die junge Frau und der südländisch aussehende Mann, in einem Wagen der 3. Klasse.

Pünktlich um 23 Uhr 15 ruckt der Zug an. Er quält sich regelrecht aus dem Bahnhof.

Zur selben Zeit fahren Wernicke und Krollmann mit ihrer Lok vom Schuppen ab, um sie vor den Zug zu spannen.

Der Zug, der die Bezeichnung D 180 führt, besteht aus zwölf Wagen. An der Spitze fährt der Bahnpostwagen, dann folgen zwei Schlaf- und acht Reisezugwagen, den Schluss bildet, wie beim D 10, der Packwagen. Um den Zug in den Bahnhof zu bugsieren, brauchen sie ungefähr eine Viertelstunde.

Pünktlich um 23 Uhr 45 fahren sie auch ab.

Die Route: Potsdam, Magdeburg, Halberstadt, Goslar, Kreiensen, Kassel, Gießen, Frankfurt am Main, Mainz, Bad Kreuznach, Neunkirchen/Saarland. Wobei es so ist, dass Wernicke und Krollmann nur bis Magdeburg fahren. Mit der Ankunft dort endet ihr Dienst, dort sollen sie abgelöst werden, während Ernst und Stuck, die im Führerhaus des D 10 stehen, bis Köln durchfahren. Durchfahren sollen.

Der D 10 hält in Potsdam. Dann in Brandenburg, Magdeburg, Braunschweig, Hildesheim, Hannover, Hamm, Dortmund, Oberhausen, Duisburg, Düsseldorf, Köln.

So steht es im Fahrplan. In jeder dieser Städte hält er. Oder sollte er halten. Aber als er in Potsdam ankommt, hat er fünf Minuten Verspätung. Und in Brandenburg sind es schon zwölf. Schon da ist er, wie die Eisenbahner sagen, aus dem Plan gefallen.

Gründe: die vielen über die Festtage zu Verwandtenbesuchen aufgebrochenen Reisenden, die Dienstmädchen und Hausangestellten, die in der Fremde beschäftigt sind und Weihnachten zu Hause verbringen wollen, die fern von ihrem Heimatort arbeitenden und für ein paar Tage zu ihren Familien zurückkehrenden Handwerker und Arbeiter, dazu die in den Heimaturlaub entlassenen Soldaten, alle mit ihrem Gepäck und den eingepackten Geschenken. Der Zug ist so überladen, dass er sich, einmal zum Stehen gekommen, nur schwer wieder anfahren lässt. Was noch? Die Verdunklung. Aus Furcht vor Fliegerangriffen sind die Bahnhöfe verdunkelt, weshalb das Ein- und Aussteigen länger dauert als im Fahrplan vorgesehen.

Und der andere Zug? Der D 180?

Er kam mit ein paar Minuten Verspätung in Potsdam an, weil er eine Baustelle passieren musste. Bis Magdeburg hätte er jetzt keinen Halt mehr gehabt. Normalerweise.

Nun sind beide Züge auf der Strecke, mit immer geringer werdendem Abstand voneinander. Es ist eine Art Wettrennen, das jetzt beginnt. Eine Aufholjagd, von der die Beteiligten nicht wissen, dass sie daran teilnehmen, weder das Zugpersonal noch die Fahrgäste, die in den Schlafwagenkojen liegen, in den Abteilen sitzen oder in den Gängen und Vorräumen dicht gedrängt beieinander stehen. Unter der Decke glimmt ein blaues Licht, die Notbeleuchtung, von der die Züge als einzige erhellt sind. An den Fenstern ziehen die Dörfer, Wälder, Äcker und Seen vorbei. Es ist Neumond. Bei Brandenburg setzt Nebel ein. Sogenannter Höhennebel, der von oben kommt. Er reicht bis zum Hauptsignal, lässt die Strecke aber frei.

Eine Art Nebeldach, kann man sagen. Aber die Signale sind gut zu erkennen.

Und Schnee. Den Schnee nicht vergessen, der die Dunkelheit draußen ein wenig erhellt. 15 Grad minus.

»Wir hatten stets freie Fahrt«, wird Wernicke später sagen. Die ganze Zeit über freie Fahrt. Und lügen.

*

Die letzten 25 Kilometer:
Brandenburg
Kirchmöser
Wusterwitz
Kade
Blockstelle Belicke
Bude 89
Genthin-Ost.
Die Zeit: 22. Dezember, 30 Minuten nach Mitternacht.
Das Wetter: Teilweise Nebel, vor allem zwischen Kade und Genthin.

Ernst, der Lokführer des D 10, sagt dazu: »Es war der sogenannte Höhennebel. Er kam von oben und reichte bis zum Licht des Hauptsignals, ließ die Strecke aber frei. Es war eine Art Nebelmauer, kann man wohl sagen. Aber die Lichter des Vor- und Hauptsignals konnte ich deutlich erkennen. Der Bahnhof Genthin selbst war nebelfrei. Im Allgemeinen ist zu sagen, dass mittelmäßige Sicht herrschte. Ich bezeichne den Zustand als diesig.«

Was er nicht erwähnt: die Kälte, den leichten Schneefall. Das interessiert ihn nicht. Das braucht ihn nicht zu interessieren. Das ist nicht wichtig. Wichtig für ihn ist die Sicht. Und die war mittelmäßig. Also auch nicht erwähnenswert. Erwähnen muss er sie nur, weil er danach gefragt wird.

In dieser Nacht fährt er den langsamen Zug, den umständehalber schwerfälligen.

Fünf Minuten Verspätung in Potsdam, aus denen nach dem Halt in Brandenburg zwölf Minuten werden. Dann Kade und Belicke. In Kade Halt vor einer Ausfahrt, in Belicke vor der Einfahrt in die Blockstrecke. Warum er halten muss, weiß er nicht. Jedenfalls tut er so. Tatsächlich muss er es, als er sich dazu äußert, bereits gewusst haben, stellt sich aber ahnungslos wie in der Verdunklungsfrage. Er muss halten, weil unmittelbar vor ihm der M 176 fährt. M ist die Abkürzung für Militärzug. Es empfiehlt sich nicht, das eine oder andere (oder beides) in die Nähe der Unglücksursache zu rücken.

Das Einzige, was Ernst weiß, ist, dass er nach dem Halt vor Belicke mit 27 Minuten Verspätung auf der Strecke liegt. Ackermann, der in der Blockstelle Dienst tut, sieht ihn durch sein Fenster. Ihn? Nein, die in eine Dampfwolke gehüllte Lok, aus der Ernst die Signale beobachtet. Und dahinter die von der Dampfwolke verdeckte, in der Dunkelheit nur zu ahnende Reihe der Wagen.

Noch sechs Kilometer.

»Der Dienst verlief völlig normal«, wird Ackermann am nächsten Tag sagen und nach einer kleinen Pause hinzufügen: »Bis der M 176 kam.«

Der Militärzug. Während die Blockstrecke noch mit ihm belegt war, kam der D 10 und hielt. Um 0 Uhr 46 konnte er weiterfahren. Kurz danach tauchten die Lichter des D 180 auf. Da die Strecke jetzt mit dem D 10 belegt war, stand das Signal für ihn auf Rot. Normalerweise hätte er halten müssen. Doch nun war nichts mehr normal. Denn er hielt nicht, sondern fuhr einfach durch.

Als Ackermann das sah, fiel ihm vor Schreck die Tasse aus der Hand. Er riss das Fenster auf und blies, so kräftig er konnte, in das Signalhorn, kurz, lang, kurz, kurz. Aber der Zug reagierte nicht. Also rief er Wustermark an, den Schrankenwärter von der Bude 89, die er als Nächstes passieren würde, und sagte, er solle um Gotteswillen den D 180 zurückhalten, der habe das Hauptsignal A überfahren, und danach auch noch Lebrecht vom Stellwerk GO, um ihm dasselbe zu sagen.

Damit endete seine Aussage. Aber da er das Gefühl hatte, es würde noch etwas von ihm erwartet, setzte er, wie entschuldigend, hinzu:

»Nun gab es für mich nichts mehr zu tun.«

Und stützte die Hände auf die Knie.

Als der Anruf kam, ließ Wustermark gerade die Schranken für den D 10 herunter. Wann genau, vermochte er nicht zu sagen, aber er schätzte, dass es gegen 0 Uhr 50 war. Er nahm den Hörer ab und hörte Ackermanns Stimme:

»Der D 180!«

Die Schranken waren erst halb geschlossen, nun beeilte er sich, nahm das Signalhorn, die Knallkapseln, die Handlaterne und rannte in die Nacht hinaus, an den Schienen entlang. Der D 10 stampfte mit *mäßigem Tempo* heran. Damit der Lokführer sah, dass er auf seinem Posten war, gab er ihm, wie vorgeschrieben, ein weißes Lichtsignal, *nur ganz kurz,* und klappte dann gleich die rote Blende herunter. Er ließ den Zug passieren, und als der letzte Wagen vorbeirollte, sah er schon den anderen, den D 180, den Verfolger, und sprang auf die Gleise. Der Zug war höchstens zwei-, dreihundert Meter entfernt, er hörte ihn heranstampfen und fauchen ... so schnell kam er auf ihn zu, dass keine Zeit mehr blieb, die Knallkapseln an die Schienen zu drücken. Deshalb schwenkte er bloß die rote Lampe *wie wild im Kreise.* Und zwar so lange, bis er wegspringen musste, runter von den Schienen. Weil er sonst überfahren worden wäre.

Danach rannte er neben dem vorbeiziehenden Zug zu seiner Bude zurück und rief das Stellwerk GO an, *erhielt aber keinen Anschluss.* Vermutlich war besetzt, weil Lebrecht gerade mit Ackermann telefonierte, der diesen ebenfalls angerufen hatte, um ihn zu alarmieren.

Noch achthundert Meter, vielleicht neunhundert.

Noch einmal zurück.

Nachdem Lebrecht auf Anweisung seiner Befehlsstelle das Signal A 1 für den D 10 auf Freie Fahrt gestellt hatte, trat er in den Erker und bemerkte, wie sich der Zug dem

Stellwerk näherte. Er hörte das Klappen der Streckentastensperre, die von der letzten Achse des Zugs ausgelöst wurde, und sah, beim Blick zur Seite, dass sich die Scheibe von Schwarz auf Weiß umgelegt hatte. Der D 10 fuhr unter seinem Erker vorbei. Die Zugschlussstelle lag gleich hinter dem Übergang Mützelstraße. Danach legte er das Signal A 1 zurück auf Halt. Und nun kam der Anruf. Er hörte das Läuten des Telefons, nahm den Hörer ab und vernahm Ackermanns sich vor Aufregung überschlagende Stimme:

»Den D 180 stoppen!«

Im selben Moment kam Zeuner herein, zurück von seinem Kontrollgang zu den Weichen, und hörte, wie Lebrecht rief:

»Wat? Zug is durch?«

Ja, Zeuner war sein Zeuge. Er war dabei. Er sah, wie Lebrecht den Hörer hinwarf, die rote Lampe nahm, das Fenster aufriss und *fortgesetzt* in Richtung Berlin winkte. Beide starrten dem heranrasenden Zug entgegen, dem D 180, aber Lebrecht tutete auch noch in sein Signalhorn und winkte mit der roten Lampe. Und als er sich umdrehte, sah er, dass der D 10 siebzig, achtzig Meter hinterm Stellwerk stehen geblieben war. Sofort war ihm klar, was passieren würde. Er tutete weiter in das Signalhorn, winkte weiter mit der Laterne, konnte aber nicht feststellen, dass der D 180 seine Geschwindigkeit auch nur ein wenig verringert hätte.

Und als er am Stellwerk vorbei war, schlug Lebrecht, weil er wusste, dass jetzt der Aufprall erfolgen würde, und er *es* nicht sehen und hören wollte, die Hände vors Gesicht.

So seine erste, von Zeuner gestützte Aussage.

Normalerweise hätte der D 10 beim Durchfahren des Bahnhofs Genthin eine Geschwindigkeit von 105 km/h gehabt. Aber nach dem Halt in Belicke brauchte er eine Weile, um wieder seine normale Geschwindigkeit zu erreichen. Ernst, der Lokführer, schätzte, dass sie mit höchstens 80 km/h in den Bahnhof einfuhren.

Eine Frau, die am Schwarzen Weg wohnte, einer Straße, die parallel zu den Schienen verläuft, erzählte später, sie sei von einem Geräusch geweckt worden. Da sie meinte, das Geräusch sei von draußen gekommen, habe sie das Fenster geöffnet und einen herannahenden Zug bemerkt, der plötzlich, völlig unerwartet für sie, mit kreischenden Rädern stoppte. Das war der D 10. Was sie nicht wusste, war, dass Ernst die Schnellbremse gezogen und zur Erhöhung der Bremswirkung den Sandstreuer ausgelöst hatte. Der Zug bremste jäh ab, lief noch ein Stück und kam zum Stehen.

Das ist der Moment, den man einfrieren möchte, der Moment davor. Der Zug steht eingangs des Bahnhofs. Die Leute in den Abteilen dösen vor sich hin. Unter der Decke glimmt das blaue Licht. Die Stadt draußen liegt im Dunkeln. Noch ist alles in Ordnung, und im nächsten Moment ist es das nicht mehr.

5

Der Erste, der merkte, dass etwas nicht stimmte, war der Hilfsschaffner Erich Montag, der zusammen mit seinen Kollegen in dem kleinen, etwas erhöht liegenden Abteil des Packwagens saß. Als der Zug bremste, rannte er in den Gepäckraum, schob die Tür auf, blickte nach vorn, dann zurück und sah die Lichter eines anderen Zugs auf sich zukommen, und da hörte er auch schon, rasch lauter werdend, das *Rattern und Stampfen*.

Inzwischen waren auch seine Kollegen an der Tür, Möhring und Hübsch, sie sahen den heranrasenden Zug und sprangen hinaus. Das heißt, Montag und Hübsch, Möhring kam nicht mehr dazu. Er schaffte den Absprung nicht, sondern erhielt einen Schlag gegen den Oberarm und wurde hinausgeschleudert, blieb aber *wie durch ein Wunder* unverletzt. Montag kam mit den Füßen auf, sprang zur Seite, duckte sich vor den *herumfliegenden Splittern und Trümmerteilen*, und als er wieder aufschaute, sah er, dass sich die Züge *in- und übereinander* geschoben hatten. So sagte er: in- und übereinander. In meinem Notizheft habe ich die wörtlich aus den Protokollen übernommenen Wendungen unterstrichen.

Die zerstörten Wagen standen quer zu den Gleisen. Montag lief vor zum Stationsgebäude, während Möhring zum Stellwerk ging, die Eisentreppe hochstieg, und als er eintrat, sah er zwei Männer, Lebrecht und Zeuner, und hörte, wie der eine ins Telefon rief: Haltet alle Züge zurück! Während der andere aus dem Fenster starrte, auf die über den Gleisen hängende Dampf- und Rauchwolke.

Alles, der ganze Bahnhof, vom Stellwerk bis zum Stationsgebäude, war in eine einzige Rauch- und Dampfwolke gehüllt.

Hübsch, der Dritte aus dem Packwagen, stand eine Weile wie betäubt da. Er sah hin, ohne zu begreifen, was er sah, duckte sich nicht, als die Trümmer durch die Luft flogen, rannte auch nicht weg, sondern starrte bloß vor sich hin, minutenlang, wie er glaubte.

Das Erste, woran er sich später erinnerte, war, dass er am Zug entlangging, nach vorn zur Lok, wo er Stuck traf, den Heizer. Und dass er ihn fragte: Wie konnte das passieren? Und dass Stuck antwortete: Wir haben Haltesignal bekommen. Stuck war noch da, bei der Lok. An ihn erinnerte sich Hübsch, während er sich an Ernst nicht erinnerte, den sah er nicht. Obwohl auch Ernst da war. Er lag, während Hübsch mit Stuck sprach, auf dem Boden im Führerstand. *Als der Aufprall erfolgte*, hatte er die Hand noch am Ventil der Schnellbremse.

Möhring blieb drei, vier Minuten im Stellwerk, stieg dann die Treppe hinab und ging zur Unfallstelle, über der Dampf- und Rauchschwaden trieben, und als er näherkam, sah er zum ersten Mal das *ganze Ausmaß* des Unglücks.

Der Packwagen, in dem er mit Hübsch und Montag gesessen hatte, war völlig zermalmt worden, desgleichen die beiden Wagen davor, die so überfüllt gewesen waren, dass er sich bei der Fahrscheinkontrolle nur mit Mühe einen Weg durch den Gang hatte bahnen können, der Wagen davor schließlich, der viertletzte, war zur Hälfte zusammengedrückt.

»Die Lokomotive des D 180 war auseinandergerissen und bildete zusammen mit mehreren Personen und den Schlafwagen beider Züge einen wüsten Trümmerhaufen.«

So seine Aussage am nächsten Morgen. Als ich sie zum ersten Mal las, dachte ich, dass diese Mensch und Materie gleichsetzende Beschreibung ein Zeichen von Gefühlskälte sei, um beim zweiten Lesen zu merken, dass sie das Entsetzen besser zum Ausdruck brachte, als es die Unterscheidung getan hätte. Seine Worte reduzierten die *Personen* auf das Stoffliche und zeigten dadurch, dass diese genauso zerstörbar waren wie jedes andere aus Stofflichem bestehende Ding. Und das war es, was das Erschrecken hervorrief. Dass sie nichts waren als Stoff, der zerrissen, zerquetscht, zerschnitten, durchlöchert, verbrannt werden konnte. Vielleicht war es sein Entsetzen darüber, das ihn diesen Satz sagen ließ.

Möhring hörte seine Schritte auf der Eisentreppe, diesen bei jedem Aufsetzen der Schuhe ertönenden Klingklang, hörte den unter seinen Schuhen wegrollenden Schotter. Doch als er zu der Stelle kam, an der sich die Wagen ineinandergebohrt hatten, hörte er nichts mehr. Es herrschte *beinahe Totenstille*, in der lediglich das Stöhnen der *in oder neben* den Trümmerhaufen liegenden oder sich krümmenden Verletzten zu vernehmen war. Die Stille zuerst, dann das langsam anschwellende Stöhnen, Jammern, Weinen, in das sich jetzt auch vereinzelte Schreie zu mischen begannen.

»Einige lösten sich aus den Trümmern, wälzten sich zwischen den Schienen oder wankten umher.«

Ein paar Leute, die unverletzt geblieben waren, standen herum. Als nach etwa *zwölf Minuten, es können auch fünfzehn gewesen sein*, noch immer keine Hilfe eingetroffen war, gingen sie zu einer neben den Gleisen verlaufenden Straße und riefen zu den Häusern hinüber um Hilfe. Andere begannen, die Verletzten zu einer Auffahrt zu tragen. Viele waren ohne Besinnung, und die, die noch bei Besinnung waren, froren und klagten über die Kälte.

Möhring schätzt, dass es zehn Grad unter Null waren.

Die Stille wird noch von jemand anderem erwähnt, einem namenlos gebliebenen Fahrgast, der *unmittelbar danach* aus einem der unzerstört gebliebenen Wagen geklettert und am Zug entlang zurückgegangen war.

»Es hatte die Wagen von den Gleisen gerissen, einige waren umgestürzt, aber es war so still, als wäre nicht das Geringste geschehen. Erst nach einer Weile, so nach ungefähr drei bis vier Minuten, nahm ich das Klagen wahr, das aus den zerstörten Wagen drang. Jetzt flackerten auch hier und da Brände auf. Aber zuerst war es ganz still.«

Eine Beobachtung, die, wie ich heute weiß, in fast allen Unfallberichten auftaucht. Beinahe vorwurfsvoll wird darauf hingewiesen, dass es *danach* ganz still war. Im besten Fall verwundert, in der Regel aber vorwurfsvoll oder sogar empört. Warum? Weil angesichts der durch den Unfall angerichteten Zerstörung die Stille als unpassend, ja, ungehörig empfunden wird? Als Hohn?

Als wäre nicht das Geringste geschehen – das ist der Schlüsselsatz. Ja, offenbar meinen die Zeugen, durch den Umstand, dass etwas geschehen ist (nämlich das! der Unfall, die Katastrophe), müsse die Natur in Aufruhr sein und, wie im Film, die zum inneren Zustand passenden Geräusche liefern. Aufbrausende Musik, schreiende Geigen, aufeinandergeschlagene Becken.

Der erste Arzt traf gegen ein Uhr dreißig ein.

Er stieg mit seiner kleinen Ledertasche aus dem Auto und kam zögernd, als glaubte er nicht, was er sah, quer über die Gleise, stand, ohne seine Tasche zu öffnen, ohne *Hand anzulegen* oder auch nur eine einzige Anweisung zu geben, einen Moment lang da, machte wieder kehrt und lief zum Auto zurück. Für Kruse, den zur selben Zeit ebenfalls an dieser Stelle eingetroffenen Reichsbahnassistenten, der sich als Stellvertreter des Bahnhofsvorstehers auf eine ungenaue Weise für alles verantwortlich fühlte, sah es aus, als flüchtete er vor diesem Anblick.

»Halt«, schrie er, »Herr Doktor!«

Aber der hörte nicht. Erst als er ihm nachrannte, blieb er stehen und stammelte, er könne nichts tun.

»Wo soll ich da anfangen? Ich hole Verstärkung.«

»Ist unterwegs«, erwiderte Kruse, fasste seinen Arm und führte ihn zurück. Und dachte dabei, ob das erlaubt sei, den Doktor festzuhalten, so kurz angebunden mit ihm zu reden. Er war deswegen betrübt und ein bisschen verängstigt.

Auch das steht in den Akten.

Kruse war es, der Alarm gegeben hatte, den offiziellen Alarm. Schon um 0 Uhr 56 ... also muss er in dieser Nacht Dienst gehabt oder sich aus einem anderen Grund im Bahnhof aufgehalten haben, denn in drei Minuten kann er unmöglich den Weg von seiner Wohnung zur Station zurückgelegt und darüber hinaus die Situation erfasst haben – schon um 0 Uhr 56 also hatte er die Post angerufen und die beiden Worte gesprochen, die den Alarm auslösten.

»Schwerer Unfall!«

Sie standen, rot unterstrichen, in seiner Dienstvorschrift. Sie waren das Stichwort, der Schlüssel, der für den unwahrscheinlichen Fall der Katastrophe mit der Reichspost vereinbarte Code. Alles Weitere war nun Sache des in dieser Nacht Dienst habenden Postbeamten, der nach einem festgelegten Plan zu handeln hatte: das Alarmieren der Krankenwagen und Feuerwehren, die Anrufe bei den sechs Ärzten der Stadt, bei den Rote-Kreuz-Stellen, Sanitätskolonnen, privaten Kraftfahrzeugvermietern und SA-Dienststellen.

Während er die beiden Worte aussprach, schaute Kruse auf die Uhr und notierte die Zeit, sie stand später in seinem Bericht. Er war damals siebenundzwanzig und seit einem halben Jahr verheiratet. Er hörte ein Poltern auf der Treppe, Schritte auf dem Gang. Als Jentzsch hereinstürmte, der Stationsvorsteher, sein Vorgesetzter, wollte er aufspringen, entschied sich dann aber, sitzen zu bleiben.

Auch Jentzsch war innerhalb von Minuten am Bahnhof. Wie sie das machten, er und Kruse, ist mir ein Rätsel. Aber es war so. Denn schon um 1 Uhr 03 forderte er den Hilfszug Magdeburg an, der sofort abfuhr, aber zwischen Burg und Güsen mit einem Maschinenschaden liegen blieb und repariert werden musste, ehe er seine Fahrt fortsetzen konnte. Es war kurz vor drei, als er in Genthin ankam.

Nachdem sich der Zugführer bei einem Rundgang einen Eindruck über das Ausmaß des Unglücks verschafft hatte, setzte er sich in Kruses Büro an den Schreibtisch und rief in Berlin an. Er verlangte die Entsendung des Hilfszugs Grunewald. Nach dessen Eintreffen verständigten sich die beiden Zugführer darüber, dass sie weitere Unterstützung brauchten, und forderten auch noch den Hilfszug Seddin an, der am Mittag aus Perleberg eintraf.

Jeder Anruf, jede Abfahrt und jede Ankunft wurden in einem Schreiben der Kripo Magdeburg an das Reichssicherheitshauptamt Berlin, unter Nennung der genauen Zeiten, festgehalten.

Als Jentzsch hereinkam und zum Hörer griff, war Montag noch im Stationsgebäude. Er saß still auf einem Stuhl neben der Tür und sah, wie Jentzsch wählte und wie er sich, als er nicht gleich Anschluss erhielt, zu Kruse umdrehte, die Hand auf die Muschel legte und sagte, er solle den Wartesaal öffnen und Windfackeln zur Unfallstelle bringen, dazu an Verbandszeug, was er auftreiben könne.

»Ich komm mit«, sagte Montag und lief hinter Kruse her aus dem Zimmer.

Während sie, die Fackeln im Arm, die Verbandszeugsäcke über der Schulter, an den Gleisen langgingen, stierte Kruse vor sich hin, wohingegen Montag unentwegt redete. Er merkte es selbst, und es war ihm peinlich, aber er konnte nichts dagegen tun, die Worte fielen aus ihm heraus, sie stiegen aus seinem Mund, tanzten um ihn herum, und das Seltsame war, dass sie ohne jeden Zusammenhang mit dem Unglück standen. Auch das merkte er, war aber nicht imstande, seinen Redefluss zu stoppen. Die Fackeln waren zu einem Packen zusammengebunden. Die ganze Zeit über hielt Kruse den Packen in der Armbeuge, fast wie ein schutzbedürftiges Kind. Plötzlich ließ er ihn fallen und rannte zur Straße hinüber. Kurz darauf kam er zurück, und Montag, aus dem es noch immer redete, sah, dass er einen Mann hinter sich herzog, den er am Arm hielt.

Das war der Arzt, der wieder wegfahren wollte.

6

Als erste trafen die Feuerwehrzüge der Henkel- und der Silvawerke ein. Die Scheinwerfer, die sie, ohne die Erlaubnis des Luftgaus abzuwarten, aufgestellt hatten, warfen ein weißes Licht, das die Augen blendete, das Areal aber nicht ausleuchtete, überall gab es dunkle, wie in einem schwarzen Nebel versunkene Felder, aus denen das Stöhnen, Jammern und Rufen aufstieg. Aus Furcht, jemanden zu treten, wagte man kaum den Fuß aufzusetzen.

Lange und Wieland, Kriminalinspektor der eine, Kriminaloberassistent der andere, die vom Schwarzen Weg aus zu den havarierten Zügen hinüberschauten, sahen sofort, dass wenig zu machen war. Am besten würde es sein, sich zur Verhinderung von Diebstählen bis zum Tagesanbruch auf die Sicherung der Unfallstelle zu beschränken. Was aber geleistet werden musste, das war beiden klar, war die Identitätsfeststellung der Todesopfer. Schon seit einer Weile rollten die Wagen mit den Verletzten und Toten durch die Mützel- und die Bahnhofstraße, die von den Gleisen wegführten.

Bei der Adolf-Hitler-Straße (die in meiner Kindheit Ernst-Thälmann-Straße hieß und heute wieder Brandenburger Straße heißt) bogen sie rechts ab und erreichten nach ein paar hundert Metern das Johanniter-Krankenhaus, der Wagen mit den Verletzten fuhr rechts in den Hof hinein, während der Wagen mit den Toten geradeaus weiterfuhr, bis zur Turnhalle der Berufsschule, die an derselben Straße lag und in dem vorbereiteten Katastrophenplan als Todesopfersammelplatz ausgewiesen war.

Identitätsfeststellung? Lange, der wusste, dass er nicht darum herumkommen würde, nickte. Aber wie? Er schaute Wieland an. Nun, wie bei anderen tödlichen Unfällen auch: Abgleich der Personen mit den bei ihnen gefundenen Papieren, und da es so viele waren, würde man eine *Aufstellung* anfertigen müssen. Am besten versah man die Toten mit einer Nummer und trug sie zusammen mit ihren Namen in eine Liste ein.

Klar, dachte Lange, als er sich auf den Weg machte... was das anging, unterschied sich die Sache nicht von anderen Unfällen, aber das Ausmaß, die Art der Verletzungen... nein, es war doch etwas anderes.

Er ging durch die Bahnhofstraße, bog rechts ab, und als er bei Magnus vorbeikam, fiel ihm ein, dass er nur einen kleinen Block dabei hatte, der nicht ausreichen würde. Er brauchte einen großen Block oder besser ein Klemmbord mit ein paar DIN-A4-Blättern. Er wusste nicht, wie viele Opfer es gab, aber es war klar, dass es viele waren und dass es eine lange Liste werden würde. Für einen Moment sah er sein Spiegelbild im Schaufenster, ein dunkler Umriss, wandte sich um und ging den Weg zurück, am Marktplatz vorbei zu seiner Dienststelle.

Es ist die Liste, die am nächsten Tag in der Genthiner Zeitung abgedruckt wurde, die erste einer ganzen Reihe von Listen, die bereits den Namen enthielt, der mich lange beschäftigen würde, weil es der einzige ausländische war. Buonomo Giuseppe aus Neapel. Und ich hatte überlegt, was der Mann hier tat und wie es dazu gekommen war, dass er in diesem Zug saß.

*

Die Magdeburger trafen am frühen Morgen ein. Es war noch dunkel, die Bahnhofsuhr zeigte Schlag sechs. Kruse, der im Bedürfnis, sich nützlich zu machen, und aus Verzweiflung, es nur so wenig tun zu können, ständig zwischen Unfallstelle und Stationsgebäude hin und her lief, stand, eben in sein Büro zurückgekehrt, am Fenster und sah, wie der Wagen hielt.

Der Fahrer stieg aus und ging um das Auto herum, doch anstatt die Beifahrertür zu öffnen, starrte er am Gebäude vorbei, in Richtung der von den Scheinwerfern angestrahlten havarierten Züge. Das Licht half, aber es reichte nicht aus, an eine systematische Durchsuchung des Trümmerbergs, aus dem stundenlang das Klagen, Jammern, Stöhnen der Verletzten und Sterbenden drang, war nicht zu denken … während der Fahrer noch da stand und stierte, ging die Beifahrertür auf, und ein Mann wälzte sich heraus, hinter dem ein zweiter erschien, der auf der Rückbank gesessen hatte, ein großer dünner. Er wand sich aus dem Auto, und als er draußen war, streckte er sich, schob die Brille zurück und schaute am Haus hoch, zu dem Fenster, an dem Kruse stand, so dass dieser unwillkürlich einen Schritt zurücktat.

»Da sind sie«, sagte er.

»Wer?«, fragte Jentzsch.

»Die Magdeburger, möchte wetten, das sind sie.«

Worauf Jentzsch ans Fenster trat und sah, wie der Ältere einen Hut aufsetzte, den er in der Hand gehalten hatte, während der Jüngere neben den Fahrer trat. Die beiden waren ihm vor einer Stunde avisiert worden, und er hatte gedacht, dass es am besten sei, sie im Eckzimmer unterzubringen, dem größten im Obergeschoss, dort gab es zwei Schreibtische.

Der Fahrer ging ums Auto herum, öffnete den Kofferraum und nahm einen Karton heraus, es war das Behältnis, in dem sich die Reiseschreibmaschine befand, die von Seidel & Naumann gebaute Erika, die Wagner, wenn es sich einrichten ließ, mitzunehmen pflegte... immer wieder geschah es nämlich, dass er in den Kleinstadtpolizeidienststellen zum Protokolltippen an eine lahmende Maschine verwiesen wurde, an eine Krücke mit verbogenen und sich bei jedem Tastenschlag verhakenden Typenhebeln. Besser, man hatte sein Handwerkszeug dabei. Es war seine eigene, von eigenem Geld erstandene, in einen Lederkoffer eingepasste Maschine. Der Fahrer trug sie die Treppe hoch, und die beiden, Heinze und Wagner, folgten ihm.

Wieland kannte sie flüchtig, den immer breiter und schwerer werdenden, seiner Pensionierung entgegensehenden Heinze, und den trotz seiner bald vierzig Jahre, wohl auf Grund seiner Schlaksigkeit, jugendlich wirkenden Wagner, seit langem bildeten sie ein Gespann.

Als er sie in der beginnenden Dämmerung über die Unfallstelle führte, merkte er, dass Heinze so kurzatmig geworden war, dass er alle paar Meter stehen blieb, während Wagner ständig den Kopf schüttelte, als wollte er seiner Missbilligung über das Gesehene Ausdruck geben. Wie zum Schutz vor dem Anblick hatte er den Mantelkragen hochgeschlagen und die Hände in die Taschen gebohrt. Als er die Brille abnahm und in die Tasche schob, glaubte Wieland, das Entsetzen zu bemerken, das sich auf seinem Gesicht abzeichnete. Heinzes Gesicht konnte er nicht erkennen, es lag im Schatten der Hutkrempe. Er war bloß im Anzug, seinen Mantel hatte er in der Station gelassen, aber er schien nicht zu frieren. Sie standen noch draußen, zwischen Station und Unfallort, als er fragte:

»Wer kümmert sich um die Toten?«

Es war gegen acht, über den Häusern auf der anderen Bahnhofseite zeigte sich ein rötlicher Streifen.

»Lange«, antwortete Wieland.

Worauf Heinze sich umschaute und sagte: »Allein?«

Natürlich nicht. Wieland wusste, dass er zwei Schutzleute mitgenommen hatte. Außerdem waren die Einsarger unterwegs, sie kamen aus Berlin und würden am Vormittag eintreffen.

*

Um diese Zeit herum muss Lisa ein paar hundert Meter weiter vorbeigegangen sein und in die Bahnhofstraße hineingeschaut haben. Normalerweise benutzte sie für den Weg zur Arbeit sommers wie winters das Rad. An diesem Morgen aber ging sie der Kälte wegen zu Fuß. Sie nahm die Abkürzung durch die Gärten (zwischen denen ich sie später mit dem Begabten sah), bog hinter der Kirche auf die Altenplathower Straße und stapfte dann durch den Park, um kurz vorm Kanal auf die Chaussee zu stoßen, die über die Brücke in die Stadt hinein führt.

Es war noch dunkel, als sie aufbrach, erst oben, nach Aufstieg zur Brücke, sah sie nach Osten hin einen Streifen Licht und tauchte dann nach dem Abstieg zur Mühlenstraße wieder ins Dezembergrau ein, und als sie kurz vor Magnus in die Bahnhofstraße hineinschaute, sah sie die Scheinwerfer.

Ihre Arbeit begann um acht Uhr dreißig.

Seit dem Unglück waren acht Stunden vergangen, noch längst nicht waren alle Opfer geborgen. Bis zum Abend kamen die Wagen mit den Toten und den Verletzten die Bahnhofstraße hinauf und fuhren bei Magnus vorbei zum Krankenhaus, zur Turnhalle. Jedes Mal, wenn sie ein Auto hörte, wird sie den Kopf gehoben und zum Fenster geschaut haben.

*

Die Turnhalle der Berufsschule war ein roter Klinkerbau mit großen Fenstern, auf dessen Boden der Hausmeister gleich, als er hörte, wofür der Bau gebraucht wurde, Sägespäne verteilt hatte. Es war die einzige Halle der Stadt, die beheizt werden konnte, weshalb sie im Winter auch von den Schülern der anderen Schulen genutzt wurde. Sie zogen mit ihren Turnbeuteln in Zweierreihen über den schmalen Bürgersteig der Großen Schulstraße zur Berliner Chaussee und kamen, nachdem sie sich umgezogen hatten, in einen großen warmen Raum mit einem federnden Holzboden.

Jetzt freilich war das Heizen zu unterlassen, auch daran hatte Lange gedacht, als er in der Nacht zum Revier gegangen war, um sich mit Schreibzeug einzudecken, daran, dass er sich mit dem Hausmeister absprechen musste... nicht dass der auf die Idee kam, den Ofen anzuwerfen. Bloß keine Wärme. Und dann war ihm noch etwas eingefallen: Die Wertsachen, die Leute hatten ja Geld dabei, Uhren, Ringe, Schmuck... alles musste sichergestellt und verwahrt werden. Aber wie? Umschläge? Große, aus festem Papier gefaltete Umschläge, Couverts in verschiedenen Größen. Ja, am besten hob man die Sachen in solchen Umschlägen auf. Das Nachdenken darüber lenkte ihn von dem Grauen ab, das (wie er wusste) auf ihn zukam.

In dem Bericht, den Wieland, Langes Vorgesetzter, am 28. Dezember verfasste, schreibt er, dass am 22. Dezember, bis 24 Uhr, 126 Tote *bezeichnet* und *zum Teil festgestellt* waren, was wohl meint: mit Nummern versehen und identifiziert.

Da immer mehr Tote gebracht wurden, die Turnhalle aber bereits am Abend gefüllt war, veranlasste er am nächsten Morgen, dass die Glashalle des Schützenhauses beschlagnahmt und ebenfalls für die Aufnahme von Toten hergerichtet wurde. Auch diese Halle war am Abend *zur Gänze* belegt.

Am Nachmittag muss es zu einem kleinen Aufstand gekommen sein: Die aus Berlin herbeigeholten Einsarger, aber auch Beamte des Erkennungsdienstes weigerten sich, ihre Arbeit fortzusetzen, weil ein *dauernder Mangel* an Gummihandschuhen bestand und die Männer *ohne diesen Schutz die Leichen nicht anfassen wollten.*

Da die Ortspolizei nicht nachkam, erfolgte die erkennungsdienstliche Behandlung seit dem frühen Nachmittag des 22. durch Beamte der Kripo Magdeburg. *Zu diesem Zweck wurden die unbekannten Toten aus der Turnhalle zum Schützenhaus gebracht, desgleichen Personen, die, ohne dass ihre Identität hatte festgestellt werden können, im Krankenhaus gestorben waren.* Am 27. Dezember waren alle Toten, *soweit als männlich oder weiblich erkannt*, in Listen erfasst. *Von den 185 festgestellten Toten waren bis zu diesem Zeitpunkt 161 namentlich bekannt; 24 blieben unbekannt. Von letzteren sind inzwischen weitere 10 bekannt geworden. Nach dem 27. Dezember ist eine weitere Person im Krankenhaus verstorben.*

Und dann folgt eine seltsame Bemerkung, die ich ebenfalls wörtlich wiedergebe: *Weitere 73 Personen sind hier als vermisst gemeldet, die jedoch in der Toten- und Krankenhausliste nicht aufgeführt sind.*

Was heißt das? Dass sie einfach verschwunden sind? Oder dass sie als vermisst gemeldet wurden, später aber wieder aufgetaucht sind? Dass bloß vermutet wurde, sie hätten in einem der Unglückszüge gesessen, während sie tatsächlich in einem anderen Zug saßen? Oder dass sie die Reise zwar geplant, aber nicht angetreten hatten?

73 ist eine enorme Zahl. Dieser Satz bleibt ein Geheimnis.

*

Einer der beiden Geistlichen, die am Morgen über die Unfallstelle gingen, bezeichnete die aus dem Trümmerberg aufsteigenden Laute als Klagegesang. Er glaubte ein Jammern und Heulen zu hören. Tatsächlich aber hatte die Kälte dafür gesorgt, dass keiner, der zu diesem Zeitpunkt unversorgt unter den Trümmern lag, noch am Leben war. Weshalb es kein Gesang gewesen sein kann, was er hörte, sondern eisige Stille.

7

Nach ihrer Rückkehr von der Unfallstelle war Heinze und Wagner klar, dass das Lokpersonal des D 180 unter den Todesopfern sein musste, unvorstellbar, dass es den Aufprall überlebt hatte ... wurden aber von Kruse eines Besseren belehrt: Nein, nein sie lebten. Sie stiegen gerade die Treppe hinauf, Wagner voran, ihm folgte der Kriminalrat, der seinen mächtigen Leib mühsam die Stufen hoch wuchtete. Als letzter ging Kruse, von dem langsamen Heinze immer wieder ausgebremst. Wagner blieb stehen.

»Wie?«, rief er. »Sie leben?«

»Ja.« Kruse nickte, an Heinze vorbei.

Sie lagen im Krankenhaus. Die gewaltige Eisenramme, die sie in Form des Kessels vor sich her schoben, hatte die letzten Wagen des anderen Zugs zermalmt oder von den Schienen gehoben, ihnen aber den zum Überleben nötigen Schutz geboten. Knochenbrüche, Verbrennungen, Quetschungen, Abrisse – keine Scheußlichkeit, die sie sich nicht zugezogen hatten. Aber sie lebten ... fünfzig Prozent gaben ihnen die Ärzte. An eine Vernehmung war nicht zu denken. Folglich musste die Frage, warum sie mehrere Signale überfahren hatten, unbeantwortet bleiben, zunächst jedenfalls. An der Tatsache selbst aber gab es nach der noch in der Nacht durch Jentzsch erfolgten Einvernahme von Ackermann und Wustermark, die den Zug zu stoppen versucht hatten, keinen Zweifel.

Also konzentrierten sich Heinze und Wagner auf die

andere Frage: Warum der D 10 gehalten hatte, beziehungsweise, warum er sich überhaupt in Reichweite des Nachfolgezugs befand und nicht schon viel weiter war auf seinem Weg nach Westen, der in Düsseldorf, respektive Köln hätte enden sollen. War es möglich, dass er gestoppt worden war? Hatte er vom Stellwerk ein Signal bekommen? Lebrecht hatte das, danach gefragt, bestritten. Als sie die Treppe hochkamen, saß er, die Mütze in der Hand, vor Jentzschs Büro auf der Bank. Kruse hatte ihn herbefohlen.

»Kommen Sie!«, sagte er und schob Lebrecht hinter Heinze und Wagner her ins Eckzimmer.

Aber Lebrecht blieb dabei. Im Wesentlichen wiederholte er seine Jentzsch gegenüber gemachte Aussage: Der D 10 sei unter seinem Fenster durchgefahren, er habe seine Schlusslichter gesehen und das Klappen der Streckentastensperre gehört, das Fenster habe er erst nach Ackermanns Aufforderung, den D 180 zu stoppen, aufgerissen. Zeuner, der dabei war, sei sein Zeuge.

Ob er sich eine Verwechslung vorstellen könne.

»Eine Verwechslung?«

Ob er den D 10 für den D 180 gehalten haben könne.

»Nee, wieso? Der war doch längst durch.«

Blick zu Kruse. Der nickte. Ja, das hatte ihm Zeuner bestätigt.

Na gut, dann sei er entlassen. Worauf Lebrecht aufstand und zur Tür ging. Als er sie öffnete, sah Wagner einen Mann, der an der gegenüberliegenden Gangwand lehnte. Es war Zeuner. Wagner kannte ihn nicht, aber am nächsten Morgen, bei Lebrechts zweiter Vernehmung, würde er ihn wiedersehen und sich daran erinnern, dass er ihn mit zusammengekniffenen Augen gemustert hatte.

Kruse fand Ernst, den Lokführer des D 10, in der Bahnhofshalle. Er saß inmitten der unverletzt gebliebenen Fahrgäste, die auf einen Ersatzzug warteten, im Schneidersitz auf dem Fußboden. Der unter den Schuhen hereingetragene Schnee war getaut und hatte schmutzige Pfützen auf den Fliesen hinterlassen, aber das schien ihn nicht zu stören. Das Pflaster, mit dem sein Kopfverband befestigt war, hatte sich gelöst, so dass das Ende locker herabhing. Er versuchte es unter die Mullbinde zu schieben, aber jedes Mal rutschte es wieder heraus.

Der Zug war grade zum Stehen gekommen, als es einen gewaltigen Stoß gegeben hatte. Er war mit dem Kopf gegen die Rückwand des Führerstands geflogen und wieder nach vorn geschleudert worden. Das Verrückte aber war, dass er im selben Moment an den Zug gedacht hatte, der ihnen folgte. Daran, dass er ebenfalls in Belicke warten musste. Und als er aufstehen wollte, hatte er gemerkt, dass er mit der linken Hüfte zwischen Steuerrad und Bremsventil eingeklemmt war, so dass er Stuck rufen musste, der ihn herauszog. Bei der Untersuchung im Krankenhaus hatte sich gezeigt, dass er bis auf die Platzwunde am Kopf und eine Rippenprellung unverletzt geblieben war.

»Wo ist Stuck?«, fragte Kruse, als er herantrat, »Ihr Heizer.«

Ernst wies mit dem Kopf zur Tür. Kruse ging hinaus und winkte Stuck heran.

»Kommen Sie«, sagte er, »die Magdeburger haben ein paar Fragen.«

»Die Magdeburger?«

»Die Kriminalen.«

Er stieg mit ihnen die Treppe hinauf, wobei er das Gefühl hatte, Stuck ziehen zu müssen. Er war ebenfalls durch den Führerstand geschleudert worden, aber offenbar unverletzt geblieben. Oder meinte, dass es sich angesichts der in der Nacht gesehenen Verletzungen nicht lohnte, darüber zu reden. Während Ernst ihm müde, aber bereitwillig folgte, spürte er bei Stuck einen sich in jedem Wort, in jeder Regung äußernden Widerstand. Dauernd blieb er stehen, schaute sich um, machte wieder einen Schritt, sprang dann plötzlich, drei Stufen auf einmal nehmend, an ihnen vorbei und lief den Gang hinab, den Kopf gesenkt, heftig schnaubend. Er war ein riesiger Mensch, bald zwei Meter groß, und füllte den Gang fast vollständig aus. Vorm Eckzimmer zwängte sich Kruse an ihm vorbei und drückte die Klinke herab. Die beiden traten ein, während er wieder die Treppe hinabstieg.

»Wir müssen über den Halt sprechen«, sagte Heinze.

»Mir klar«, erwiderte Ernst und setzte sich auf den Stuhl, den Wagner ihm hinrückte. Stuck, der zu nervös (oder zu widerständig) war, um sich zu setzen, blieb in der Tür stehen. Wagner betrachtete ihn. Der Heizer war nicht viel größer als er, hatte aber das Doppelte seines Umfangs. Das sei, sagte er, um die Anspannung zu lockern, keine Vernehmung, sondern eine Befragung. Aber natürlich hatte jede Befragung, die unter solchen Umständen stattfand, den Charakter einer Vernehmung. Das wussten Heinze und Wagner, und die Eisenbahner wussten es auch.

»Also«, sagte Ernst und schaute Heinze an.

Aber anstatt mit dem Halt anzufangen, begann der mit der Verspätung. Wie es dazu gekommen sei.

»Wie?«, rief Ernst. »Ist doch klar. Weil so viel los war. Wegen dem überstarken Personenverkehr.«

Aber das war nicht der einzige Grund. Hinzu kam die Verdunklung, durch die das Ein- und Aussteigen länger dauerte als im Fahrplan vorgesehen. Die Verdunklung nannte Ernst nicht. Weil das als Kritik ausgelegt werden konnte? Die von der Reichsregierung angeordnete Maßnahme zum Schutz vor feindlichen Fliegern soll schuld sein? Zu dieser Aussage ließ er sich nicht hinreißen. Auch um den anderen Grund für die anwachsende Verspätung machte er einen Bogen: die außerplanmäßigen Halts auf freier Strecke und das schwere Anfahren des überladenen Zugs, das darauf folgte. Wusste er von dem vor ihm auf der Strecke liegenden Militärzug, der ebenfalls überladen war? Vermutlich, aber er erwähnte ihn nicht. Das schien ihm nicht ratsam.

Wagner, der mit dem Stuhl hin und her kippelte, hielt einen Moment inne und nickte.

Gustav Ernst ist, den Unterlagen zufolge, damals 56 Jahre alt und fährt seit 1918 als Lokführer, seit einigen Jahren auch auf Schnellzügen. Seine Personalakte weist keinen einzigen Eintrag auf. Noch nie hatte er sich eines Verstoßes gegen die Betriebsordnung schuldig gemacht, noch nie hatte er einen Unfall verursacht. Erwähnte er das? Ja, in diesem Moment, in dem er sich als beschuldigt empfand, wies er darauf hin.

»Noch nie!«, sagte er zu Wagner, der sich wieder Notizen zu machen begonnen hatte, beugte sich vor und klopfte mit dem Finger auf den Tisch.

»Schreiben Sie das in Ihr Protokoll!«

»Natürlich«, rief Stuck, der seinen Platz an der Tür aufgegeben hatte und zum Ofen hinübergewechselt war, er lehnte sich mit dem Rücken dagegen, stieß sich aber gleich wieder ab und trat ans Fenster. Er war 46 Jahre alt und stammte aus Ratibor in Oberschlesien. Wenn er »natürlich« sagte, klang es wie »natierlich«.

Heinze schaute Stuck an, wandte sich wieder dem Lokführer zu. Und kam jetzt auf den Halt zu sprechen.

»Der Halt«, sagte er. »Ich verstehe nicht, warum Sie gehalten haben.«

»Na, wegen dem roten Licht.«

»Sie haben rotes Licht bekommen?«

»Stuck sah es zuerst. Halt, rief er, halt an, der winkt mit rotem Licht.«

Stuck stand noch immer am Fenster, die Hand auf dem Knauf.

»Is' so«, bestätigte er. »Ich kann es nicht genau sagen, aber wir waren bestimmt noch hundert Meter vorm Stellwerk, als ich durch meine Vorderscheibe Winksignale sah mit rotem Licht.«

»Haltesignal?«
»Watten sonst?«
»Und Sie täuschen sich nicht?«
»Uff keenen Fall.«

Nachdem die beiden entlassen worden waren, nahm Wagner die Haube von seiner Schreibmaschine, spannte einen Bogen Papier ein und zog die Notizen heran. Aber nachdem er das Datum getippt hatte, ließ er die Arme sinken und schaute zu Heinze hinüber, der an seinem Tisch saß und mit dem Bleistift Figuren aufs Papier malte.

»Soll ich ihn herholen?«, fragte Wagner.
»Lebrecht?«
Wagner nickte.
»Ja«, sagte Heinze. Doch dann fiel ihm ein, dass er gehört hatte, wie Jentzsch ihn nach Hause geschickt hatte. Jeder Mann wurde gebraucht, aber offenbar dachte er, dass mit ihm ohnehin nichts anzufangen sei. Dann eben am nächsten Morgen. Wenn er zum Dienst käme, würden sie ihm Stucks Aussage vorhalten. Doch als sie eine Stunde danach die Treppe hinabstiegen, trafen sie Kruse, der ihnen erzählte, Lebrecht würde erst am Abend zum Dienst erscheinen.

Kruse wollte eben nach Hause gehen, er war in Mantel und Mütze. Während sie miteinander sprachen, hielt er sich am Geländer fest und blickte sie aus rot unterlaufenen Augen an. Er war seit über dreißig Stunden auf den Beinen. Warum sie nach Lebrecht fragten. Weil sie ihn gern am Morgen sprechen würden. Worauf er sich erbot, bei ihm vorbeizufahren. Es sei nur ein kleiner Umweg. Er wohne in der Gutenberg-, Lebrecht in der Beethovenstraße.

»Wann?« fragte er.

»Sagen wir um acht.«

Obwohl in Zivil, legte Kruse die Hand an die Mütze. Als sie auf die Straße traten, sahen sie ihn bei den Fahrradständern. Er klemmte die Tasche unter den Gepäckträgerbügel, zog sein Rad heraus, schwang sich auf den Sattel und fuhr in die Bahnhofstraße hinein. Von der Unfallstelle drang grelles Scheinwerferlicht herüber. Irgendwann war ihnen ein Zettel hereingereicht worden, auf dem nur zwei mit Maschine getippte Zeilen standen: Hinsichtlich der Nichtabschirmung der Lichtquellen wurde vom Luftgau die Genehmigung erteilt. Wagner hatte den Zettel gelesen und ihn zu Jentzschs Büro hinübergebracht. Jetzt waren auch die Kräne da, auf die alle gewartet hatten, der kleine aus Berlin und ein großer aus Bremen. Einen Moment standen sie da und sahen, wie der Ausleger mit einem lauten Kreischen über die Gleise schwenkte.

*

Es war ein langgestrecktes Haus mit drei Torbögen, in dem Lebrecht wohnte. Trotz der Kälte stand die Tür offen, ein unters Türblatt geschobener Holzkeil verhinderte, dass sie ins Schloss fiel, des Geruchs wegen, dachte Kruse, im ganzen Haus stank es nach Kohl. Er stieg die

Treppe hoch, klingelte, gleich darauf wurde geöffnet, Lebrechts Frau erschien in der Tür.

»Herr Kruse«, sagte sie und zog ihn in die Wohnung.

Kaum hatte sie die Tür geschlossen, begann sie zu erzählen, die ganze Unfallgeschichte, so wie Lebrecht sie ihr berichtet hatte. Sie war eine kleine rundliche Frau, die zwei Kinder groß gezogen hatte, Jungen, von denen der eine bei Kriegsbeginn einberufen worden war, während der andere in Kirchmöser eine Lehre machte, Maschinenbau. Sie schaute Kruse von unten herauf an.

»So war et doch, oder?«

Ja, so ungefähr. Aber es berührte ihn unangenehm, das alles aus dem Mund dieser Frau zu hören. Deshalb nickte er bloß. Als er Lebrecht in die erleuchtete Küchentür treten sah, sagte er: »Die Magdeburger wollen Sie morgen sprechen.« Und setzte, da der nicht antwortete, hinzu: »Am Morgen um achte.« Danach, schon im Umdrehen: »Will ich hiermit ausgerichtet haben.«

Und ging wieder, obwohl er spürte, dass Frau Lebrecht wünschte, er würde bleiben. Sie wollte hören, was er über den Unfall dachte. Zweifellos wäre es ihr eine Beruhigung, wenn er sagte: Ihren Mann trifft keine Schuld. Oder wenn er durch seine Anwesenheit zu erkennen gäbe, dass die Bahnhofsleitung ihrem Mann gewogen blieb. Und das war es auch, was Kruse vorgehabt hatte. Als er anbot, bei Lebrecht vorbeizufahren, wollte er nachholen, was seiner Meinung nach zu kurz gekommen war: dem Mann in dieser schwierigen Situation ein Zeichen der Wertschätzung zu geben, ihm zu zeigen, dass keiner an seiner Zuverlässigkeit zweifelte. Das gehörte sich so. Das war, fand er, eine Frage der ihrem Mitarbeiter geschuldeten Fürsorge.

Nun aber, da Lebrechts Frau um ihn herumwuselte (während der bloß vor sich hin stierte), spürte er wieder, wie schon im Treppenhaus, nur stärker, diesen Geruch … ja, da war dieser dumpfe, die Wohnung, das ganze Haus durchdringende Gestank, wie von vergammelnden Putzlappen … und hatte nur noch den Wunsch, wegzukommen, raus hier, zurück auf die Straße, in die allen Gestank und alles Geschwätz tilgende Kälte. Und lief die Treppe hinab. Unten aber ging er nicht etwa weiter oder, besser, zurück zur Zeppelinstraße, in der er sein Rad abgestellt hatte, sondern trat durch den Torbogen, durch den man in den Hof mit den Schuppen und Kaninchenställen gelangte. Er wusste selbst nicht, warum. Eine Weile stand er da in der Dunkelheit und schaute zu den Fenstern der Lebrechtschen Wohnung hoch, bis er die Kälte spürte, die in seinen Kragen kroch.

*

Heinze und Wagner wollten am Abend nach Magdeburg zurückfahren und am Morgen wiederkommen, so war es vorgesehen, aber da sie am Nachmittag hörten, dass der Wagen, der sie hergebracht hatte, nicht mehr zur Verfügung stand und da die Züge noch nicht wieder fuhren, entschlossen sie sich zu bleiben. Gab es ein Hotel? Jentzsch schlug ihnen Tennsfeld vor, Hotel Tennsfeld,

Mühlenstraße, und als sie zustimmten, hatte er Kruse gebeten, zwei Zimmer zu reservieren.

Auf dem Weg dorthin trafen sie Sauerwein, den Sachverständigen, der eben von Block Belicke zurückgekehrt war, wo er zuerst im Hellen, dann, nach Einbruch der Dunkelheit, beim Licht der nach oben hin abgeschirmten Handlampen Untersuchungen an der Signalanlage durchgeführt hatte. Da er, obwohl motorisiert, ebenfalls bei Tennsfeld untergekommen war, hatten sie denselben Weg. Eingangs der Mühlenstraße kamen sie an einem Optikerladen vorbei, als Wagner, gegen jede Vorschrift, sagte, es sehe aus, als hätte der Stellwerker den D 10 aus Versehen angehalten.

Worauf Sauerwein nickte und erwiderte: »Vier Sekunden.«

»Wie meinen Sie das?«

Sauerwein blieb stehen. Ihm war schon am Mittag zu Ohren gekommen, dass der D 10 noch hundert Meter vorm Stellwerk war, als er das Haltesignal bekam. Daraufhin hatte er nachgerechnet.

»Sehen Sie«, sagte er. »Der Zug hatte eine Geschwindigkeit von 80 km/h. Hätte er das Stellwerk vier Sekunden früher erreicht oder hätte der Mann das Signal vier Sekunden später gegeben, wäre er am Stellwerk vorbei gewesen. Dann hätte der Heizer das Signal nicht mehr sehen können, und es wäre, vermutlich, nicht das Geringste passiert.«

Am nächsten Morgen gingen sie den umgekehrten Weg.

Heinze hielt die Hände auf dem Rücken, wodurch sich sein Bauch noch mehr vorwölbte, als er es ohnehin schon tat. Die Zeigefinger hatte er ineinandergehakt und behauptete, als Wagner fragte, wie er geschlafen habe, gut, er habe gut geschlafen, aber das stimmte nicht.

Sie hatten lange mit Sauerwein zusammengesessen und waren erst gegen halb zwei ins Bett gekommen. Heinze war auf der Stelle eingeschlafen, aber nach einer Stunde wieder wach gewesen. Der Harndrang. Die Toilette lag am Gangende, er tappte barfuß über den Läufer, und als er zurückkam, war er so munter, dass an Schlaf nicht zu denken war. Das kannte er. Also lesen. Fast könnte man sagen, dass es zu seinen Unterwegsritualen gehörte: einschlafen, wach werden, auf die Toilette gehen, die Bibel aus dem Nachtschrank nehmen, lesen, wieder einschlafen. Doch als er nach der Nachttischlampe tastete, merkte er, was ihm beim Zubettgehen nicht aufgefallen war: dass es keine gab, keine Nachttischlampe, nur die dreiarmige Deckenleuchte, deren trübes Licht zum Lesen nicht reichte, und so lag er im Dunkeln und schaute an die Decke, um erst gegen Morgen wegzudämmern… nun, unterwegs zum Bahnhof, spürte er jeden Muskel, jede Sehne, jeden Knochen. Nicht nur den Rücken, der ihm ohnehin wehtat, sondern auch die Knie, die Ellbogen. Doch das sagte er nicht. Es war ihm nicht gegeben, sich zu beklagen. Er war, auch wegen seiner Rückenschmerzen, häufig missmutig, aber wenn man ihn nach seinem Befinden fragte, sagte er in knappem Kasernenton: Danke, gut!

Er war kein Anhänger des Militärs, aber diesen Ton beherrschte er.

Der Wind, der ein wenig Schnee mit sich führte, kam von vorn und kühlte sein heißes, vom Schnaps gerötetes Gesicht. Angenehm. Doch als er sich an die Stirn fasste, merkte er, dass er den Hut vergessen hatte; er hing in der Gaststube. Da hängt er gut, dachte er und überlegte, ob er zurückgehen und ihn holen sollte. Aber da bogen sie schon in die Poststraße ein, und als sie, kurz vorm beschrankten Übergang, zur Bahnhofstraße kamen, sahen sie wie am Vorabend den Ausleger des großen Krans, der von den Scheinwerfern angestrahlt wurde.

Lebrecht kam pünktlich um acht. Er klopfte, und als er eintrat, merkte Wagner, der sich gerade am Ofen zu schaffen machte, dass er (wie um zu zeigen, dass er dienstfrei hatte) in Zivil war. Der graue Anzug, den er trug, war um die Schultern zu eng, und am Revers hing das rote Parteiabzeichen. Mantel und Mütze hatte er an einen der Haken im Flur gehängt. Unter seinem Haaransatz zog sich von der im Sommer bei der Gartenarbeit getragenen Mütze her ein weißer Streifen über die Stirn.

»Ah, Herr Lebrecht«, sagte Wagner. »Setzen Sie sich.«

Lebrecht warf Heinze, der bei seinem Eintreten nicht aufgeschaut, sondern weiter in seinen Unterlagen geblättert hatte, scheinbar darin vertieft, einen scheuen Blick zu und blieb stehen. Erst als Heinze, grußlos, mit der Hand auf den Stuhl zeigte, trat er heran und setzte sich.

»Herr Lebrecht«, sagte Heinze, »wo war der D 10, als Sie dem D 180 Haltesignal gaben?«

Lebrecht war über diese Eröffnung so verblüfft, dass er sich zu Wagner umdrehte. Offenbar hatte er erwartet, dass der sich, wie tags zuvor, an die Schmalseite des Tisches setzen und mitschreiben würde. Aber Wagner blieb stehen und sah ihn teilnahmslos an.

»Der war schon vorbei«, sagte er schließlich.

»Vorbei am Stellwerk?«

»Ja, in Richtung Station.«

Heinze tat, als blätterte er in seinen Papieren.

»Stuck, der Heizer des D 10, sagt aber aus, dass er noch hundert Meter vorm Stellwerk war, als er rote Haltesignale bekam.«

»Von mir nicht.«

»Von wem sonst?«

Lebrecht zuckte mit den Schultern.

»Kann es nicht sein«, sagte Wagner, »dass Sie den D 10 mit dem D 180 verwechselt haben?«

Lebrecht wandte den Kopf, um zu sehen, woher die Stimme kam. Wagner lehnte, die Arme verschränkt, am Ofen. Lebrecht musterte ihn.

»Nee, nee. Kommt gar nich in Frage, det ick plötzlich schuld sein soll.« Und drehte sich wieder zu Heinze um. »Nee, so nich. Nich mit mir.«

Worauf Heinze Wagner ein Zeichen gab.

Ernst und Stuck waren über Nacht bei der Lok geblieben. Lokwache, hatte Stuck gesagt. Wozu das gut sein sollte, war Wagner schleierhaft. Das Ding würde doch keiner klauen .... wie auch immer ... sie brauchten die beiden. Sie wohnten in Berlin, Ernst in Charlottenburg, Stuck im Wedding. Und es war ihnen recht, dass nicht sie es waren, die sie in der Unglücksstadt festhalten mussten. Vor der Einvernahme von Lebrecht hatte sich Wagner auf den Weg zum Lokschuppen gemacht und Stuck tatsächlich gefunden. Um neun, hatte ihm Heinze aufgetragen.

»Um neun«, hatte Wagner zu Stuck gesagt, »und warten Sie draußen.«

Doch als Wagner ihn holen wollte, konnte er ihn nirgends entdecken. Seine Joppe hing neben Lebrechts Mantel, aber von ihm selbst keine Spur. Die Bank war leer. Er ging vor zur Treppe, und da sah er ihn. Stuck saß auf der Stufe über dem mittleren Treppenabsatz und hielt sich die Ohren zu, jedenfalls kam es Wagner so vor. Er presste die Hände gegen den Kopf, und als Wagner heran war, merkte er, dass er die Augen geschlossen hielt.

»Herr Stuck«, sagte er.

Stuck öffnete die Augen und blickte ihn an, aber so, dass Wagner nicht sicher war, ob er ihn sah oder nicht durch ihn hindurchschaute.

»Herr Stuck«, sagte er vorsichtig. »Herr Stuck, ist alles in Ordnung?« Stuck nickte.

»Wollen wir mal?« Und da Wagner das Gefühl hatte, dass Stuck nicht verstand, worum es ging, setzte er hinzu: »Wir waren verabredet. Erinnern Sie sich?«

Erst da stand Stuck auf und stieg wortlos vor Wagner die Treppe hoch.

Als sie hereinkamen, sprang Lebrecht auf und wollte zur Tür hinaus. Offenbar glaubte er, er sei entlassen. Aber Heinze winkte ihn zurück und bedeutete ihm, wieder Platz zu nehmen.

»Nein, nein, bleiben Sie!«

Wagner rückte einen zweiten Stuhl heran, und tatsächlich setzte sich Stuck, aber so, dass er fast auf dem Stuhl lag, die Beine weggestreckt, die Arme über der Brust verschränkt. Lebrecht saß neben ihm, eingezwängt in seinen Anzug, und zupfte an den Manschetten herum.

»Herr Stuck«, begann Heinze.

Und hielt ihm Lebrechts Aussage vor. Stuck schüttelte, ohne aufzusehen, den Kopf.

»Ist es nicht möglich, dass Sie sich geirrt haben? Dass das rote Licht woanders herkam.«

Aber Stuck erwiderte dasselbe wie am Tag zuvor:

»Nein, kein Irrtum. Ich irre mich nicht. Das Licht kam oben aus dem Stellwerk. Und zwar«, hier setzte er sich auf und hob seinen langen Arm, »durch anhaltendes Schwingen im Kreis.«

Heinze blickte Lebrecht an, der aufmerksam zugehört hatte.

»Nun, Herr Lebrecht?«

Es schien, als duckte der sich. Und dann sagte er den Satz, über den Wagner später lange nachdachte, weil er ihm, obwohl kleinlaut daherkommend, als der Inbegriff des Bösen erschien.

»Wenn Stuck det so sacht. Warum sollt' er lügen? Wa?«

Stuck hörte den Satz auch, sein Kopf lief rot an.

Wagner glaubte, er würde sich auf Lebrecht stürzen, weshalb er rasch einen Schritt vortrat und sich zwischen die beiden stellte. Aber Stuck schüttelte bloß den Kopf und sagte etwas, das Wagner nicht verstand, Heinze aber sehr wohl und ihm später mitteilte.

Stuck sagte: »Die vielen Toten.«

Und fing an zu weinen.

Lebrecht saß mucksmäuschenstill auf seinem Stuhl und stierte vor sich hin. Da nahm Wagner Stuck am Arm und führte ihn hinaus. Heinze schaute auf seine Hände und nickte.

»Kommen Sie«, sagte er dann, schob den Stuhl zurück und stand auf.

Lebrecht erschrak. »Wieso?« sagte er. »Was ist?«

Es war klar, dass er glaubte, er sei verhaftet.

»Zeigen Sie uns, wie es war.«

»Wie es war?«

Er verstand noch immer nicht.

»Gestern Nacht.«

Auf der Treppe kam ihnen Wagner entgegen, er ließ Lebrecht und Heinze vorbei, und nachdem er seinen Mantel geholt hatte, folgte er ihnen. Sie gingen über den Schwarzen Weg. Er blieb ein Stück hinter ihnen und sah, dass Lebrecht den Kopf gesenkt hielt, als fürchtete er den Anblick der Unfallstelle, die rechts von ihnen lag.

Neben den Gleisen hielt ein Laster der Technischen Nothilfe. Leere Ölfässer waren herbeigeschafft und im Abstand weniger Meter aufgestellt worden, auf den darüber gelegten Brettern stapelten sich Koffer und Taschen, dazwischen lagen Berge von Kleidungsstücken, Schuhen, kurzum allem, was mittlerweile aus den Trümmern geborgen worden war. Feiner Schneegriesel trieb durch die Luft und ließ sich auf den Sachen nieder, so dass es schien, als sei alles mit einem weißen durchsichtigen Tuch bedeckt.

An der Mützelstraße überquerten sie die Schienen und stiegen die Treppe zum Stellwerk hinauf, Lebrecht (auf Heinzes Wink hin) voran. Seine Hände steckten in grauen Handschuhen. Er umfasste das Geländer und zog sich die Stufen hoch, mühsam, wie es schien. Wo er das Geländer berührte, blieb ein mit Wollflusen gefüllter Handabdruck zurück. Auf dem Absatz angelangt, stützte er die Hände auf die Knie und atmete tief durch.

Das Kopfsenken und Weggucken, das Kaum-die-Treppe-Hochkommen und Außer-Atem-Geraten... das war so kläglich, dass Wagner überzeugt war, dass er ihnen etwas vorspielte. Er tat nur so, als sei er gebrochen. Aber dann wurde er unsicher. Er war zwölf Jahre jünger als Lebrecht, der Rücken tat ihm weh, der rechte Arm... trat ihm jemand selbstbewusst entgegen, brach ihm der Schweiß aus, und er spürte, wie sein Herz zu pochen begann. Was wusste er denn, wie er sich an Lebrechts Stelle gefühlt hätte?

Als sie eintraten, sprang Lebrechts Kollege auf und trat beiseite, wie um ihm seinen Platz zu überlassen. Auf Heinzes Wink hin setzte er sich wieder und schaute hinaus. In einer Ecke, unübersehbar in seiner Uniform, hockte Zeuner und nickte Lebrecht aufmunternd zu. (Richtig, Wagner erinnerte sich, Kruse hatte erzählt – Zeuner: SA.) Aber Lebrecht reagierte nicht. Er sah über ihn hinweg und hielt die Hände an den Ofen. Da war das schwarze Telefon, da zwischen den Fenstern die wieder in ihrer Halterung hängende Handlampe.

»Nun?«, sagte Heinze.

Lebrecht starrte ihn an. Er verstand nicht, was der dicke Mann wollte. Heinze nahm den Hörer ab und drückte ihn Lebrecht in die Hand.

»Der Anruf von Bude 89. Wo haben Sie gestanden? Da?«

Lebrecht nickte, besann sich dann und machte einen halben Schritt vor.

»Wohin haben Sie geschaut?«

»Na, dahin, nach unten.«

Er drehte sich zum Fenster und beugte sich vor, den Hörer am Ohr. Wagner, der ihn die ganze Zeit über beobachtete, merkte, wie sich der Trotz in Lebrecht aufbaute, und schaute zu Zeuner hinüber, der geduckt da saß, mit abwesender Miene, aber, vermutlich, auf jedes Wort lauschte. Er überlegte, ob er ihn rausschicken sollte, aber nein, das ging nicht, und so stellte er sich zwischen die beiden, zwischen ihn und Lebrecht, um ihm die Sicht auf den Stellwerker zu versperren.

»Weiter«, hörte er Heinze sagen. »Was dann?«

Lebrecht schielte zur Handlampe. Dann endlich begriff er. Seine Hand fuhr nach oben (so schnell, dass sie beinahe Heinzes Kopf getroffen hätte) und riss die Lampe herab. Dann öffnete er mit der anderen das Fenster und machte die kreisenden Armbewegungen, von denen er bei seiner Befragung gesprochen hatte.

Das Ganze war eine Farce. Nachdem Lebrecht zugegeben hatte, dass er den falschen Zug angehalten haben *könnte* (das Schlupfloch ließ er sich: die Dunkelheit), konnte nichts Neues dabei herauskommen. Und doch schrieb Wagner am Nachmittag in sein Tagebuch, es sei interessant gewesen, Lebrecht zu beobachten. Das Protokoll war getippt, die Haube über der Schreibmaschine geschlossen, durchs Fenster sah er (in der Dämmerung gerade noch erkennbar) den bei jedem Voranschreiten zitternden Zeiger der Bahnhofsuhr.

Er saß da und schaute hinaus, und als Heinze einen Moment auf den Flur ging, schraubte er die Kappe vom Füllfederhalter, beugte sich über das bereits aufgeschlagen vor ihm liegende Heft und notierte, woran er seit dem Vormittag gedacht hatte: die Gleichzeitigkeit.

»... das Ding, um das wir theoretisch wissen, uns aber nur ausnahmsweise bewusst machen, wie es im Moment der Katastrophe auf die Spitze getrieben wird. Plötzlich kommt alles zusammen: Unten die sich rasch nähernden Züge, oben Lebrecht. Jetzt droht, was normalerweise nebeneinander geschieht, ineinander zu fallen, und soll, damit es weiter nebeneinander geschehen kann, von diesem Männchen auseinander gehalten werden, und als Handwerkszeug hat er nicht mehr als seinen Arm und eine kleine Lampe ... im Übrigen hat er mit Anklage zu rechnen, während die beiden, die ihm das eingebrockt haben, Lokführer und Heizer des D 180, hinter ihren Verletzungen in Deckung gegangen sind.

Auf dem Rückweg beobachtet, wie die havarierte Lok vom Kran auf die Schienen gesetzt und anschließend aus dem Bahnhof gezogen wurde ... der Tender war abgerissen, und die Speichenräder schienen wohl wegen der nach oben gebogenen Bleche ungewöhnlich hoch und zerbrechlich ... bei unserer Rückkehr Überraschung: In der Bahnhofshalle brannte der Weihnachtsbaum. Jentzsch hat ihn, wie er erzählt, schon vor einer Woche aufstellen lassen, und heute Mittag nun hat er, trotz aller Bedenken, dem als Hausmeister fungierenden Pensionär den Auftrag erteilt, die Kerzen aufzustecken und anzuzünden.«

Es war gegen fünf, als Kruse Kaffee hereinbrachte. Er kam mit dem Tablett, stellte es auf den Aktenwagen und ging wieder hinaus. Wagner schenkte sich ein, und als er die Tasse an den Mund führte, begann er zu zählen, eins, zwei, drei, und bei vier angekommen, stellte er fest, dass er gerade den ersten Schluck genommen hatte, er behielt die Tasse in der Hand und dachte daran, wie Lebrecht im Stellwerk die Handlampe aus der Halterung gerissen, das Fenster geöffnet und den Arm kreisen gelassen hatte.

Wagner stellte die Tasse ab, und als er den Füllfederhalter aufschraubte, zählte er wieder bis vier. So ging es weiter, den halben Nachmittag und den ganzen Abend über. Anfangs war es eine Art Spiel oder – besser – ein Versuch, die Zeit in winzige, mit Bewegungen und Tätigkeiten ausgefüllte Abschnitte zu zerlegen, um sie danach als unwiderruflich geschehen zu begreifen. Mit der Ermittlung hatte das nichts zu tun, aber es schien ihm nützlich zu wissen, dass es vier Sekunden waren, die er vom Schreibtisch bis zur Tür brauchte, vier Sekunden, um ein Blatt Papier zusammenzufalten. Ein Spiel oder ein Selbstversuch. Doch als er am Abend mit Heinze bei Tennsfeld saß, zählte er noch immer, wobei er zum ersten Mal die linke Hand unter den Tisch hielt und die Finger abspreizte. Vier Sekunden dauerte es, bis Heinze ein Streichholz aus der Schachtel genommen und angerissen hatte, vier Sekunden... er glaubte, Heinze merke es nicht, aber er irrte sich. Heinze blickte ihn durch die Qualmwolke hindurch an und sagte etwas, das er nicht verstand.

»Wie bitte?«

»Ich habe gefragt, was Sie haben.«

Er hatte nichts, er hatte zu zählen begonnen. Und sagte sich, dass er aufpassen müsse. Dass das leicht zum Spleen werden könne... vier Sekunden... gerade genug, um einen Schluck aus einer Tasse zu nehmen, einen Füllfederhalter aufzuschrauben, seinen Namen zu schreiben, ein Stück Papier zusammenzufalten. Oder um (war man ein Weltklassesprinter vom Schlag eines Jesse Owens) eine Strecke von neununddreißig Komma zwei Metern zurückzulegen. Und für einen Zug, der mit etwa 80 km/h angerast kommt?

Vier Sekunden. Am Ende läuft es darauf hinaus.

8

Am 21. Dezember berichtete der Berliner Lokal-Anzeiger über eine zwei Tage zuvor stattgefundene Veranstaltung im Haus des Vereins deutscher Ingenieure. Dabei war eine Reihe von Filmen gezeigt worden, die von der Reichsbahn zur Erforschung des Verhaltens zusammenstoßender Züge in Auftrag gegeben worden war. Damit sich der Versuch in jeder Phase verfolgen ließ, waren mehrere Kameras zum Einsatz gekommen, deren Aufgabe es war, die Kollision aus verschiedenen Positionen sowohl in Normalzeit als auch in Zeitlupe aufzunehmen.

Vom Ergebnis war der Berichterstatter so beeindruckt, dass er von einer Meisterleistung der Filmtechnik sprach, die geeignet sei, den Entwicklungsingenieuren praktische Hinweise für ihre Arbeit zu liefern, wodurch diese in den Stand versetzt würden, für eine stetig wachsende Sicherheit im Umgang mit den Neuerungen der Technik zu sorgen.

Dieser Artikel war es, den Lange bei einem der Toten fand. Die Zeitung steckte zusammengefaltet in seinem zerrissenen Mantel. Als er das Blatt herauszog, fiel sein Blick auf den Titel – »Wenn Wagen aufeinanderprallen«.

Nachdem er einen Moment überlegt hatte, beschloss er, den Artikel Heinze zu zeigen, und legte die Zeitung in seine Tasche. Doch als er den Oberrat am Mittag traf, hatte er vergessen, was ihm so bemerkenswert erschienen war, und als er am Abend abgelöst wurde, dachte er nicht mehr daran und nahm die Zeitung mit nach Hause.

Der Weg führte ihn durch die Mühlenstraße. Bei Tennsfeld waren die Rollläden runtergelassen, kein Licht drang heraus, unmöglich, einen Blick durchs Fenster zu werfen, doch als jemand herauskam, sah er für einen Moment Heinze und Wagner mit dem Sachverständigen Sauerwein in der Gaststube sitzen, dann schloss sich die Tür wieder.

Zur Brücke hin fällt die Straße leicht ab, um dann erneut anzusteigen. Und plötzlich sah er sich in der Turnhalle zwischen all den Toten, die aufgereiht wie eine Strecke bei der Treibjagd erlegter Hasen nebeneinanderlagen. Erst auf der Brücke verschwand das Bild wieder. Er lehnte sich ans Geländer und sog die Luft ein, sie war kalt und schmeckte nach Eisen.

Seit Tagen war der Kanal gefroren. Unter der Brücke war das Eis dünner, und von ebendort (wo er nicht hinschauen konnte) war ein Knistern zu hören, wie von in Brand geratenen Hölzern. Er stieg den Hang hinab, nahm aber, unten angekommen, nicht wie sonst die Abkürzung durch den Park, sondern blieb auf der Straße, weil nun auch das Bild der nackten Füße vor ihm auftauchte, an die sie die Namensschilder gebunden hatten, der abgespreizten Zehen und der von weißer Haut überspannten Sehnen, ja, dieses Bild ... nicht der gefrorene Sandweg war es, über den er ging, sondern der mit Sägespänen bedeckte Turnhallenboden.

Er war ein zweiunddreißigjähriger Mann, der in seiner Jugend Feldhandball gespielt hatte, ein Mann mit breitem Kreuz und muskulösen Armen, der sich vor nichts und niemandem fürchtete, und doch erzählte er, nach Hause zurückgekehrt, seiner Frau, dass er nicht vermocht hätte, durch den Park zu gehen. Er zog den Mantel aus, die Schuhe, ging in die Küche und stellte die Tasche auf den Tisch. Als er sie öffnete, fand er unter seiner Brotdose die zusammengefaltete Zeitung und steckte sie, ohne noch mal einen Blick hineinzuwerfen, in den Ofen.

Langes Frau beschrieb diesen Abend. Nachdem ihr Mann zu Bett gegangen war, setzte sie sich an den Tisch und verfasste einen Brief an ihre Schwester in Berlin: »Stell dir vor, son starken Kerl, kennst ihn ja, und nu gruselt ihn vorn Park.«

So war es bei allen. Alle gaben etwas weiter, ließen etwas zurück oder schickten etwas weg, einen mit den Schilderungen der Tagesereignisse gefüllten Brief, ein paar aus einer Kladde herausgetrennte Seiten, eine jemandem gegenüber im Vertrauen gemachte Bemerkung, die entgegen dem geleisteten Versprechen nicht für sich behalten, sondern weitergetragen wurde. Das ist der Weg, auf dem wir von den Dingen Kenntnis erhalten. Nichts (möchte man meinen) geht verloren, und doch ist das meiste aus dem Gedächtnis verschwunden oder nur noch in den vergilbten, kaum jemals aufgeschlagenen Akten vorhanden.

Lange hatte Angst vorm Park. Wagner zählte bei allem, was er tat, bis vier, wobei er unter dem Tisch die Finger abstreckte. Lebrecht sah, als er am Heiligenabend seine

Kaninchen füttern wollte, in den Augen des Rheinischen Schecken die Scheinwerferschlitze der Lok auf sich zukommen. Stuck versteckte, wenn er jemanden begrüßen sollte, die rechte Hand hinterm Rücken.

Nur bei Wernicke, dem Lokführer des D 180, war es anders. Er lag im Bett, die bandagierten Arme auf der Decke, die Augen geschlossen, in einer Art Halbschlaf, aus dem er nur erwachte, wenn die Schwester mit dem Essen kam, dann öffnete er den Mund und ließ sich füttern, so wie er sich nach der Benutzung der Bettpfanne den Hintern abwischen ließ, angestrengt in eine Richtung schauend, hin und wieder mit einem Grunzen, von dem die Schwester nicht wusste, ob es der Empörung über seine Hilflosigkeit entsprang oder einer plötzlichen Lustaufwallung.

Obwohl sich Wernicke also erkennbar auf dem Weg der Besserung befand, hielten die Ärzte (nach Heinzes und Wagners Meinung über die Zeit hinaus) an ihrem Befragungsverbot fest.

Was wussten die beiden über den Lokführer? Was kannten sie? Seinen Werdegang, natürlich: 1888 geboren in einem kleinen Dorf bei Wanzleben, wohnhaft in Magdeburg; vor der Bewerbung für den Lokomotivführerdienst eine Lehre bei der Reichsbahn (nicht als Schmied, wie bei Bothe, dem Verfasser des im *Eisenbahnfreund* erschienenen Artikels, zu lesen war, sondern als Schlosser), 1913 Einstellung als Anwärter. Im Dezember 1915 Lokführerprüfung, aber Weiterbeschäftigung als Heizer.

Ernennung zum Lokführer erst fünfzehn Jahre danach, im Januar 1930, aber weiterhin Einsatz ausschließlich im Güterverkehr. Zuteilung einer Schnellzuglok und damit Übernahme in den Personenzugverkehr erst Anfang September 1939.

Das sind die Eckdaten, die werden sie gekannt haben, natürlich, aber kannten sie auch Wernickes Personalakte, die nicht weniger als neun Dienststrafen enthielt? Oder wurde die erst im Prozess verlesen, zur Abrundung des Bildes, das sich die Richter von ihm machen sollten?

Die erste Strafe stammte vom 26.5.1917 und betrug drei Reichsmark wegen Überfahrens um sieben Wagenlängen des auf Halt stehenden Ausfahrtsignals auf dem Bahnhof Magdeburg-Buckau.

Es folgen Strafen wegen:

Verqualmens des Bahnhofs

Rammens einer anderen Lok

Beschädigung seiner Lok durch das Auffahren auf eine andere Lok

Überfahrens von Haltesignalen im Bahnhof Cöthen

Und so weiter.

Wobei es einmal heißt, bei der Bestrafung sei als erschwerend zu berücksichtigen, dass er »trotz einwandfreier Zeugenangaben die Schuld auf Unbeteiligte zu schieben versuchte«. Die letzte Dienststrafe wurde ihm am 19. November 1938 auferlegt, etwas über ein Jahr vor der Katastrophe in Genthin.

Da Heinze und Wagner an keiner Stelle Bezug auf die Dienststrafen nehmen, sieht es aus, als seien sie ihnen nicht bekannt gewesen. Wer sie aber mit Sicherheit kannte, war Bothe. Wie aus der Benutzerkarte ersichtlich, lagen ihm dieselben Unterlagen vor wie mir. Wieso machte er von seinem Wissen keinen Gebrauch, sondern erfand stattdessen etwas anderes? Welchen Nutzen brachte es ihm, die Dinge nicht nur zu verfälschen, sondern nachweislich zu lügen? Hätte der Artikel über das Unglück ohne Wernickes Erhöhung zum proletarischen Helden nicht erscheinen können?

Feststeht: Wernickes Übernahme in den Schnellzugdienst erfolgte Anfang September 1939, mit Kriegsbeginn.

Da ist es wieder, das *Was wäre, wenn?*

Wären nicht so viele Lokführer zum Kriegsdienst eingezogen worden, wäre ihm nicht die Verantwortung für eine Schnellzuglok übertragen worden. Demnach beginnt das Unglück hier? Drei Monate, bevor es geschah.

Wie ja auch unsere Flucht vorher begann, nicht mit dem Tag unserer Abreise, sondern... ja womit? Mit Lisas Entschluss, wieder Geige zu spielen? Mit dem Kauf einer Karte für das Gewandhausorchester, das in Magdeburg gastierte? Mit dem Tag, an dem sie den Begabten zum ersten Mal sah?

*

Am Vormittag des Heiligenabends fuhren Heinze und Wagner nach Magdeburg zurück. Ein Wagen der Fahrbereitschaft holte sie ab und ließ Wagner auf dem Bahnhofsvorplatz, von dem die Straßenbahnen abgingen, hinaus. Das Auto mit Heinze fuhr weiter. Er schaute ihm nach, nahm den Schreibmaschinenkoffer und ging zur Unterführung, durch die man nach Wilhelmstadt gelangte, dem Viertel, in dem er wohnte. Ein grauer Tag, in den Häusern brannte Licht, die Verdunklungszeit war noch nicht angebrochen, die Vorhänge und Jalousien standen offen, so dass man tief in die Zimmer schauen konnte. Schmückte jemand den Baum? Das Licht lag wie eine warme Decke auf den Dingen. Überall, schien es, waren die Weihnachtsvorbereitungen im Gange. Nur bei ihm nicht. Dachte er daran? Er lebte allein, als Erstes würde er die Öfen anheizen müssen. War denn genug zu essen im Haus? Der Heiligabend fiel auf einen Sonntag, so dass die Geschäfte erst am Mittwoch wieder öffnen würden.

Er stieg die Treppe hoch und schloss die Tür auf. Ja, es war kalt, die Luft war abgestanden, im größeren seiner beiden Zimmer roch es nach der Asche aus dem Kachelofen. Auf dem Couchtisch lag das Buch, in dem er am Abend vor dem überraschenden Aufbruch nach Genthin gelesen hatte, und neben dem Sofa stand eine angebrochene Flasche Wein.

Er stellte die Maschine auf den Tisch, hob sie aus dem Koffer und schlug, nur zum Spaß, eine Taste an. Ja, alles in Ordnung. Mit einem Klack sauste die Type auf die Walze. Lüften, Feuermachen, einen Blick in die Vorratskammer hinter der Küche werfen. Wie lange brauchte es für den Gang in den Keller? Zum Leeren des Aschekastens? Zum

Kohleholen? Vier Minuten? Er richtete sich wieder ein, schaffte Ordnung. Zuerst musste er heraus aus seinen nach Schweiß und Unglück riechenden Kleidern. Als er eine halbe Stunde später seine Hand auf den Ofen legte, spürte er, dass die oberen Kacheln noch kalt waren, aber die unteren sich zu erwärmen begonnen hatten. Langsam wich das Gefühl der Unwirtlichkeit. Er hatte keinen Baum, aber einen Adventskranz, von dem, da er die letzten beiden Sonntage bei seiner Mutter zu Besuch gewesen war, nur zwei Kerzen gebrannt hatten. Nachher würde er alle anzünden, alle vier sollten brennen.

Und irgendwann, zwischen seiner Ankunft und seinem zweiten Besuch in Genthin, muss er (um die Unglücksbilder aus dem Kopf zu kriegen?) über den Zufall geschrieben haben, jene fünf Seiten, die, ohne Bestandteil davon zu sein, den Protokollen beiliegen. Sie wurden mit der Maschine getippt und die sie beschließende Doppeljahreszahl, 39/40, von Hand hinzugefügt.

Was ist es, fragt Wagner, das die großen Katastrophen so anziehend macht? Die Durchbrechung der Ordnung, die es einen Moment lang erlaubt, die Dinge in ihrem Rohzustand zu betrachten, so, wie sie waren, bevor sie lernten, sich an die Gesetze und Fahrpläne zu halten? Beruht die Faszination, die sie ausüben, auf unserer Sehnsucht nach dem Chaos, der Ursuppe, aus der wir hervorgegangen sind?

Im Französischen, fährt er dann fort, habe das Wort für Unfall, accident, eine zweite Bedeutung: Zufall. Das Wort entschuldige nichts, aber durch das Mitdenken der Zweitbedeutung sei von vornherein klar, dass der Unfall nicht nur etwas ist, das jemand verschuldet, sondern auch etwas, das jemandem ohne sein Zutun zustößt. Die zweite Bedeutung verweist auf das Unwägbare, das beim Unfall eine Rolle spiele.

Danach folgt die Schilderung einer Geschichte, die *Der Eisfleck* überschrieben ist. Der Ort: Ein für sein mittelalterliches Fachwerkhausensemble berühmtes Städtchen am Rand des Harzes. Die Zeit: Februar 1928.

In den frühen Abendstunden, es war schon dunkel, kam ein Radfahrer die sich in engen Kurven durch die Altstadt windende Hauptstraße herab. Es lag kein Schnee, aber es war bitterkalt, weshalb er Handschuhe trug und eine Wollmütze, die seine Ohren bedeckte. Kurz vor einer Biegung geriet er mit dem Vorderrad auf einen Eisfleck, der sich auf der sonst trockenen Straße gebildet hatte, und geriet ins Rutschen. Ein Auto, das unmittelbar hinter ihm fuhr, bremste ab und wurde von einem zweiten, ihm folgenden, das nicht mehr bremsen konnte, gerammt und in das Schaufenster einer Haushaltswarenhandlung gedrückt, in dem am Nachmittag Schweißarbeiten vorgenommen worden waren. Eine zurückgelassene Gasflasche explodierte und setzte das Haus in Brand. Das Feuer breitete sich rasch aus und zerstörte große Teile der Altstadt. Sechs Menschen verloren ihr Leben, unter ihnen der Lenker des ersten Wagens, während der des zweiten und der Radfahrer mit dem Schrecken davonkamen.

Bei den Untersuchungen, die sich bis in den Herbst hineinzogen, wurden die Umstände, die zur Katastrophe führten, restlos aufgeklärt: Der Beinahesturz des Radfahrers, das Abbremsen des ersten Autos, das Auffahren des zweiten, die Gasflasche, die Explosion, der Brand. Eine Verkettung unglücklicher Umstände, die niemandem zur Last gelegt werden konnte, so schien es, bis ein Jahr danach, und zwar auf den Tag genau, ein junger Mann, ein Tischler, der zu den mit dem Umbau beschäftigten Handwerkern gehörte, am Fensterkreuz seiner Wohnung erhängt aufgefunden wurde. Er hatte Selbstmord begangen. Aus dem in seiner Jackentasche gefundenen Abschiedsbrief ging hervor, warum.

Am Nachmittag des Unglückstags hatte er, wie schon vorher manchmal, in dem nebenan liegenden Lebensmittelladen Wasser geholt, und zwar in einem Krug, den er unter der Hofpumpe gefüllt hatte, und als er sich auf den Rückweg machte, entdeckte er auf der anderen Straßenseite einen Bekannten, der ihm Geld schuldete. Er ging über die Straße, um ihn zur Rede zu stellen, doch auf halbem Weg merkte er, dass er sich getäuscht hatte. Es war gar nicht sein Bekannter, sondern ein anderer, der ihm ähnlich sah. Er kehrte um, und als er aufs Trottoir treten wollte, glitt ihm der Krug aus der Hand und zerschellte auf dem Pflaster.

Das war es, was er in seinem Abschiedsbrief erzählte. Da in allen Unglücksberichten der Eisfleck erwähnt wurde, auf dem der Radfahrer ausgerutscht war und beinahe gestürzt wäre, und da sich das Eis an eben der Stelle befand, an dem ihm der Krug aus der Hand gefallen war, war er zu der Überzeugung gelangt, an dem Unglück und damit am Tod von sechs Menschen und dem Untergang eines beträchtlichen Teils der Altstadt schuld zu sein. Ein Gedanke, mit dem er nicht leben konnte.

Der Unfall, fährt Wagner fort, bezeichnet das, was auf keinen Fall geschehen darf, aber dennoch geschieht. In ihm materialisiert sich das im Rahmen bestimmter Abläufe Denkbare, das man, da es mit hoher Wahrscheinlichkeit ausbleibt, außerhalb der Rechnung lassen zu können meint. Zugleich ist der Unfall, da er einen Ort, eine Zeit und daran beteiligte Personen hat, konkret. Er ist ein Begriff aus der Körperwelt, wohingegen der Zufall ein Begriff aus der Metaphysik ist. Er ist, da an keine voraussehbare Situation gebunden, unbestimmt. Und doch hat auch er seinen Ort, seine Zeit und seine handelnden Personen. Aber anders als der Unfall sucht er sich diese selbst. Er existiert unabhängig von ihnen als lächelnder Dämon, der ebenso die Lostrommel der Lotterie anhält, um über jemandem sein Glück auszuschütten, wie er einem anderen beim Überqueren der Straße einen Wasserkrug aus der Hand schlägt. Ein kleines Missgeschick, nicht weiter erwähnenswert, wenn es sich nicht, wie in dem Harzstädtchen, mit weiteren Missgeschicken verbündet.

Denkt man über die Geschichte des Tischlers nach, kommt man zu dem Schluss, dass der Zufall nichts anderes ist als die verdeckte Ursache hinter den Dingen. Sobald sie aufgeklärt ist, gibt sich der Zufall als das zu erkennen, was er in Wahrheit ist: eine Lächerlichkeit. Die ihm angemessene Sprachform ist der Konjunktiv. Hätte der Tischler nicht auf der anderen Straßenseite einen Bekannten zu entdecken gemeint. Oder wäre er nach dem Erkennen des Irrtums nicht umgekehrt ...

Im Übrigen war er an der Katastrophe so wenig schuld wie der Mann auf dem Rad, der Autofahrer oder die Handwerker, die die Gasflasche zurückgelassen hatten.

In einem später der Akte hinzugefügten Vermerk mit dem Stempel *Vertraulich* wird (so Wagner) der vermutlich wahre Schuldige genannt. Der Leiter des Tiefbauamts, heißt es darin, habe den Bauausschuss davon in Kenntnis gesetzt, dass die für die Eisbildung verantwortliche Flüssigkeit mit ziemlicher Sicherheit von einem defekten Abwasserrohr stamme, dessen schon für den Herbst vorgesehene Reparatur unglücklicherweise versäumt worden sei. Mittlerweile sei der Schaden behoben, weshalb man die Sache auf sich beruhen lassen solle.

Hier endet Wagners Aufzeichnung. Wie ist er auf diese Geschichte gekommen? Gehörte sie zur Ausbildung, die er durchlaufen hatte? Sollte sie den angehenden Beamten zeigen, dass nichts so war, wie es auf den ersten Blick schien? Hatte er sich, über das Genthiner Unglück nachdenkend, jetzt daran erinnert? Vielleicht. Aber durch welchen Zufall war sie zwischen die im Archiv aufgehobenen Protokolle geraten?

*

Am Mittwoch nach Weihnachten nahmen Heinze und Wagner ihren Dienst wieder auf. Und danach vergingen noch einmal vierzehn Tage, bis sie endlich die Nachricht erhielten, dass einer Befragung Wernickes und Krollmanns von Seiten der Ärzte nichts mehr im Wege stünde. Sie nahmen die Bahn. Die Aufräumarbeiten rund um die Station waren noch nicht abgeschlossen, aber die Züge verkehrten wieder. Das erste von Wagner auf der *Erika* getippte Protokoll trägt das Datum vom 10. Januar 1940, ebenfalls einem Mittwoch.

Die Wände der Bahnhofshalle, durch die sie am späten Vormittag gingen, waren (was sie zuvor nicht bemerkt hatten) vom Fußboden bis zur Decke hellgrün gekachelt. Wagner blieb stehen und schaute sich um. Neben dem Schalter hing ein handgeschriebener Zettel mit dem Hinweis auf die in Kruses Büro ausliegenden Listen mit den Namen der Todesopfer und Verletzten. Stiegen sie die Treppe hoch, um ihm und Jentzsch Guten Tag zu sagen? Ich glaube nicht. Sie werden sich auf dem kürzesten Weg zum Krankenhaus begeben haben, um die Sache abzuschließen, in ihren Augen eine reine Formsache. Die beiden sollten zugeben, was ohnehin feststand, Wagner würde ihre Aussage zu den Unterlagen nehmen und an die Staatsanwaltschaft weiterleiten. Damit hätte sich das... am Nachmittag wären sie zurück in Magdeburg. Aber das war ein Irrtum. Wernicke stritt alles ab, er schüttelte den Kopf und behauptete steif und fest, dass sie die ganze Zeit über freie Fahrt gehabt hätten.

An diesem Tag war es Wagner, der die Fragen stellte,

während Heinze in einem von den Pflegern herbeigeschafften Sessel neben der Tür hockte.

»Freie Fahrt?«, fragte Wagner.

»So ist es.«

»Das kann aber nicht stimmen.«

»Wieso nicht?«

»Weil die Zeugen etwas anderes sagen.«

»Welche Zeugen?«

»Ackermann von Block Belicke. Er sagt: Die Signale standen auf Rot. Kann es nicht sein, dass Sie sich irren?«

»Ausgeschlossen. Nach der Linkskurve sah ich die Signale auf Grün, also freie Fahrt. Das ist so sicher wie das Amen in der Kirche.«

»Und Krollmann? Hat er die Signale auch gesehen?«

»Weiß ich nicht.«

Wernicke stützte sich auf den Ellbogen, so dass er halb zum Sitzen kam und Wagner besser sehen konnte. Die Hände waren noch bandagiert. »Vielleicht«, schob er dann nach und ließ sich zurücksinken, »vielleicht hat er gerade Kohlen geschippt.«

Dabei war ein Verziehen der Mundwinkel zu sehen, das Wagner für ein Grinsen hielt. Ja, der machte sich lustig über sie. Heinze hatte es auch bemerkt. Wagner erkannte es daran, dass er sich aufsetzte und Wernicke musterte.

Zuerst befragten sie den Lokführer, und als sie nicht weiterkamen, gingen sie zu Krollmann hinüber, der im Nebenzimmer lag. Wieder war es Wagner, der die Fragen stellte, während Heinze, die Hände vorm Bauch gefaltet, auf der Fensterbank saß.

»Wie geht es Ihnen?«, fragte Wagner.

»So lala.«

»Also: die Signale bei Belicke.«

»Dazu kann ich nichts sagen.«

»Haben Sie Wernicke die Signale zugerufen?«

»Wahrscheinlich. Is ja Vorschrift, nich?«

»Und wie standen die Signale.«

»Weiß ich nich. Is alles wech.«

»Wech?«

»Ich entsinne mich nicht.«

»Waren Sie übermüdet?«

»Wenn ich übermüdet gewesen wäre, hätte ich mich ablösen lassen.«

»Wieso sind Sie da so sicher?«

»Weil es Vorschrift ist.«

Dasselbe hatte Wernicke auch behauptet: er sei keinesfalls übermüdet oder in *irgendeiner Weise in seiner Dienstausübung beeinträchtigt* gewesen, und, wieder mit diesem Grinsen, hinzugefügt: »Ich war frisch wie ein Fisch im Wasser.«

Krollmann blockte ab, wenn auch nicht mit der Aggressivität, die Wernicke an den Tag legte. Er hatte (sagte er) alles vergessen. Der Aufprall, bei dem sein Kopf kräftig durchgerüttelt worden war, hatte ihm die Erinnerung genommen. Das Einzige, was er mit Sicherheit wusste, war, dass er sich an die Vorschriften gehalten hatte. Als er müde wurde, wechselten sie wieder in das andere Zimmer hinüber. Wernicke schlief. Oder tat so, war aber bei ihrem Eintreten sofort wach und blaffte

Wagner an, als der sagte, nun müssten sie über die Bude 89 reden:

»Was is damit?«

»Haben Sie nicht gesehen, dass Ihnen der Budenwärter Haltesignale gab?«

Nee, hätte er nicht, und er hätte sie durch den Maschinendampf auch gar nicht sehen können. Und die Schlusslichter des D 10? Nee, nich jesehn.

»Dann noch mal zu Block Belicke.«

»O Gott.«

Jetzt mischte sich Heinze ein, der wieder in seinen Sessel gesunken war. Als Eisenbahner, hob er an, als Eisenbahner müsse er doch wissen, dass es durch das Blocksystem völlig unmöglich sei, dass er freie Fahrt gehabt habe. Solange sich ein Zug im Block befinde, stünde das Signal für den nachfolgenden Zug auf Halt. Worauf Wernicke (scheinbar verzweifelt über so viel Blauäugigkeit) hörbar die Luft einsog und rief: Also er stehe auf dem Standpunkt, dass *solange Signale von Menschenhand bedient würden, diesen auch Irrtümer unterlaufen* könnten.

Was Wagner für einen Moment den Atem stocken ließ.

»Wollen Sie damit sagen ...« rief er.

»Ich will jor nüscht«, unterbrach ihn Wernicke.

Aber es war klar: Er wollte doch. Er wollte die Schuld auf Ackermann schieben, den Blockwärter von Belicke, aber der war, da noch in der Unglücksnacht festgestellt worden war, dass das Signal auf Halt stand, fein raus. Aber da Wernicke bei seiner Behauptung blieb, rief Wagner am Abend Sauerwein an, den Gutachter, und fragte, ob das Signal nicht auf Halt zurückgestellt worden sein könnte, und hörte, wie dieser auflachte.

»Nein, ausgeschlossen.«

Die Blöcke seien durch eine elektrische Tastensperre miteinander verbunden. Um das Signal zurückzulegen, hätte es schwerer Eingriffe in die Signalanlage bedurft, die aber seien nicht erfolgt. Die Anlage sei völlig intakt gewesen.

Am nächsten Tag gingen sie wieder ins Krankenhaus und hielten den beiden Sauerweins Gutachten vor. Aber es änderte sich nichts. Krollmann wollte sich nicht erinnern. Und Wernicke blieb bei seiner Aussage, und wenn er keine Lust mehr hatte, sagte er:

»Ich kann nich mehr. Ich bin müde. Mein Kopf tut weh.«

Als Wagner ihm die Mitschrift seiner Aussagen vorlegte, las er sie zwar durch, doch als es ans Unterschreiben ging, hob er die Hände und grinste.

»Kann ja nich.«

Das Protokoll war auch ohne seine Unterschrift gültig, und dennoch wurmte es sie so, dass Heinze ins Zimmer der Stationsschwester ging und nach Wernickes Händen fragte ... ob sie wirklich bandagiert sein müssten, und wenn dem so wäre, ob es ihm nicht trotzdem möglich sei, einen Stift zu halten. Ihre Antwort: Das könne sie nicht beurteilen. Die Schwellung sei zwar zurückgegangen, aber ob er schreiben könne, müsse er selbst entscheiden. Und als merkte sie, dass ihm die Antwort missfiel, hob sie den Kopf und schaute ihn unter ihrer Haube her an.

»Aber nachts«, sagte sie dann, »nachts liegt er wach auf dem Rücken, das Gesicht zum Fenster, und lauscht auf das Rumpeln der Züge.«

Wie um der Vollständigkeit Genüge zu tun, hat Wagner auch diesen Satz festgehalten. Er findet sich im Anschluss an seine den Protokollen beigefügten Aufzeichnungen über den Zufall. Die kleine Szene steht, mit Bleistift notiert, auf einem vermutlich aus seinem Notizbuch herausgerissenen Zettel.

Das war am 12. Januar, gegen Mittag. An diesem Tag erklärten sie ihre Arbeit in Genthin für beendet. Sie stiegen die Treppe hinab und traten in den Hof. Der Schnee (der in den ersten Januartagen verstärkt gefallen war) war beiseitegeräumt, er türmte sich am Zaun und lag, zu Wällen zusammengeschoben, am Straßenrand.

Nachdem sie die Straße überquert hatten, kamen sie an einer Rossschlächterei vorbei und, ein Stück weiter, am Kaufhaus Magnus. Die Weihnachtsdekoration war gegen eine andere ausgetauscht worden, der Fasching kam, die Zeit der kessen Kostüme, im Fenster klebte ein Artikel aus der Berliner Illustrierten, in dem Wagner, herantretend, vier Fotos entdeckte. Es war die Vierzahl, die ihn anzog. Eins, zwei, drei, vier. Unwillkürlich kniff er die Augen zusammen und begann zu lesen.

»Auch in ernsten Tagen hat die deutsche Frau den Wunsch, gepflegt und nett auszusehen.«

Heinze war an der Ecke stehen geblieben, den Hut in der Hand, den Kopf im Nacken, als schaute er in Erwartung des für den Nachmittag angesagten Schnees in den Himmel. Doch im Näherkommen sah Wagner, dass Heinze die Augen geschlossen hielt.

Zur selben Zeit kam Lange, unterwegs zum Schützenhaus, die Kleine Schulstraße hoch. Zu Wieland hatte er gesagt, er wolle sich die Schäden ansehen, die, laut Aussage des Hausmeisters, bei der Einlagerung der Toten entstanden seien. Tatsächlich aber brauchte er Luft. Das Schützenhaus war bloß ein Vorwand. Er ging herum, weil er es in der Enge der Diensträume nicht mehr aushielt, jeden Moment meinte er zu ersticken.

Die Kleine Schulstraße kreuzt die Brandenburger, um danach als Bahnhofstraße geradewegs auf die Station zuzulaufen. Als er noch ein Stück vor der Kreuzung war, sah er die beiden und schaute unwillkürlich auf die Uhr. Er kannte die Abfahrzeiten der Züge. Es war noch Zeit, der Zug nach Magdeburg fuhr erst in einer halben Stunde. Er hatte nichts von ihrem Kommen gewusst und dachte daran, zu ihnen hinüberzugehen, doch dann blieb er stehen und schaute ihnen nach.

Wagner ging links, nahe der Bordsteinkante, Heinze rechts. Wagner über mittelgroß, dünn, Brillenträger, in der linken Hand eine große Aktentasche (oder war es der Schreibmaschinenkoffer?), neben ihm Heinze, eher gedrungen, beleibt, massig, Hutträger, starker Raucher.

9

Am Morgen nach Genthin. Yps, die mit Brötchen vorbeigekommen war, erbot sich, mich zum Bahnhof zu fahren. Da Lennart verreist war (Ärztekongress? Wandern mit den Kindern?), hatte sie vorm Haus geparkt, das heißt, ein Stück die Straße hinauf, auf Höhe des Hauses, in dem meine frühere Wohnung gelegen hatte. Die Straße war nur wenige hundert Meter lang und führte, beginnend an der Schlossbrücke und endend am Tegeler Weg, in einem weiten Bogen an der Spree entlang.

Das Haus, in dem ich bis zu meiner Übersiedlung nach Italien gelebt hatte, ein Gründerzeitbau, hatte einen prächtigen Marmoraufgang und Wohnungen mit großen ineinander übergehenden Räumen; das jetzige war ein Fünfzigerjahrebau, ein Appartementhaus mit kleinen Ein- oder Zwei-Zimmer-Wohnungen, die alle – wie zum Ausgleich – über einen zum Wasser hin gelegenen Balkon verfügten; es war anstelle des weggebombten Vorgängerbaus errichtet worden, wobei die Kellerräume erhalten geblieben waren, so dass man sagen konnte, dass es auf den Fundamenten des alten ruhte.

Stieg man zum ersten Mal die Kellertreppe hinab, dachte man, gewöhnt an die helle Zweckmäßigkeit des Nachkriegsbaus, dass etwas nicht stimmen konnte … die groben, rauchgeschwärzten Mauern, die aus dem Krieg stammenden Warninschriften: »Kein offenes Feuer« oder ein Satzrest, »dem Luftschutzwart zu melden!«, die verwitterten Holzverschläge, in den Durchgängen die von der Decke herabhängenden Spinnwebfetzen, bis einem einfiel, dass man von einem relativ neuen in ein altes, um die vorletzte Jahrhundertwende herum gebautes Haus gelangt war.

Yps hatte sich, seltsam aufgekratzt, bei mir eingehängt und erzählte, während wir über den Uferweg gingen, wie wunderbar sich alles gefügt habe… war schwer von Begriff, verstand nicht, was sie meinte. Im Auto dann, als sie fragte, wann ich zurückkäme, wurde es mir klar.

»Ich bleib über Nacht«, sagte ich.

Worauf sie die Hand vom Steuer nahm und meinen Arm drückte.

Im Zug noch mal den Bothe-Artikel gelesen, jenes *Studie zu den Tatsachen und zum Prozessverlauf der faschistischen Justiz* genannte Machwerk. Die These von der Inversionswetterlage hatte sich, da das Lokpersonal der am Unfall beteiligten Züge eine Beeinträchtigung durch Rauchgase mit keinem Wort erwähnte, in Nichts aufgelöst. Und damit auch die vom faschistischen Terrorurteil.

Erzählte Frau Heinrich davon, der Archivarin, die mir beim Gang durch die Stadt entgegenkam. Der Artikel, ja, sie kannte ihn… hatte ihn, nachdem ich wegen des Unglücks bei ihr vorstellig geworden war, gelesen. Sie lauschte mit schräg gelegtem Kopf und fragte dann spitz, ob ich die Tatsache der faschistischen Terrorurteile in Abrede stellen wolle. Nein, wollte ich nicht. Nur dass die Bezeichnung in dem Fall nicht zutraf.

»Drei Jahre für zweihundert Tote. Finden Sie das ein Terrorurteil?«

»Aber seine Existenz war vernichtet.«

»Die der Toten auch.«

Sie schmallippig: »Ja.«

Dann gab sie mir die Hand (nicht aus Freundlichkeit, sondern weil das Handgeben hier noch nicht aus der Mode gekommen war) und ging, ohne ein weiteres Wort, zu der Schlange hinüber, die sich auf der anderen Platzseite vor der Hähnchenbude gebildet hatte. Jetzt hab ich es mir mit ihr verscherzt, dachte ich. Aber am Nachmittag, hatte mich gerade aufs Bett gelegt, ein Anruf von ihr.

»Herr Vandersee?«

»Ja?«

»Ich möchte Ihnen etwas sagen, das für Sie von Interesse sein könnte.«

Und erzählte dann, dass sie in ihren ersten Jahren im Archiv manchmal Besuch von einer Frau bekommen habe, die 1939 im Landratsamt beschäftigt war. Offenbar hatte sie mit dem Landrat auf vertrautem Fuß gestanden, denn nach Abschluss der Untersuchungen hatte er ihr unter dem Siegel der Verschwiegenheit anvertraut, dass die Zahl der Opfer weit höher gelegen hätte. Ihr gegenüber habe er von über 400 Toten und 700 Verletzten gesprochen.

»Wo wohnt die Frau«, fragte ich. »Kann ich mit ihr reden?«

»Sie ist vor zwei Jahren gestorben.«

Am Nachmittag zum Friedhof, auf dem, wie ebenfalls

in der Akte vermerkt, die vierzehn Toten beigesetzt sind, die nicht identifiziert werden konnten. Stand nicht irgendwo, dass ein Gedenkstein für sie aufgestellt wurde? Auf den Grabsteinen, an denen ich vorbeikomme, die mir aus der Kindheit vertrauten Namen, aber nirgends ein Hinweis auf die Gräber der unbekannten Opfer. Überall der Fliedergeruch, der sanfte Geruch der weiß blühenden Hecken ... Spirea, auch Spierstrauch?

Im Übrigen sind die Akten von einer erstaunlichen Sachlichkeit. Anders als die Zeitungen mit ihrem kindischen Hurraton kommen sie ohne alles Nazigeschwurbel aus.

Bei meiner Rückkehr ins Hotel kam Willmer, der Wirt, hinterm Tresen hervor und sagte, jemand habe nach mir gefragt.

»Ein Mann, ein alter Herr.«

Und gab dann zu, dass er schon mal da war, nach meinem letzten Besuch, ich sei noch keine Stunde weg gewesen, als er aufgetaucht sei und sich nach mir erkundigt habe, und nun sei er wieder gekommen und habe ihm, Willmer, eine Nachricht für mich hinterlassen, einen Zettel.

Weidenkopf, dachte ich ... hatte vor ein paar Tagen mit ihm telefoniert und ihm erzählt, dass ich herkäme, traute ihm zu, dass er sich in den Zug setzte und ebenfalls herkam. Wie schon einmal. Auch im Mai. Er hatte von seiner Schwester erfahren, ich sei hier, und die hatte es von Frau Heinrich oder einer Bekannten von Frau Heinrich ...

aber als ich den Zettel auseinanderfaltete, sah ich, dass er von jemand anderem stammte, einem Herrn Braake, Willi Braake, Name, Adresse und Telefonnummer waren mit einem Stempel aufs Papier gesetzt, und darunter stand in blauer Tinte: Wg. Zugunglück.

*

Die Magdeburger Straße schließt an die Brandenburger an. Herr Braake wohnt in einem der einstöckigen märkischen Häuser, die dort vereinzelt noch stehen. In der Regel befinden sich links und rechts der nach innen gezogenen Haustür (zu der ein paar Stufen hinaufführen) zwei oder drei Fenster; Schlafkammern und Küche liegen nach hinten, zum Hof; die gute Stube nach vorn zur Straße; Stuckverzierungen über und neben der Haustür und den Fenstern, zumeist in Form angedeuteter Säulen und Giebel, das heißt, wenn sie nicht, wie beim Großelternhaus, bei der Renovierung abgeschlagen wurden. Am erst kürzlich mit einem lindgrünen Anstrich versehenen Braakeschen Haus sind sie erhalten geblieben.

Keine Klingel, weshalb ich klopfe, und gleich darauf ist ein Schlurfen zu hören, die Tür öffnet sich einen Spalt, und ein grauer Kopf schiebt sich vor.

»Herr Vandersee?«

Und erst, als ich nicke, geht die Tür ganz auf. Braake tritt einen Schritt zurück und lässt mich hinein.

Seine Frau war (hatte ich schon von Willmer gehört, der ihn natürlich doch kannte) vor zwei Jahren gestorben. Seitdem lebte er allein. Nach meinem Anruf war er losgelaufen, hatte im Stadtcafé Kuchen besorgt und nach seiner Rückkehr in der Stube den Tisch gedeckt, zwei Streuselschnecken lagen auf zwei Kuchentellern – sah es, ihm folgend, durch die geöffnete Tür.

»Sie trinken doch Kaffee?«, fragte er über die Schulter und schlurfte, ohne auf eine Antwort zu warten, weiter zur Küche, in der alles vorbereitet war: auf der Anrichte die kugelförmige Thermoskanne, daneben der mit Kaffeepulver bis zur Hälfte gefüllte Filter, das Wasser im Kessel war bereits heiß, so dass es nach dem Umlegen des Schalters sofort zu sprudeln anfing. Wollte eben fragen, woher er von meinen Nachforschungen wusste, als ich ihn über die Schulter sagen hörte:

»Frau Heinrich hat mir von Ihnen erzählt.«

Ein schwerer Mann (notierte ich mir am Abend) mit vom Alter gerundetem Rücken, einer tiefen Stimme und wachen melancholischen Augen, der so alt sein mochte wie Weidenkopf oder unwesentlich jünger, so dass sie sich gekannt haben könnten, von der Schule oder einfach so als Alterskameraden, die zur selben Zeit in einer kleinen Stadt groß geworden sind, aber, darauf angesprochen, schüttelte er den Kopf. Später, am Kaffeetisch, schlug er einen Ordner auf, der neben seinem Stuhl gestanden hatte, nahm ein paar Blätter heraus und reichte sie mir: von seinem Vater gesammelte Zeitungsartikel, die sich mit dem Unglück befassten. Er hatte sie aufgehoben und zum Schutz vor

Zerstörung auf DIN-A4-Blätter geklebt. Ich schaute sie mir an und gab sie ihm mit Dank zurück. Es waren dieselben Artikel, die ich auch gelesen hatte. Auch sonst hatte alles, was er erzählte, so oder so ähnlich in den Protokollen, Briefen, Berichten gestanden oder sich, nach Abzug der aus durchsichtigen Gründen erfolgten Verdrehungen und Beschönigungen, daraus folgern lassen.

Es dämmerte vorm Fenster, ohne dass er sich anschickte, Licht zu machen. Das Dunkel sammelte sich in den Ecken und breitete sich wie unmerklich steigendes Wasser in der Stube aus. Braake, der auf der anderen Tischseite saß, war nur noch als Schemen zu erkennen, als er – ich wollte mich eben verabschieden – erneut zu erzählen begann: die Geschichte der Frau Vorbeck, die mit einem der Klinikärzte verheiratet war. Und die ich mir, zurück im Hotel, genau so notierte, wie er sie berichtet hatte. Da sie mit vielen Details ausgestattet war, dachte ich, dass er sie von ihr selbst oder jemandem ihr Nahestehenden erfahren haben musste, habe es aber versäumt, ihn danach zu fragen.

*

Das Ehepaar Vorbeck wohnte nicht weit von der Klinik entfernt in einem Villa genannten Haus an der Berliner Chaussee, sie, eine damals dreißigjährige Frau, die bis zu ihrer Heirat in einer Brandenburger Buchhandlung gearbeitet hatte, und er, ihr siebzehn Jahre älterer Mann, der seine Einkäufe in der Nachbarstadt zu machen pflegte und als Kunde in ihren Laden gekomen war. Es waren vor allem Kunst- und Reisebücher, die er in der Buchhandlung am Dom bestellte. Beide waren – wie die halbe Stadt – von dem explosionsartigen Knall geweckt worden, lagen aber noch im Bett, als es klingelte. Ihr Mann stand auf und ging zur Tür. Es war ein Bote der Klinik, der den Herrn Doktor bat, mitzukommen: ein gewaltiges Unglück. Er kleidete sich rasch an, winkte ihr zu, und gleich danach hörte sie die Tür ins Schloss fallen. Eine Weile lag sie im Dunkeln und starrte an die Decke, und als sie merkte, dass sie nicht wieder einschlafen würde, zog sie sich ebenfalls an und folgte ihm. Unter dem Sirenengeheul, das mittlerweile von überallher ertönte, ging sie über die Straße und trat im selben Moment in den Hof, in dem der erste Krankenwagen vor der Treppe hielt, so dass sie mitbekam, wie die grässlich zugerichteten Verletzten auf eine Trage gelegt und in die Klinik geschleppt wurden.

Ob sie mit jemandem gesprochen hat oder von jemandem um Hilfe gebeten wurde, ist nicht bekannt. Nur dass sie nach ein paar Minuten, die sie da stand, zurückgegangen ist, ihr noch neues Auto, einen DKW, aus der Garage holte und damit zum Bahnhof fuhr, um sich den Helfern anzuschließen. Wobei »anschließen« das falsche Wort ist, sie schloss sich niemandem an, sondern handelte auf eigene Faust. Ohne sich mit jemandem abzustimmen, verwandelte sie ihren Wagen in einen Krankentransporter und pendelte bis zum Morgen zwischen Unfallstelle und Klinik hin und her.

Sie war (nach Braakes Worten) eine eher schmächtige

Frau, zartgliedrig, mit langen dünnen, in schmale, durchscheinend helle Hände auslaufenden Armen. Wie es ihr gelang, die unter den Quetschungen, Brüchen, Verbrennungen leidenden und also vor schlimmen Schmerzen jammernden, wimmernden, schreienden oder unter Schock stehenden und deshalb unansprechbaren Menschen in ihr Auto zu bugsieren, ist nicht bekannt, aber man weiß, dass sie damit in regelmäßigen Abständen vor der Kliniktreppe hielt, wo sie von den Schwestern erwartet wurde. Sie öffneten die Wagentür, zogen die Halbtoten heraus und trugen sie ins Haus, wo sie je nach dem Grad der Verletzung über die noch nicht restlos überfüllten Zimmer verteilt, im Gang abgelegt oder zum OP gebracht wurden, in dem der Mann der Frau Vorbeck seiner Arbeit nachging, die in der restlichen Nacht und am ganzen folgenden Tag vor allem aus einem bestand: Abbinden, Schneiden, Sägen, Nähen.

Er stand (wurde später nachgerechnet) achtundvierzig Stunden im OP, und als er am Morgen des Heiligabends nach Hause kam, war er so erschöpft, dass er aufs Bett fiel und bis zum späten Nachmittag schlief, um erst nach dem Aufwachen zu merken, dass er allein war. Seine Frau war nicht da. Er ging, nacheinander die Türen öffnend, durchs Haus und rief ihren Namen, erhielt aber keine Antwort. Die Küche war so aufgeräumt wie an dem Abend, an dem sie gemeinsam zu Bett gegangen waren. Der große Wohnzimmerofen – wie auch die Öfen in den anderen Räumen – kalt, im Küchenherd unter dem Aschehaufen nur ein glimmender Kohlerest.

Der Tannenbaum lehnte, wie vom Förster vor einer Woche gebracht, also ungeschmückt, an einer Wand des Wintergartens, nirgends eine Spur von Weihnachtsvorbereitungen, Weihnachtslichtern, Weihnachtsgerüchen, Weihnachtswärme. Das war, da sie kinderlos waren, nicht weiter schlimm. Aber wo steckte seine Frau? Und wo das Mädchen, auch das Mädchen fehlte. Oder hatte es Ausgang? Urlaub? Richtig: Weihnachten. Es war nach Hause gefahren, nach Stettin. Fuhren denn schon wieder Züge?

Dann eine kurze Beruhigung: das Auto fehlte, der DKW, er merkte es, als er ums Haus ging und nachschaute. Das hieß wohl, dass sie einen Besuch machte. Aber bei wem? Und um diese Zeit? Es war ja Heiligabend, längst Zeit für die Kirche. Unter normalen Umständen hätten sie sich jetzt auf den Weg gemacht, aber, es half nichts, in diesem Jahr musste der Kirchgang ausfallen. Sie war nicht da, und er musste erreichbar bleiben, in Telefonnähe, jederzeit konnte ein Anruf aus der Klinik kommen.

Mittlerweile wusste er, dass Hedwig (ihr Name) die ganze Unfallnacht über Verletzte gefahren hatte. Die Schwestern hatten es ihm erzählt, auch Wieland von der Kripo, der ihm – unterwegs zur Turnhalle, der Leichensammelstelle – am Tor des Klinikgeländes entgegengekommen war. Ihre Frau, Herr Doktor, alle Achtung. Jetzt fiel es ihm wieder ein, langsam erinnerte er sich. Der todesähnliche Schlaf, in den er gefallen war, hatte alles weggewischt gehabt. Jetzt kam es zurück.

Er legte sich aufs Sofa, stand wieder auf, ging, von der Sorge um sie getrieben, durch die Räume, stieg in den

Keller hinab, und um zehn, als sie um zehn noch nicht wieder da war, rief er Wieland an, das heißt, er wählte die Nummer des Reviers, und Wieland meldete sich. Aber was sollte der tun? Könnte sie bei ihren Eltern sein, bei Freunden? Unmöglich. Das hatte er alles schon überprüft. Oder lief sie, um die Bilder zu vertreiben, die sich in der Nacht in ihr angehäuft hatten, die sie verfolgen mussten, wie sie alle die in dieser Nacht mit den Unglücksdingen Befassten verfolgten, draußen herum? Am Kanal vielleicht? Oder war sie zur Elbe gefahren, wo sie, etwa vom Ferchländer Steilufer aus, weit ins Land schauen konnte. Ja, sähe ihr ähnlich, gab Vorbeck zu. Aber nachts doch nicht, war doch längst Nacht. Stimmt, erwiderte Wieland, dem er seine Gedanken mitgeteilt hatte, nachts doch nicht. Und so verabschiedeten sie sich. Frohe Weihnachten, ja, frohe Weihnachten.

Sie blieb, um es kurz zu machen, verschwunden. Erst Anfang Januar, als das Mädchen zurückkam, nichtsahnend, wie man an der Erschütterung merkte, mit der sie die Nachricht vom Verschwinden der gnädigen Frau aufnahm, erst da gab es einen Hinweis. Die Gnädige hatte sie, da vom Genthiner Bahnhof kein Fortkommen war, sie aber am Abend des 23. in Stettin erwartet wurde, mit dem Auto nach Brandenburg gefahren.

So neu es noch war, das Auto, so sehr war es doch, wie sie gesehen hatte, als sie auf dem Beifahrersitz Platz nehmen wollte, im Inneren bereits zerstört gewesen, nicht nur, dass die hier und da zerrissenen Sitze mit dunkel verkrusteten Flecken übersät waren, Blut, wie ihr gleich klar geworden war, weshalb sie eine alte, in der Garage gefundene Decke untergelegt hatte... ja, Blut, auf den Sitzen war es getrocknet, auf der gerippten Gummifußmatte aber stand es noch, wie vergossener Kaffee, den man wegzuwischen versäumt hatte, stand da fingerhoch, so dass sie die Füße gar nicht aufzusetzen gewagt und sie bis Brandenburg immer ein Stückchen über der Matte in die Höhe gehalten hatte, und es hatte auch so gerochen, nach Blut und Erbrochenem, weshalb sie trotz der Kälte das Fenster einen Spalt heruntergekurbelt und die Nase ganz nah an den Luftzug gehalten hatte.

In Brandenburg endlich, am Bahnhof, hatte die Gnädige sie hinausgelassen, 25 Kilometer vom Unglücksort entfernt, weit genug, wie man meinen könnte, und dennoch sei kein Zug gefahren, weil die aus Magdeburg kommenden Züge nicht durchkamen, noch türmten sich auf den Gleisen des Genthiner Bahnhofs die Trümmer, die aus Berlin eintreffenden Züge endeten hier, ohne dass jemand hätte sagen können, wann sie dorthin zurückfuhren.

Das aber habe sie in dem auf dem Bahnhof herrschenden Durcheinander erst nach einer Weile gemerkt, lange habe sie sich treppauf, treppab mit der Menge hin und herschieben lassen, immer in der Hoffnung, dass bald auf diesem, bald auf jenem Gleis ein abfahrbereiter Zug stünde, vergeblich die Hoffnung, jedes Mal vergeblich, und als sie dann einmal von dem Strom hinausgezogen wurde, vor den Bahnhof, habe sie gesehen, dass das Auto der gnädigen Frau noch immer da gestanden und sie am

Steuer gesessen hätte, über eine Stunde, nachdem sie ausgestiegen war.

Natürlich sei ihr das seltsam erschienen, zumal die Gnädige die ganze Zeit über, also auf der Herfahrt, einen irgendwie abwesenden Eindruck gemacht hätte, aber sie habe es auf die Übermüdung geschoben, und sie wäre auch mit Sicherheit zu dem Auto hinübergegangen, um sich nach dem Befinden der Gnädigen zu erkundigen, aber in diesem Moment sei im Bahnhofsinneren wieder eine Durchsage erfolgt, weshalb sie in die Halle zurückgerannt sei und in ihrem Bemühen, einen Zug nach Berlin und von dort weiter nach Stettin zu ergattern, die Gnädige dann vergessen habe.

Brandenburg also, das war nun sicher ... in Brandenburg war sie zuletzt gesehen worden, und später, ein paar Tage nach der Rückkehr des Mädchens (das wieder seine Arbeit aufnahm) erhielt Doktor Vorbeck durch den Anruf eines Jerichower Kollegen auch Auskunft über den weiteren Weg seiner Frau, beziehungsweise über das Ziel, das am Ende des Wegs gestanden hatte, während über den Weg selbst bis zum Schluss nur Vermutungen angestellt werden konnten.

Offenbar war sie von Brandenburg nach Nordwesten gefahren, denn am frühen Abend des 23. (Samstag, Dr. Vorbeck stand noch im OP) wurde der DKW unweit der Wuster Dorfkirche gesehen, eingangs des Katteschen Parks; der Pfarrer kam, unterwegs zu einer Taufbesprechung, daran vorbei und wunderte sich, dass die Autotür offenstand, aber niemand im Auto saß oder sich in dessen

Nähe aufhielt, er schaute sich mehrmals um, doch es blieb dabei: das Auto, die offene Tür, aber weit und breit keiner, der dazu gehörte. Auf dem Rückweg, nahm er sich vor, würde er genauer nachschauen, jetzt ging es nicht: die Verabredung, doch als er eine Dreiviertelstunde danach aus dem an der Breiten Straße gelegenen Haus der Täuflingseltern trat, sah er den Wagen wieder, er fuhr auf der nach Melkow und weiter nach Mangelsdorf und Jerichow führenden Straße langsam an ihm vorbei. Ob eine Frau oder ein Mann am Steuer saß, konnte er, da es inzwischen ganz dunkel geworden war, nicht erkennen.

Und als Nächstes dann Jerichow, Heilanstalt, aus der Vorbecks Kollege anrief … abends gegen zehn wurde sie auf der Treppe entdeckt, sie saß, den Rücken an der Einfassungsmauer, auf einer der unteren Stufen, irgendwie muss es ihr gelungen sein, sich unbemerkt an dem das Gelände absperrenden Schlagbaum vorbeizuschmuggeln, was auf überlegte Planung schließen ließe, hätte sie sich nicht im Zustand der vollkommenen Unansprechbarkeit befunden. Weder konnte sie ihren Namen sagen noch wie sie hergekommen war oder was sie sich davon, dass sie nun da war, versprach, so dass sie wie alle anderen hilflos aufgefundenen Personen (von denen sie sich äußerlich freilich aufs Günstigste unterschied) erst mal in Obhut genommen wurde.

Das war es, was Vorbeck von seinem Kollegen, dem Leitenden Arzt der allgemein nur Irrenanstalt oder Klapsmühle gerufenen Landesheilanstalt, erfuhr.

In den zwölf Tagen, die seither verstrichen waren, hatte

sich an Hedwigs Zustand nicht viel geändert, sie aß kaum etwas oder nur, wenn man es ihr vormachte, dann – vielleicht – nahm sie einen Bissen zu sich, die meiste Zeit döste sie vor sich hin, sprach man sie aber an, schrak sie zusammen und versuchte in die entfernteste Raumecke auszuweichen, keiner, der mit ihr in Kontakt zu treten versuchte, hatte auch nur eine Silbe von ihr zu hören bekommen, so dass man noch immer nicht gewusst hätte, mit wem man es zu tun hatte, wäre nicht das Auto gefunden worden, das nach Steinitz hin auf einem zu dieser Jahreszeit kaum befahrenen Feldweg stand, hinter einer niedergebrochenen Weide, weshalb es von der nahebei entlangführenden Chaussee nicht bemerkt hatte werden können und es zu seiner Entdeckung eines Zufalls bedurft hatte oder, besser, der drei Kinder, die an zwei aufeinanderfolgenden Tagen mit ihren Schlitten daran vorbeigekommen waren, es waren ja noch Ferien ... da steht ein Auto, erzählten sie abends zu Hause, woraufhin einer der Väter sich auf den Weg machte, um es in Augenschein zu nehmen. Die Türen waren unverschlossen gewesen. Auf dem Rücksitz lag eine Tasche, in der Tasche steckten die Ausweispapiere. Und so (über den Umweg der Nachfrage, die der Jerichower Polizeiposten nach Erhalt der Tasche mit den Papieren an die Anstalt gerichtet hatte) war der Jerichower Arzt auf den Genthiner gekommen. Ihn kannte er von Angesicht, dessen Frau aber nicht.

Wie? Jerichow? Hatte sie sich selbst eingeliefert? Die Straße nach Steinitz ... Vorbeck glaubte zu wissen, wo der Wagen stand. Dann war sie also in der Dunkelheit über das verschneite Feld zu der Anstalt gegangen und hatte sich auf deren Treppe gesetzt? Trotz der über die Einrichtung in Umlauf befindlichen Gerüchte, die Hedwig, als seine Frau, natürlich kannte? Dorthin, ausgerechnet, sollte sie sich geflüchtet haben? Schwer vorstellbar.

Wie nun weiter, hörte er den Jerichower Arzt fragen, seiner Einschätzung nach sei der Aufenthalt in einem Haus wie dem seinen auch weiterhin dringend geraten, andererseits liege die Entscheidung darüber natürlich bei dem verehrten Kollegen. Ja, und der entschied auf der Stelle, Hedwig nach Hause zu holen, sofort, am selben Abend.

Mittlerweile, dritter Januartag, hatte sich die Lage in der Klinik entspannt, fast könnte man sagen, dass Normalität eingekehrt war, natürlich waren sämtliche Zimmer belegt und noch längst nicht alle Unfallopfer außer Gefahr, aber das gehörte dazu, das war der Alltag. Da sein Auto, wie er nun wusste, auf dem Steinitzer Feldweg stand, rief er einen Genthiner Kollegen an, der ebenfalls einen DKW besaß, legte aber, bevor der sich melden konnte, wieder auf und versuchte es bei einem Fuhrunternehmen in der Großen Waldstraße, das neben zwei Lieferwagen über einen PKW verfügte, und, tatsächlich, eine halbe Stunde später hielt der Wagen vor seiner Tür und brachte ihn nach Jerichow. Es war kurz nach Mitternacht, als sie zurückkamen, er und Hedwig. Sie saß hinten, Vorbeck vorn neben dem Fahrer. Er stieg aus und kippte den Sitz vor, sie nahm seine Hand und ließ sich heraushelfen. Ihr Auto konnte erst mal stehen bleiben, wo es stand: auf dem Steinitzer Feld.

Eine helle, klare Nacht, trockene Kälte, das Knirschen ihrer Schritte auf dem gefrorenen Weg, das Klappen der Haustür ... der Donnerstag war angebrochen ... der Tag, dachte ich, als ich abends in der Gaststube des Brückenhotels über meinen Notizen saß, an dem eine andere, mir durch die Beschäftigung mit dem Unfall bekannt gewordene Geschichte eine entscheidende Wendung nahm. Während Frau Vorbecks Leben langsam in die Normalität zurückfand (ohne jemals wieder ganz dort anzukommen), wurde dem der jungen Frau, die mit ihrem Begleiter in einem der Unglückszüge gesessen hatte und nur wenige hundert Meter vom Vorbeckschen Haus entfernt in der Klinik lag, zu den ohnehin bestehenden Bedrohungen eine neue hinzugefügt.

*

Nach dem Besuch bei Braake Spaziergang hinaus zum Graswinkel, einer früheren SA-Siedlung, in der nach Auskunft des alten Herrn der in der Unglücksnacht zur Schneewache eingeteilte Zeuner gewohnt hat, SA-Mitglied, das gelegentlich in Uniform zum Dienst erschienen war, mit Stiefeln also, braunem Hemd, braunen Breeches, braunem Koppel, an der Seite den obligatorischen Dolch und auf dem Kopf die ebenfalls braune Schaftmütze mit Lederschirm und Sturmriemen.

Lange ging es, da die Straßenbeleuchtung ausgefallen war, in der nur hier und da von ein paar Hauslichtern aufgehellten Dunkelheit schnurgerade die Friedenstraße hinab. Eine richtige Siedlung war es freilich nicht, zu der ich kam, sondern eine Ansammlung von acht oder neun zweigeschossigen Häusern, die, alle ähnlich gebaut, an einem Gras bewachsenen Platz im äußersten südlichen Stadtwinkel lagen. In den schmalen Gärten mochten Hühner- und Kaninchenställe gestanden haben, in der Platzmitte ein Fahnenmast. Jetzt erkannte ich, zwischen den Häusern hindurchblickend, ein Trampolin, eine Kinderrutsche. Durch den sich im Osten anschließenden Wald führte ein Weg nach Mützel, dem Bauerndorf. Ich stand eine Weile herum, schaute zu den Fenstern hinüber, lauschte, sog die Luft ein und machte mich wieder auf den Rückweg.

Was das Herumgehen nicht zu leisten vermag, weder das in der als meine bezeichneten Unglücksstadt noch das in anderen: Eindruck zu geben von der nach Dreiunddreißig stattgefundenen Verwandlung des Landes in eine Aufmarschkulisse, in der jederzeit mit einem um die Ecke biegenden Musikzug zu rechnen war, vom Handheben, Strammstehen und Hackenknallen, von dem durch die Dauerbeschallung und Dauerbeflaggung vermittelten Gefühl eines immer währenden Ausnahmezustands, eines nie endenden Fests, zu dem das ganze Volk eingeladen war – ausgenommen selbstredend die Ausgegrenzten, die zur Beraubung, Vertreibung, Ermordung Freigegebenen.

(Aus dem Notizbuch)

2. Carla und Richard

I

Bei meiner Rückkehr ist sie tatsächlich da: die Akte Finck. Oder die Carla-Akte, wie ich mir sie zu nennen angewöhnt habe. Sie ist während meiner Abwesenheit gekommen und lag vorm Briefschlitz im Flur. Yps hat sie aufgehoben und, getrennt von der anderen Post, auf den Küchentisch gelegt.

Bei der Durchsicht am Nachmittag fällt auf, dass die Namen bis auf die Anfangsbuchstaben geschwärzt sind. In der Bildstelle des Landesarchivs hat sich jemand die Mühe gemacht, sie mit dem Filzstift unkenntlich zu machen, während die Namen in der Unglücksakte stehengeblieben sind. Weil es so viele sind? Oder ist es so, dass für sie unterschiedliche Vorschriften gelten?

Es sind ja zwei, zwei Akten, die aus dem Kriminalarchiv mit der Geschichte des Unfalls und die aus dem Reichsbahnarchiv mit dem bei der Regulierung der Schadensansprüche angefallenen Schriftverkehr. Hier finden sich all die Meldungen über beschädigte oder zur Gänze verlorengegangene Koffer mitsamt einer Auflistung ihres Inhalts, desgleichen über Arztbesuche und Krankenhausaufenthalte. Oder von Hinterbliebenen eingereichte Rechnungen für Überführungs- und Beerdigungskosten, für Särge und Sargträger ... und inmitten dieser damals in den Tessenowhallen untergebrachten Schreckenssammlung bin ich in einem der mir vorgelegten Ordner auf eine Reihe von Rechnungen gestoßen, die allesamt an die Bahnhofskasse Genthin gerichtet waren –

1 Hemdchen für Carla Finck 2,50 RM
1 Strumpfhaltergürtel 1,95 RM
1 Büstenhalter 0,75 RM
1 Unterrock 2,95 RM
1 Pullover 11,25 RM
1 Kleid 18 RM
1 Paar Schuhe 25,70 RM
1 Paar Handschuhe 8,75 RM
1 Wintermantel 120 RM –

Alle mit dem Briefkopf des Kaufhauses Magnus, Moderner Damen- und Herrenausstatter und dem Zusatz »Für Carla Finck« sowie der handschriftlichen Bemerkung »Lieferung erfolgte durch Boten«. Offenbar waren die Kleider der Empfängerin beim Unfall so stark beschädigt worden, dass sie neu eingekleidet werden musste. Erst blätterte ich weiter, dann wieder zurück. Kaufhaus Magnus? Dasselbe, in dem meine Mutter ihre Lehre gemacht hatte? Neun Rechnungen, das bedeutete neun Botengänge, und unwillkürlich hatte ich gedacht, dass sie es war, die dieser Carla die Kleidungsstücke brachte. Wem, wenn nicht dem Lehrmädchen erteilte man solche Aufträge?

Die erste Lieferung erfolgte am 10. Januar 1940, die letzte am 23. Mit dem Hemdchen fing es an und endete mit den Schuhen und dem Wintermantel. Anfangs sind es nur Kleider, die innen getragen werden, im Haus, dann auch Straßenkleider. Zuerst kann die Frau nur das Bett verlassen, dann auch das Krankenhaus. Neun Rechnungen, also neun Lieferungen und neun Botengänge. Neunmal stieg Lisa (wenn sie es war) die Treppe hinauf, klopfte an die ihr von der Schwester bezeichnete Tür und trat in das Zimmer der jungen Frau. Neunmal in dreizehn Tagen.

Sie war, wie ich beim Weiterblättern entdeckte, zwei Jahre älter als Lisa, beinahe auf den Tag genau. Sie war achtzehn, Lisa sechzehn, beide geboren im März, Lisa am 14., Carla am 17. Überlegte, als ich mir ihre Daten notierte, ob das bei ihrer Begegnung eine Rolle gespielt haben könnte, das heißt: Wenn es zu einer Begegnung kam. Das ist natürlich die Frage.

2

Gelb, hügelan, hügelab, so weit das Auge reicht, Rapsfelder, aus denen, in dieser hellleuchtenden Farborgie fast schwarz, einzelne Strauch- und Baumreihen aufragen, Wiesen, Wald, abgewandt (wie mit dem Rücken zur Bahnlinie) liegende Städtchen. Flüsse: die Havel, die Elbe, die Weser, der Rhein. Im Notizbuch der ersten Düsseldorffahrt die Frage: Warum musst du dahin? Es ist, lautet die Antwort, wie früher schon das Bedürfnis, die Personen mit den Orten zusammenzubringen. So, als erzählten die Orte, was die Akten verschweigen. Oder als wüsste ich mehr, wenn ich die Häuser sehe, in denen sie wohnten, die Straßen, durch die sie gingen, die Ecken, die Plätze.

Hannover, Hamm, Dortmund, Oberhausen, Duisburg, Düsseldorf ... dieselbe Strecke, die Carla gefahren wäre, wenn die Reise nicht in der Kanalstadt ein jähes Ende gefunden hätte. Sie saß in einem der hinteren Wagen, nicht allein, sondern mit einem schon etwas älteren Mann, dessen Aussehen offenbar so südländisch war, dass es in jeder von ihm existierenden Beschreibung als charakteristisch hervorgehoben wurde, ein südländisch aussehender Mann heißt es in der Anzeige, die ein paar Tage vor der Unglücksfahrt in einer Berliner Polizeidienststelle erstattet und ein paar Stunden später wieder zurückgenommen wurde.

Die Leute im Abteil werden zu ihnen hingeschaut haben. Wenn es nicht die junge Frau war, die ihre Aufmerksamkeit erregte, dann war es der Mann, der auch mir sofort aufgefallen ist, nicht wegen seines Aussehens, das ist klar, sondern wegen seines Namens. In der alphabetisch angeordneten Liste der Todesopfer, in der ich ihn fand, stand er zwischen Breuer, Willi aus Brandenburg/Havel und Christ, Walter aus Halberstadt: Buonomo, Giuseppe aus Neapel. Das nahm sich zwischen all den deutschen Namen so fremd aus, dass ich ihn mir sofort gemerkt habe, nicht ahnend, dass er mir in der Akte Finck erneut begegnen würde.

Es ist nämlich so, dass Carla, als sie aus der Bewusstlosigkeit erwachte und gefragt wurde, wie sie heiße, nicht etwa ihren eigenen Namen nannte, sondern den von Buonomo, so dass sie in der drei Tage nach dem Unglück veröffentlichten Verletztenliste unter diesem Namen aufgeführt wurde: Buonomo, Carla aus Düsseldorf. Als ich das las, habe ich überlegt, in welchem Verwandtschaftsverhältnis die beiden stehen mochten: War Carla Giuseppes Frau? Seine Tochter? Warum lebte sie in Düsseldorf und er in Neapel? Überflüssige Fragen, denn tatsächlich hieß sie Finck und war weder Buonomos Frau noch dessen Tochter, sondern (um die Sache noch mehr zu verwirren) die Verlobte eines Dritten, Richard Kuiper, der in keinem der Züge saß, sondern zu Hause auf sie wartete.

Von ihm sind zwei Adressen bekannt: Die eine bezeichnet das Haus seiner Eltern in der Neusser Kanalstraße (in dem er sich möglicherweise gar nicht aufhalten durfte), die andere das sogenannte Judenhaus in der Düsseldorfer Mintropstraße, in dem ihm zusammen mit anderen ebenfalls aus ihrer Wohnung Vertriebenen ein Zimmer zugewiesen worden war. Zwei Adressen also, während es von Carla nur eine gibt, die in der Oberbilker Allee. Sie war die Tochter des Kapellmeisters Jack Finck, der im Sommer neununddreißig mit seiner zweiten Frau nach London emigriert war und vor seiner Abreise dafür gesorgt hatte, dass sie in der Wohnung ihrer Tante unterkam, einer Frau Wesemann.

Von Buonomo schließlich, der verheiratet war und zwei Kinder hatte, ist nur der Wohnort bekannt, nicht die Straße. Und dass er zum Zeitpunkt seines Todes vierundvierzig Jahre alt war. An einer Stelle in den Unterlagen wird das erwähnt.

Durch die Briefe, die Carla an Richard schrieb und die er in seiner Not der Reichsbahn überließ (wodurch sie in die Akte gelangten), ist ihre Geschichte überliefert.

*

»Kenne ich«, sagte Frau Burckhardt, als ich ihr von meiner Marotte mit den Orten erzählte. Früher habe sie ihre Urlaubsziele nach den Autoren ausgesucht, die sie las. Wollte sagen, dass ich etwas anderes meinte ... ließ es dann.

Hatte sie tags zuvor angerufen, um mich mit ihr zu verabreden, und sie hatte erwidert, dass sie zwar keine Zeit habe, da sie an diesem Tag selber verreise, dass sie ihre Abfahrt aber so legen werde, dass wir uns am Bahnhof treffen könnten. Sie würde am Ausgang warten, und, tatsächlich, als ich aus der Halle trat, entdeckte ich an der ausgemachten Stelle eine Frau, die die Entgegenkommenden musterte. Sie war in meinem Alter, mittelgroß, trug Blue Jeans und eine olivgrüne Steppjacke; über ihrer Schulter hing ein geblümter Stoffrucksack.

»Frau Burckhardt?«

»Ja«, sagte sie und gab mir die Hand.

Ich hatte mich mit der Bitte um Auskunft über Carla und Kuiper an die jüdische Gemeinde gewandt, und sie war es, die darauf geantwortet hatte. Seither waren ein paar Briefe und Mails zwischen uns hin- und hergegangen. Auf meine Frage, welche Funktion sie in der Gemeinde habe, hatte sie erwidert: Keine. Sie arbeite mit einem Forschungsauftrag der Landesregierung über das Schicksal der Düsseldorfer Juden. Gelegentlich würden Anfragen an sie weitergeleitet, die sie zu beantworten versuche. Wir gingen in den Bahnhof zurück und setzten uns ans Fenster eines Bistros. Als ich Carlas Akte hervorkramte, glaubte ich den Blick zu spüren, mit dem sie meinen Bewegungen folgte, doch als ich aufschaute, sah ich, dass sie mit dem Aufschnüren ihres Rucksacks beschäftigt war. Sie zog einen Block hervor und legte ihn auf den Tisch.

»Ich habe nachgeschaut«, sagte sie, »im Dezember hätte Kuiper längst in der Mintropstraße wohnen müssen. Er war dort gemeldet.«

»Aber die Post ging an die Kanalstraße.«

»Dann wird er sich in beiden Häusern aufgehalten haben.«

»War das denn möglich?«

»Solange es keiner merkte.«

Sie lachte.

»Ihre Carla«, sagte sie dann, »Ihre Carla.«

Vor ein paar Tagen war sie beim Amtsgericht gewesen und hatte bei dieser Gelegenheit Carlas Pflegschaftsakte eingesehen. Sie war ja noch minderjährig. Glaubte man dem, was da stand, dann hatte Frau Wesemann das Mädchen nur ungern aufgenommen, sich ihrer verstorbenen Schwester wegen aber dazu verpflichtet gefühlt. Offenbar mochte sie Carla nicht, räumte aber ein, dass deren Chefin, die Inhaberin des Putzsalons Spieß, große Stücke auf sie hielt. Und wie um den günstigen Eindruck ihrer Worte zu verwischen, beklagte sie sogleich die Widerborstigkeit des Mädchens, deren Putzsucht und mangelnde Anstelligkeit in häuslichen Dingen. Die meiste Zeit liege sie auf dem Bett und höre so laut Musik, dass es durchs ganze Haus dröhne, die Nachbarn, allesamt ordentliche Leute, hätten sich mehr als einmal beschwert.

Frau Burckhardt nickte, zog einen Zettel aus dem Block und schob ihn mir zu. Dann legte sie den Kopf schräg und deutete mit dem Finger auf ein paar hingekrickelte Zeilen.

»1920 kam ihr Vater aus Rumänien, damals hieß er noch Finklkraut, mit Vornamen Itzig Rubin, da musste er einfach Namensflucht begehen: Jack Finck. Im Jahr darauf wurde Carla geboren. Und wieder zwei Jahre darauf haben ihre Eltern geheiratet.«

Sie lachte, klappte den Block zu, schob ihn in den Rucksack und war im nächsten Moment schon zur Tür hinaus. Ich sah sie durch die Halle zu den Gleisen rennen, ihr Rucksack ein hüpfender bunter Fleck.

Eine Woche darauf (ich war längst zurück in Berlin) kam eine Mail von ihr: »Hab noch mal in den Akten geblättert und tatsächlich etwas gefunden. Danach hatte Carla im März 39 versucht, den Putzsalon Spieß zu verlassen und sich selbstständig zu machen. Sie wollte einen Handel mit Tabak, Spirituosen und Textilien eröffnen, also wahrscheinlich ein Büdchen betreiben, wie die Leute hier sagen. Aber das wurde abgelehnt, weil sie... ich zitiere: ›als Halbjüdin Verkehr mit einem Volljuden, dem Richard Kuiper‹, habe und ›deshalb aufgrund der Nürnberger Gesetze ebenfalls als Jüdin anzusehen‹ sei.«

In einer Publikation über die Düsseldorfer Juden findet Kuiper lediglich als Mitglied der Neusser Jüdischen Gemeinde Erwähnung. Er ist der Sohn von Martha und Wilhelm Kuiper und arbeitete in der 1906 von seinem Vater gegründeten Futtermittelhandlung, die noch im Jahr 1935, bei einem Warenumschlag von 40 000 Tonnen, einen Bruttogewinn von 60 000 Reichsmark erzielte. Wann ihre Firma in den Ruin getrieben wurde, ist nicht vermerkt. Nach der Pogromnacht gab es sie jedenfalls nicht mehr.

Die Kanalstraße, die in den alten Akten mit C geschrieben wird, ist eine ruhige kleine Stadtstraße aus der Gründerzeit, die in südwestlicher Richtung schnurgerade auf einen schmalen Wassergraben zuläuft, den sogenannten Nordkanal, hinter dem sich der Stadtgarten mit einem von hohen Bäumen umgebenen Teich anschließt. Die meisten Häuser waren (bei meinem Herumgehen dort) erst kürzlich renoviert worden, so dass sie mit ihren frischen Farben einen neubürgerlichen Glanz ausstrahlten. Das frühere Haus der Kuipers fiel als einziges aus dem Rahmen, der Fassadenschmuck, den es sicherlich genauso besessen hatte wie die anderen Häuser der Straße, fehlte; mit dem anscheinend noch aus den Fünfzigern stammenden Rauverputz machte es einen beinahe ärmlichen Eindruck. Damals aber, in den Dreißigern, wird es sich in nichts von den anderen Häusern unterschieden haben.

Nach dem Tod des Pariser Botschaftsrats und dem wütenden Gebelfer des hinkenden kleinen Manns mit dem rheinischen Akzent ahnte man, dass etwas Schreckliches passieren würde, aber man wusste nicht, was.

Der von Frau Burckhardt empfohlenen Lektüre zufolge erging die Anweisung des Düsseldorfer Gauleiters zum Losschlagen am späten Abend des neunten November, zu dem Haus in der Kanalstraße aber kamen sie erst in der zweiten Nachthälfte, also in den ersten Morgenstunden des zehnten. Zuvor war der Pöbel anderweitig beschäftigt gewesen: Er drang in die Synagoge an der Promenadenstraße ein, verwüstete die Innenräume und legte Feuer, wobei sich der Führer der NS-Ärzteschaft durch die Bereitstellung einer Anzahl von Benzinkanistern besonders hervortat. Als sich das Feuer ausbreitete, wurde die Feuerwehr gerufen; die Männer rollten die Schläuche aus, beschränkten sich aber, wie in anderen Städten auch, darauf, ein Übergreifen der Flammen auf die Nachbarhäuser zu verhindern.

Lange war nur das Hin- und Herfahren von Autos zu hören, das Bremsenquietschen, Trappeln, Scheibenklirren, das besoffene oder besoffen klingende Absingen der Hasslieder, so dass vielleicht schon die Hoffnung aufkeimte, die Privathäuser würden verschont, vergeblich natürlich... Seit Mitternacht fiel ein kaum wahrnehmbarer, sich kühl auf der Haut niederlassender Regen, und fiel noch, als die beiden Kuiper (Vater und Sohn) zu den anderen aus ihren Häusern Geholten auf den Lastwagen gestoßen wurden, der Wagen setzte sich in Bewegung, über die Brücke ging es, auf die andere Rheinseite, in das bei ihrer Ankunft bereits überfüllte Düsseldorfer Gerichtsgefängnis, in eine überfüllte Zelle, in der sie blieben, bis sie (und ihre Leidensgenossen) mit einem Sonderzug nach Dachau gebracht wurden, von wo sie Mitte Januar zurückkehrten, verängstigt, stumm wie alle, die den Aufenthalt dort überlebt hatten.

*

Es war am frühen Nachmittag, als ich zu dem Fenster hochschaute, hinter dem Richard saß, wenn er an Carla schrieb, und auf einmal verstand ich, wie verlassen er sich nach ihrer Abreise gefühlt haben muss. Um das Tageslicht auszunutzen, hatte er den Tisch ans Fenster gerückt, die Gardinen aber aus Furcht vor Entdeckung bis auf einen Spalt geschlossen gehalten, so dass ein ewiges Zwielicht herrschte. Die Gegenstände, die noch nicht weggeschleppt worden waren, standen seltsam weit auseinander, wie mit dem Rücken zu ihm, sie waren noch da, aber die Menschen, die dazu gehört hatten, fehlten. Obwohl es ursprünglich geheißen hatte, ihr Haus würde zum Judenhaus bestimmt werden, waren seine Eltern, noch bevor es dazu kam, zum Umzug in die Büttger Straße gezwungen worden, und seine Schwester lebte nach ihrer Flucht in Holland.

Zum Verfertigen der Briefe, auf die Carla in ihren Antworten einging, benutzte er das aus dem Kontor seines Vaters stammende Rechenpapier, zum Schreiben einen Füller mit blauer Tinte. Meistens stockte er schon nach der Anrede, liebste Carla! Er war zu verkrampft, er musste erst locker werden. Verkrampft? Auf eine ungute Weise in sich verzogen. Einmal deutet er es an: Der Nacken, die Schultern, der Rücken, alles schmerzt, kaum dass ich den Kopf drehe. Er stand auf, stieg die Treppe hinab, trat an das ovale, aus geriffeltem Glas bestehende, das Tageslicht gelb färbende Fenster und lauschte, nein, nichts, nichts Ungewöhnliches, wobei das Ungewöhnliche ja das Gewöhnliche geworden war, nicht die Stille war das Normale, sondern das Laute, das Trommeln und Pfeifen, das Absatzknallen und Fahnenknattern, das Wummern mit Fäusten gegen die Tür.

Ein Freund, der seine Frau an eine unheilbare Krankheit verloren hatte, erzählte mir, dass er sich manchmal, wenn er vor Schmerz nicht aus noch ein wisse, vor den Spiegel stelle und eine Lachmaske aufsetze. Lachmaske – sein Wort. Er zog die Mundwinkel nach oben und spannte die Gesichtsmuskeln an, bis sich um seine Augen Fältchen bildeten, Lachfältchen, und nach einer Weile merkte er, dass sich seine Stimmung dem Gesichtsausdruck anpasste. Die Maske drückte sich seinem Inneren auf. Sein Unglück war noch da, aber die Maske hatte sich darüber gelegt, ein Heiterkeitsfirnis, der sich auf geheimnisvolle Weise von außen nach innen fraß.

Vielleicht muss man sich Richards Wanderungen durchs Haus ähnlich vorstellen. Das Gehen (obwohl jetzt nur noch ein Gehen im Haus) lockerte nicht nur die Muskeln, sondern auch sein Gemüt. Er ging herum, bis sich seine Stimmung aufzuhellen begann. Erst danach setzte er sich und schrieb weiter.

»War heute« (heißt es einmal) »wegen der jüdischen Winterhilfe bei der Gemeinde und hab meinen Obolus in Höhe von 5 M entrichtet. Hätte natürlich warten können, bis Frau Mendel hier aufkreuzt, um ihn einzutreiben, aber, weißt Du, es war so gutes Wetter, kalt und ganz trocken.«

In dieser Art, den Plapperton ihrer Briefe nachahmend, schrieb er ihr. Und sie legte die Briefe in ihren Koffer zu den Platten und dem Reisegrammophon.

*

Ein Stück weiter, dem Stadtgarten zu, lese ich über dem Eingang eines Hauses dieselben, in dieser Gegend befremdlich anmutenden Worte, die auch Richard und Carla bemerkt haben müssen, als sie an jenem Augustabend, an dem zum ersten Mal vom Verreisen die Rede war, daran vorbeikamen. GRÜSS GOTT steht da in erhabenen, jedem sofort ins Auge fallenden großen steinernen Lettern.

Ich folge der Straße, gehe über eine kleine Brücke, und als ich auf den sich um den Teich herumziehenden Weg einbiege, sehe ich, dass er schwarz ist von Krähen, die, Kopf nickend, herumstolzieren und sich beim Näherkommen schwerfällig (wie alte Männer) erheben und auffliegen, um sich nach einer über dem Teich gedrehten Runde in den Baumkronen niederzulassen.

Am Nachmittag war Carla mit der Straßenbahn herausgekommen, auf dem Schoß die gelbe Leinentasche mit dem Essen, das sie unter den Blicken ihrer Tante (die ihr keine Vorschriften mehr machte, sondern bloß noch beleidigt schaute) in zwei kleine Töpfe gefüllt und mit Einweckgummis verschlossen hatte. Ein Sommertag, schwül, der Schweiß rann ihr in Bächen den Rücken herab. Durchs Fenster sah sie am Rheinufer im ausgeblichenen Gras der Badeanstalt die Leute auf ihren Handtüchern liegen, und wird gedacht haben, dass sie auch dort liegen könnte. Aber ohne ihn? Am Glockhammer stieg sie aus und ging durch den Büchel zur Neustraße, an die sich die Kanalstraße anschließt. Das Haus der Kuipers lag auf der rechten Seite, sie klopfte, wie ausgemacht, dreimal kurz hintereinander, dann ein viertes Mal, Richard öffnete und zog sie in den Flur, glücklich über ihr Kommen, gewiss, aber beim Weg in die Küche mit jenem Seufzen, das jetzt zu ihm gehörte. Kein Satz, der ohne dieses heftige Atemausstoßen auskam. Er seufzte und bohrte die rechte Faust in die Handfläche der Linken... anstatt sich über ihr Kommen zu freuen, das Essen, den gewonnenen Tag, seufzte er.

Gegen Abend ging ein Gewitter herunter, das sie von seinem Zimmer aus beobachteten. Der Regen prasselte gegen die Scheibe, und obwohl das Fenster verschlossen war, fest verschlossen, drang Wasser herein, zwängte sich durch die unsichtbare Ritze zwischen Glas und Holz, rann die Scheibe herab und sammelte sich auf dem Fensterbrett, wo es zu kleinen Pfützen zusammenlief. Carla ging ins Bad, und als sie mit einem Handtuch zurückkam, sah sie Richard auf dem Bettrand sitzen, die Hände zwischen den Knien, und nicken, wie um sein Einverständnis mit dem neuerlichen Unglück zu signalisieren, das er im Wassereindringen erblickte. Ja, hieß das, wie sollte es anders sein?

Als sie eine Stunde danach hinausgingen, war der Himmel wie leer gefegt, im Osten schiefergrau, im Westen kupferrot. Die Luft roch nach Laub und frischer Erde. Sie waren allein, sie hatten den Stadtgarten für sich, niemand kam ihnen entgegen. Sie schob ihre Hand unter seinen Arm, atmete tief durch, blieb stehen.

»Wie schön«, rief sie aus.

Worauf er erwiderte, dass nichts schön sei. Und sie weiter zerrte.

»Hier ist nichts schön.«

Und da muss sie die Fassung verloren und ihn angeschrien haben. Die Worte, die sie benutzte, sind nicht überliefert, nur die Tatsache, dass es zum Streit kam, weil er nicht aufhören wollte, alles, was ihr durch seine Schönheit als Trost erschien, schlechtzumachen und ihr so den dringend benötigten Mut zu nehmen. Und – bei allem Schrecken – gab es das andere nicht auch? Das Beieinanderliegen, die Musik, das grüne Gartenlicht... doch, das gab es. Sie bestand darauf, es war nicht verschwunden. Das war es bloß, wenn er es sagte.

Sie waren allein, weit und breit keiner, der ihnen entgegenkam oder folgte, aber er packte ihren Arm und schaute sich um, ob da nicht doch jemand wäre, der ihren Ausbruch mitbekommen hatte, und muss im selben Moment gemerkt haben, dass es genau das war, was sie nicht wollte, dieses Ängstliche, Panische, das geeignet war, sie ebenfalls in Furcht zu versetzen, denn er ließ sie sofort los, während sie beim Anblick seines erschrockenen Gesichts ein schlechtes Gewissen bekam. Was ihm Furcht machte, war ja kein Hirngespinst, es gab allen Grund zur Furcht, so wie es umgekehrt freilich gute Gründe gab, sich gegen sein wollüstiges Einverständnis mit dem Unglück zu wehren.

Ja, nennen wir es so, Unglück, weil auch Carla es so nannte: diese ungeheure Anhäufung von Erniedrigungen und Unrecht, für die sie das Sammelwort *unser Unglück* hatte.

Sie gingen jetzt nebeneinander, beide beschämt, schweigend, bis sie anfing, über die vom Regen hinterlassenen Pfützen zu springen. Sie wich ihnen nicht aus, sondern lief ein Stück vor, sprang ab und kam ein Stück dahinter auf. Sie war achtzehn, er sechsunddreißig, das muss ich mir zum Verständnis der Situation immer wieder in Erinnerung rufen. Er ein erwachsener Mann, sie ein Mädchen. Er sah sie vorlaufen, abspringen, aufsetzen. Und da muss ihm der Gedanke gekommen sein, die Erleuchtung.

»Carla?«

Sie blieb stehen.

»Das Beste wäre, du würdest verreisen.«

War er verrückt geworden? Wohin denn? Sie wartete, bis er heran war, nahm wieder seinen Arm, und sie gingen weiter.

Ja, an diesem Abend, auf den sie später in einem ihrer Briefe anspielte, wurde darüber gesprochen. Verreisen. Heraus aus der Enge, die sie zu ersticken drohte, weg von der rheinisch-fröhlichen Variante des mit Fahnen, Marschmusik und Stiefeln auf der Straße paradierenden Pöbels.

»Überleg mal«, sagte er und blinzelte hinüber zu den sich als Schattenriss vorm Westhimmel abzeichnenden Bäumen; sein von der Sonne rot gefärbtes Gesicht, sein Arm um ihre Schulter. Jetzt, da er eine Aufgabe sah, die nicht Warten hieß, sondern Planen, wird etwas von seiner Sicherheit zurückgekehrt sein. Vielleicht nicht gleich, nicht bei diesem Spaziergang durch den (ihm eigentlich auch schon verbotenen) Stadtgarten, aber in den Tagen und Wochen danach.

Ja, er sah es als seine Aufgabe an, sie von hier wegzubringen, so wie er es später als seine Aufgabe ansehen würde, sie zurückzuholen. Dabei war eigentlich er es, der weggemusst hätte. Sie war, könnte man vielleicht sagen, geschützt durch ihre Jugend, ihre Unerfahrenheit, ihre

Naivität, die sie die Dinge leichter nehmen ließ, als er sie zu nehmen vermochte. Die Bedrohung war ihr zwar bewusst, aber sie stand ihr nicht dauernd vor Augen, so dass es Momente der Leichtigkeit gab, von denen es für ihn nach seiner Rückkehr aus Dachau keinen einzigen mehr gegeben hatte.

Außerdem war sie (Vorteil jetzt) nur zur Hälfte Jüdin, das heißt, in den Augen derer, die die Gesetze machten; in den Augen der Juden war sie es, da nur ihr Vater Jude war, gar nicht, dazu getauft, katholisch wie ihre nichtjüdische Mutter und die nichtjüdische Tante, Volljüdin nur durch die Verlobung mit ihm, weil jeder Halbjude, der sich mit einem Ganzjuden zusammentat, auf geheimnisvolle Weise ebenfalls zum Ganzjuden mutierte und damit dieselbe Behandlung auf sich zog, der dieser ausgesetzt war.

Ja, er war es, der weggemusst hätte, aber das ging nicht, dafür war es zu spät. Nach seiner Erfassung zum Arbeitseinsatz, die zugleich mit seiner Einweisung in die Düsseldorfer Mintropstraßen-Wohnung erfolgt war, durfte er die Stadt nicht mehr verlassen, aber auch das andere durfte er nicht: sich im Haus seiner Eltern aufhalten, auch das war ihm verboten. Jederzeit konnte ein Lastwagen vorfahren, um die noch nicht gestohlenen oder zerschlagenen Möbel abzutransportieren, jederzeit konnten die Handwerker auftauchen, um es für die neuen Bewohner herzurichten. (Wer war es, der es sich unter den Nagel gerissen hatte?) Und wenn sie ihn hier anträfen... unvorstellbar.

Das Haus in der Oberbilker Allee, in das Carla nach dem Gespräch im Neusser Stadtgarten zurückkehrte, steht nicht mehr. An seiner Stelle erhebt sich ein fünfstöckiges Wohnhaus, dessen Fassade mit grauen Klinkern verblendet ist; hinter den Fenstern hängen dicke Stores; in der oberen Fensterreihe sind die Jalousien halb heruntergelassen gegen die Sonne.

Neben der zurückgesetzten Eingangstür mit dem in der Mitte geteilten Aluminiumrahmen befindet sich eine zweite Tür, die, laut Firmenschild, zu einer Grafik- und Druckwerkstatt führt, doch als ich eintrete, sehe ich, dass es sich um einen gewöhnlichen Kopierladen handelt. Auf der anderen Straßenseite der Stellplatz einer Gebrauchtwagenhandlung, über dem als Blickfang weiße und blaue Stanniolstreifen flattern. Vier junge Schwarze in Sportanzügen, die Kapuzen überm Kopf, beugen sich zu einem auf dem Gehweg geparkten Toyota hinab; eine ältere Frau in Kittelschürze und Schlappen schiebt einen leeren Einkaufswagen vorbei.

Auf der Straße, die so gar nichts von einer Allee hat oder nicht mehr (als Carla hier langging, mögen an der Straße Bäume gestanden haben), rumpelt eine Tram heran. Ein Stück weiter liegt ein kleiner Platz, umgeben von Büschen und niedrigen Bäumen, durch deren Äste das Gestänge von Klettergerüsten, Kinderschaukeln und Rutschen schimmert. Hier wenigstens stehen noch ein paar ältere Häuser, die Carla bei ihrer Rückkehr aus Neuss gesehen haben muss.

Inzwischen war es richtig dunkel geworden, sie ging an

den kleinen Geschäften vorbei, schloss das Haus auf und stieg zum dritten Stock hoch, zur Wohnung ihrer Tante.

Immer ging es bei dem Ärger, den sie mit ihr hatte, um die Musik, die zu laute Musik, die zu wilde Musik. Die Platten waren (wie der Plattenspieler) ein Geschenk ihres Vaters, weshalb ihr keiner verbieten konnte, sie aufzulegen, aber die Lautstärke ... da sie nicht reagierte, wenn die Tante um Mäßigung bat, trat diese, jetzt wortlos, bei ihr ein und stellte die Musik leise, Carla lag auf dem Bett und schaute ihr, ebenfalls wortlos, zu. Der Plattenspieler stand auf dem Fußboden, sie verschränkte die Arme, sah, wie sich die Tante bückte, um, kaum dass sie hinausgegangen war, aufzustehen und die Musik wieder laut zu stellen.

Und was Frau Wesemann anging ... sie war (auch ohne den Ärger mit der Musik) nicht glücklich über die Verantwortung, die ihr für das Mädchen aufgetragen worden war.

Seit dem Tod ihres Mannes lebte sie allein, sie war es gewohnt, das Alleinsein, und empfand jeden, der es störte, als Zumutung. Auch das ein Grund, warum sie sich schwer mit dem Kind tat. Aber es war ja auch nur für eine gewisse Zeit. Damit besänftigte sie ihren Ärger. Sobald das Visum für Argentinien eintraf, so die ihr von Carlas Vater vor seiner Abreise nach London gegebene Versicherung, die sie noch genau im Ohr hatte, würde das Mädchen ebenfalls auswandern, und es würde wieder Ruhe einkehren, aber bis dahin –

Das Visum, richtig. Zum Zeitpunkt der Auswanderung von Jack Finck hatte diese Möglichkeit noch bestanden, nach Kriegsbeginn aber ging die Chance darauf gegen null. Was Frau Wesemann nicht bedacht haben wird.

Im September 1937 hatten sich Richard und Carla verlobt, und im April 1938 beschlossen sie, ihre eigene Auswanderung voranzutreiben. Auf Argentinien waren sie gekommen, weil Richards Onkel, der Bruder seines Vaters, in den zwanziger Jahren nach Buenos Aires ausgewandert war, wo er – wie die Kuipers in Neuss – eine Futtermittelhandlung betrieb, die Richard einmal übernehmen sollte. Für seine und Carlas Zukunft schien gesorgt. Es gab nur eine Bedingung zu erfüllen: die Eheschließung. Das aufnehmende Land wollte, dass die Aufzunehmenden in geregelten Verhältnissen lebten, und ein rechtmäßig getrautes Paar schien dafür größere Gewähr zu bieten, als es locker miteinander verbundene Einzelpersonen taten. Deshalb suchten sie im Frühjahr achtunddreißig einen Notar auf und versicherten an Eides statt, dass sie unmittelbar nach Erteilung des Visums die Ehe schließen würden, was vom Konsulat mit einem bombastischen Vermerk bestätigt worden war:

Viceconsulado de la República Argentina en Düsseldorf (Alemania) Visto bueno para la legalización de la precedente firma del escribano público en Düsseldorf Albert Goecke que dice »Goecke«

5 de abril de 1938

Aber das Visum kam nicht. Das ganze Jahr 1938 über nicht und auch nicht im darauffolgenden. Carlas Vater wanderte nach England aus, Richards Schwester gelang die Flucht nach Holland, der Krieg begann, aber dieses verdammte Visum kam nicht, trotz des notariell beglaubigten Heiratsversprechens, sooft sie auch nachfragten.

Da Carla zum Zeitpunkt ihrer Verlobung noch nicht volljährig war, muss sie beim Notarbesuch von ihrem Vater begleitet worden sein. Von ihm ist nur das Geburtsjahr bekannt, 1896, nicht aber der Geburtsort. Laut Auskunft von Frau Burckhardt hat er nie die deutsche Staatsangehörigkeit erhalten, so wenig wie Carla, die, obwohl in Düsseldorf geboren, nur einen Fremdenpass besaß.

Kapellmeister also – wahrscheinlich leitete er eine der vielen Tanzkapellen, die damals überall in den Lokalen, den Hotelsälen oder auf den Rheinterrassen auftraten. Da er es rasch zu einem gewissen Wohlstand brachte, scheint sich seine Musik großer Beliebtheit erfreut zu haben.

Muss sie –

Wahrscheinlich –

Scheint es –

Das sind die Worte, die immer wieder auftauchen. Nichts ist sicher, heißt das. Oder dass man nur vom einen aufs andere schließen kann: Wenn das eine *so* ist, muss das andere *so* sein.

Sicher aber ist, dass er 1935 wie alle jüdischen Künstler Berufsverbot erhielt. Und dass er 1937 mit einer Geldstrafe von 1000 Mark belegt wurde, weil er sich nicht daran hielt. Dass er 1938, während der Novemberpogrome, wie die beiden Kuipers, verhaftet und nach Dachau verschleppt wurde und im Januar 1939 wieder freikam. Und dass ihm im Spätsommer desselben Jahres mit seiner zweiten Frau die Auswanderung nach England gelang.

3

Verführt durch den Namen Buonomo, den ich für mich leichtfertigerweise mit Gutmann übersetzte, bin ich lange davon ausgegangen, Carlas Begleiter im Zug sei Jude gewesen. Bis mich eine als Linguistin mit der nötigen Kompetenz ausgestattete italienische Freundin über meinen Irrtum aufklärte. Nach dem von ihr zu Rate gezogenen Namenswörterbuch ist Buonomo ein alter lombardischer Name.

»Mit wem auch immer sich deine Carla herumtrieb«, schrieb sie, »Jude war er jedenfalls nicht.«

Deine Carla.

Und Frau Burckhardt?

»Habe Nachricht von Ihrer Carla.«

Oder: »Ihre Carla wollte die Stelle kündigen.«

Oder, um mir die Widersprüchlichkeit der Rassenpolitik der Nazis vor Augen zu führen: »Wäre Ihre Carla ein Karl gewesen, wäre er 1939 möglicherweise zum Wehrdienst eingezogen worden, um ein Jahr danach als wehrunwürdig wieder entlassen zu werden.«

Deine Carla, Ihre Carla.

Und Yps? Sehe sie in meiner Wohnung am Schreibtisch und die aus Düsseldorf mitgebrachten Fotos betrachten.

»Ist das die Straße«, fragt sie, »in der deine Carla wohnte?«

Sieht aus, als redete ich in einer Weise über sie, die zum Gebrauch des Possessivpronomens einlädt. So spricht man zu Leuten, die von einer Sache oder jemandem besessen sind: Dein Fußball ist ein wunderbares Spiel, dein Mozart, dein Kleist, dein Kafka.

Buonomo Jude? Hätte es wissen müssen. Dann wäre er nicht so sorglos aufgetreten, wie er es offenbar tat.

Bin Weidenkopf, der mich auf die Geschichte brachte, nur einmal begegnet, er war zu Besuch bei seiner Schwester, die, steinalt, am Schanzenberg wohnte, von der Archivarin hatte er gehört, dass ich in der Stadt sei, und auf gut Glück in einem der beiden Hotels angerufen, in denen er mich vermutete, und mich schon beim ersten Versuch angetroffen.

Ein warmer, sonniger Tag. Deshalb verabredeten wir uns in der Eisdiele, in der ich manchmal mit meiner Mutter gesessen hatte und die es schon so lange gab, dass er sie ebenfalls aus seiner Kindheit kannte. Sie lag gleich um die Ecke vom früheren Magnus.

»Ja, gehen wir zu Glücksmann.«

Als ich hinkam, saß er schon da, unterm Sonnenschirm an einem der Hoftische, genauso gekleidet wie auf dem Abzug, den er mir geschickt hatte, dem Foto mit der Lok… roter Anorak, beige Cargohose, die wenigen Haare so über den Kopf verteilt, dass sie die Platte verdeckten, ein rüstiger alter Herr mit einem vom vielen Herumspazieren sonnenverbrannten Kopf. Klar, dachte ich, dass er jetzt hören wollte, was ich über das Unglück herausgefunden hatte, aber es kam ganz anders. Er langte nach seiner Aktentasche und zog das Merian-Heft hervor, durch das er auf mich gekommen war. Dann schlug er es auf und tippte auf die biographische Angabe, die da stand.

»Ihre italienische Arbeit.«

Das war der Ausdruck, den er benutzte. Er wollte wissen, worin meine Arbeit in Italien bestanden habe.

»Berichte über Kulturthemen, die gerade im Schwange waren«, sagte ich, »Premieren- und Ausstellungskritiken.«

Ob ich davon hätte leben können. Wie es mit dem Wohnen gewesen sei, Rom sei doch sicherlich teuer. Und die Hitze, wie es damit gewesen sei. Und die Sprache, das Essen, der Krach.

Ich erklärte ihm alles, und wenn ich auf den Unfall zu sprechen kommen wollte, fiel ihm noch eine Frage ein, und am Ende, als er vom vielen Fragen und Zuhören so erschöpft war, dass er auf der Stelle nach Hause gehen musste, um sich auszuruhen, kam heraus, dass seine Enkeltochter dasselbe machen wollte wie ich und er sich vorgenommen hatte, sich bei mir nach dem Leben und Arbeiten in Italien zu erkundigen, wohl in der Hoffnung, sie davon abhalten zu können.

»Ja«, sagte er und nickte.

Als er die Tasse aufnahm, zitterte seine Hand so stark, dass der Kaffee überschwappte und eine kleine Lache auf dem Tisch bildete. Ich brachte ihn nach Hause. Wir gingen langsam die Bahnhofstraße hinauf, ich hielt seinen Arm. Vorm Haus seiner Schwester zog er den Schlüssel heraus, schaffte es aber nicht, ihn im Schloss unterzubringen, und so klopfte ich, beruhigend auf ihn einredend, an die Tür. Die Schwester öffnete und nahm ihn mir gleichsam ab, er rutschte förmlich in ihren Arm, doch bevor sich die Tür hinter ihm schloss, hob er noch mal die Hand und winkte mir zu.

Das fiel mir wieder ein, als ich im Jahr darauf gefragt wurde, ob ich Lust hätte, zum damals neuen *Napoli Teatro Festival Italia* zu fahren, das nicht nur in der Stadt, sondern in der ganzen Region ausgetragen wurde und dem Edinburgh Festival Konkurrenz machen sollte. Weidenkopf war ein paar Wochen nach unserem Treffen gestorben, und ich hatte überlegt, ob er noch die Gelegenheit gehabt hatte, seiner Enkelin davon zu berichten.

Das Festival ... ich zögerte. Es fand im Juni statt, zu einer Zeit, in der es manchmal schon so heiß war, dass man keinen Fuß auf die Straße setzen mochte, und nun sah ich mich zwischen dem Teatro di San Carlo, das ich kannte, und den vielen kleinen Aufführungsorten, die ich nicht kannte, hin und her hetzen.

Nein, dachte ich, keine Lust. Doch dann fiel mir ein, dass es Buonomos Stadt war und ich bis auf das Geburts- und Sterbejahr (und die paar in Carlas Briefen enthaltenen Informationen) nichts über ihn wusste. Wenn ich erst in Neapel wäre, dachte ich, könnte ich im Telefonbuch nachschlagen (es war die Vorhandyzeit) und mir, falls ich jemanden dieses Namens fand, die Straße anschauen, in der er wohnte. Auch wenn es weder der richtige Buonomo noch die richtige Straße wäre, würde es doch helfen, mir den richtigen Mann und die richtige Straße vorzustellen.

Es war, wie ich nun wusste, ein lombardischer Name, aber als ich dann in Neapel im Telefonbuch nachschlug, sah ich, dass er auch in der Campania verbreitet war, spaltenlang: Buonomo... Ärzte, Apotheker, Architekten, Dozenten, Restaurantinhaber, ein Sänger und Schauspieler, alle mit diesem Namen. Und so gab ich meinen Plan auf, besuchte die aus dem Programm herausgepickten Vorstellungen und schrieb meine Berichte. Am letzten Tag ging ich in eine Trattoria, auf die ich im Telefonbuch gestoßen war und deren Inhaber ebenfalls Buonomo hieß, Buonomo Luigi, aß zu Mittag (sehr gut), fragte den Kellner nach dem Padrone, erhielt zur Auskunft, es sei sein freier Tag, und fuhr danach mit dem Taxi zu dem in der Nähe gelegenen Cimitero Santa Maria del Pianto, in der seltsamen Vorstellung, dort auf Giuseppes Grab zu stoßen.

Es ist der Friedhof, auf dem Caruso begraben ist, auch Toto, der Komiker, an beider Grabmälern kam ich vorbei, und als ich ein Stück bergan stieg, an den kleineren, nur mit niedrigen Hecken eingefassten Gräbern entlang, fand ich an einem Grabstein ein Bild, das mich sofort anzog, ein ovales, auf Porzellan gedrucktes Foto, das einen etwa fünfzigjährigen Mann zeigte. Er trug einen hellen Kamelhaarmantel, ein weißes Hemd, eine Krawatte und blickte unter der hochgeschlagenen Hutkrempe keck in die Kamera. Das Grab stammte aus den fünfziger Jahren, aber das Bild war älter. Es musste in den späten Dreißigern entstanden sein, als er in den besten Jahren war. Er wird darauf so ausgesehen haben, wie ihn seine Frau (sua moglie inconsolabile) in Erinnerung behalten wollte: Ein Mann, der etwas hermacht, mit Hut und Mantel, die Augen, leicht umflort, über den Fotografen hinweg in die Ferne gerichtet.

Ja, dachte ich, das ist er.

So mag Buonomo ausgesehen haben, als er am späten Nachmittag die Victoriastraße herunterkam, der Kamelhaarmantel, der Hut, der leichte, trotz Neigung zur Korpulenz ein wenig tänzelnde Gang. Vorm Fenster des Putzsalons Spieß blieb er stehen und betrachtete die Auslagen. Hatte er seiner Frau nicht versprochen, ihr ein Geschenk mitzubringen? Vielleicht fiel ihm etwas auf, das ihn an sein Versprechen erinnerte. Er öffnete die Tür und trat ein. Auf das Türglockenläuten hin kam ein Mädchen aus dem Hinterzimmer, dem sogenannten Atelier, in dem die Hüte gefertigt wurden, stützte die Fingerspitzen auf den Tresen und lächelte.

»Kann ich Ihnen helfen?«

Das Mädchen war Carla. Sie sah einen Mann, Anfang vierzig, gut gekleidet, Ausländer, wie es schien. Er zog die Schultern hoch, legte den Kopf schräg, scusi, und zeigte, an die Auslagenrückwand tretend, auf eine Brosche, die zwischen Schleifen und Stoffblumen im Fenster lag.

»Die?«

Er nickte.

»Moment.«

Sie beugte sich über die Sperrholzwand zur Auslage hinab, indem sie sich auf die Zehenspitzen stellte und mit der Hand nach dem Stück angelte, so dass er Gelegenheit hatte, sie zu betrachten: ihr Nacken, die schmalen Schultern, ihre unter dem hoch gerutschten Rock seltsam schutzlos wirkenden Kniekehlen, und es mag sein, dass er in diesem Moment daran dachte, dass er am Abend allein sein würde. Was sprach dagegen, sie zu fragen, ob sie Lust hätte, ihm Gesellschaft zu leisten? Er schaute die Brosche an, die auf ihrer offenen Hand lag.

»Si, bellissimo.«

»Wollen Sie die nehmen?«

Und als er verständnislos schaute, wiederholte sie die Frage auf Französisch, das sie ein wenig beherrschte.

»Oui«, erwiderte er, »ja.«

Woraufhin Carla nach nebenan ging, und als sie mit einer Pappschachtel zurückkam, fragte er, ob er sie zum Essen einladen dürfe. Das Gespräch im Stadtgarten lag ein paar Wochen zurück. Es war Herbst, vielleicht Samstag, später Nachmittag, draußen wurde es dunkel, in den Restaurants wurden die Tische gedeckt, in den Kinoeingängen sammelten sich die Besucher, in den Tanzlokalen packten die Musiker ihre Instrumente aus, die Mädchen machten sich schön für den Abend. Ob sie etwas vorhabe? Nein, hatte sie nicht. Sie hatte nichts vor, weil es keinen Sinn hatte, sich etwas vorzunehmen, sie und Richard konnten ja nirgends hin. Sie schüttelte den Kopf.

»Also?«

»Ich kenne Sie doch gar nicht.«

Worauf er den Hut abnahm, ihn an die Brust legte (links, wo das Herz sitzt) und eine Verbeugung machte.

»Buonomo Giuseppe.«

»Sind Sie Italiener?«

Da konnte er ja sagen und ein strahlendes Gesicht aufsetzen. Sie schlug die Schachtel mit der Brosche in Geschenkpapier ein. Er sah ihr zu und fragte: Wo? Wo er sie treffen könne.

Wenn es so ist, beginnt ihre Geschichte hier, im Putzsalon Spieß, in dem Moment, in dem er die Tür öffnete und sie aus dem Hinterzimmer kommen sah. Oder mit dem Betrachten ihrer Kniekehlen. Das heißt: für ihn. Während sie für Carla und Richard viel früher begonnen hatte. Aber das wusste er nicht, als er in ihre Geschichte eintrat, die Bedrückung hieß, Einschnürung, Ausplünderung, Angst. Sein Kapital war die Abwesenheit von alldem. Dazu sein Ausländersein, das ihn unverwundbar machte, sein Pass und natürlich der Umstand, dass er Italiener war, Süditaliener, Neapolitaner, Vertreter einer ganz anderen Lebensart, blaues Meer, Musik, helles Lachen, von weit her, von jenseits der Alpen ins Lehmland gekommen, überhaupt weit gereist, er konnte ja auch von Paris erzählen, Amsterdam… Ein schöner Abend, hatte sie gesagt, worauf Richard erwiderte, dass hier nichts schön sei. Eine solche Antwort war von ihm nicht zu erwarten. Er hätte die Arme ausgebreitet, die Luft eingesogen und gesagt:

Si, Signorina.

Es gibt kein Bild von ihr, nur Kuipers Beschreibung: Klein, zierliche Figur, lange schwarze Haare. Aber dann gibt es doch etwas: Die Liste der in ihrem Koffer gefundenen Kleidungsstücke und Gegenstände, zur Erinnerung: roter Pullover, grüner Schal, rote Kämme, Damenschuhe, Pumps, rot, Marke Femina, Größe sieben, neue schwarze Damenhandtasche mit rotem Innenfutter –

Die Dinge, mit denen sie sich umgab, hatten leuchtende Farben. Ihr Pullover war rot, ihr Schal grün, die Handtasche schwarz, rot gefüttert, die Pumps ebenfalls rot. Eine Vorliebe für Rot also, die Farbe, die zum Schwarz ihrer Haare passte. Ist es deshalb nicht wahrscheinlich, dass sie auch an diesem Nachmittag kräftige Farben trug? Einen roten Pullover, einen schwarzen Rock, rote Pumps?

Dann die Brosche, die sie ihm verkaufte. Handelt es sich um die später in Buonomos Koffer gefundene und ebenfalls in einer Liste aufgeführte Kamee?

*

Bei meinem ersten Besuch in Düsseldorf schaute ich auf dem Stadtplan nach, konnte die Victoriastraße aber nicht finden, nur den Victoriaplatz. Entweder hatte Carla bei der Vernehmung eine falsche Adresse angegeben oder dem Beamten war ein Fehler unterlaufen. Er hatte ihre Aussage in Stichworten festgehalten und sie später ausformuliert. Und mag dabei Platz mit Straße verwechselt haben. Oder sie war, wenn es sie gab, bei einem der Luftangriffe so gründlich zerstört worden, dass ihr Wiederaufbau nicht in Frage kam.

Als ich zum (mittlerweile umbenannten) Victoriaplatz kam – trotz Grünstreifen und Bäumen ein zwischen zwei großen Fahrstraßen eingequetschter Nichtort – schaute ich mich um und ging dann durch den Hofgarten zur Altstadt, in der Vorstellung, es sei der Weg, den die beiden nahmen. Auf seine Frage, wo er sie treffen könne, hatte sie nicht geantwortet. Zu diesem Zeitpunkt war noch nicht klar, ob sie das überhaupt wollte: mit ihm ausgehen. Aber wenn er ihr vorschlug, sie abzuholen?

»Wann schließen Sie?«

»Um sechs.«

Er schaute auf die Uhr. Also in einer Stunde. Um sechs. Die Antwort war wie eine Zusage. Auch wenn sie dabei nicht aufschaute, sondern weiter mit dem Geschenkpapier raschelte.

Wohin sie gingen, ist nicht bekannt. Aber sie werden in der Nähe des Victoriaplatzes geblieben sein, in Laufentfernung zur Altstadt mit den verwinkelten Gassen, den Wein- und Tanzlokalen. Dort kannte sie sich aus. Das Dressler mit seinen Kuchenbergen im Schaufenster, in dem abends die Tische beiseitegeräumt wurden, um Platz zum Tanzen zu schaffen, das Donath, die Rostlaube, bei der es sich anders, als bei dem Namen zu vermuten, um ein Varieté handelte, mit einer richtigen Bühne. Es waren die Lokale, in denen ihr Vater gespielt hatte. Sie war vierzehn, als er Berufsverbot erhielt, zu jung, um dabei gewesen zu sein, aber sie hatte ihn davon erzählen hören, die Namen hatten für sie einen besonderen Klang. Das Dressler, das Donath, die Rostlaube.

Daran wird sie sich erinnert haben, als sie am Ratinger Tor in die Altstadt eintauchten. Sie gingen nebeneinander, er in seinem hellen Kamelhaarmantel, unter dem die dunklen Hosenbeine hervorschauten, sie in ihrem leichten Stoffmäntelchen und den hochhackigen Schuhen, bedacht darauf, seiner Hand auszuweichen, die ihren Arm zu umfassen versuchte, nicht unfreundlich, sondern dem Anschein nach zu nervös, um eine Berührung zuzulassen, ein kleines hysterisches Hühnchen. Sie führte den Italiener, ja, sicher, aber es ist kaum anzunehmen, dass er sich von dem achtzehnjährigen Mädchen zu einem Ort bringen ließ, der ihm nicht behagte. Sie wird geglaubt haben, sie führe ihn, während in Wahrheit er es war, der sie lenkte, so dass sie am Ende in einem Restaurant landeten, das seinen Vorstellungen entsprach. Kleine Tische, gedämpftes Licht, eine gute Karte, wenn Musik, dann so leise, dass sie beim Gespräch nicht störte.

»Signorina.«

Oder sagte er, nachdem sich gezeigt hatte, dass sie des Französischen ein wenig mächtig war: Mademoiselle?

Es wird gegen halb neun gewesen sein, als sie wieder aufbrachen. Draußen war es stockfinster, es war ja Krieg, keine Leuchtreklamen, die Fenster abgedunkelt, aber aus den Lokalen drang Musik. Die Schritte der Paare knallten aufs Pflaster.

»Und jetzt?«, fragte Buonomo und strich mit dem Handrücken die Hutkrempe nach oben.

Und da wird sie gesagt haben: »Warum nicht ins Dressler?«

»Ins Dressler? Was ist das bitte?«

»Ein Tanzlokal.«

Und danach wird sie, möglichst nebenbei, einen bestimmten Kapellmeister erwähnt haben, der dort große Erfolge gefeiert hätte, ein gewisser Jack Finck, der jetzt in London lebe. Und wenn Buonomo jetzt aufmerksam wurde und fragte, woher sie das wisse, wird sie hinzugefügt haben:

»Das ist doch mein Vater.«

Ihr Vater? In London? Damit war es heraus. Aber sagte sie auch, warum. Warum London? Ja, irgendwann muss sie es ihm erzählt haben, sonst ist alles Weitere nicht zu erklären.

Und Buonomo? Was ist mit ihm? Beim Abendessen wird sie versucht haben, ihn auszufragen. Was er hier mache. Was tat ein Italiener während der ersten Kriegsmonate in Düsseldorf? Sie sah ihn über das Weinglas hinweg an. Er lehnte sich zurück, so dass sein Gesicht im Dunkeln lag. Was er hier mache? Dann beugte er sich wieder vor und teilte es ihr mit. Oder erzählte etwas, das er sich für diese Situation zurechtgelegt hatte.

In den Aussagen, die sie später im Krankenhaus machte, heißt es nur: Kaufmann. Buonomo sei Kaufmann.

Na, gut. Aber welche Art Kaufmann? Womit handelte er? Das sagte sie nicht. Wusste sie mehr, behielt es aber für sich? Kaufmann war Kuiper auch. Daran muss sie gedacht haben. Kuiper handelte mit Futtermitteln, auch Getreide. Das heißt, solange es ging. Und er, Signore Buonomo?

Freilich ist es auch möglich, dass er ihr seinen Beruf verschwieg. Dass er ein geheimnisvolles Gesicht aufsetzte und lieber von seinen Reisen erzählte. Er reise viel. Er nannte Namen berühmter Städte, die geeignet waren, bei jungen Mädchen Eindruck zu schinden. Man verführte ein Mädchen mit rotem Pulli, schwarzem Rock und roten Pumps ja nicht, indem man von Webstühlen, Baumaschinen oder Stoffrollen erzählte. Besser prahlte man mit seinen Reisen. Ja, er wird seine Weltgewandtheit hervorgekehrt haben, ohne zu merken, dass sie seine Absicht erriet.

Er war amüsant, gewiss, auch sympathisch, aber sie spürte, dass er sie mit seinen Anekdoten einzuwickeln versuchte. Während er an ihre Kniekehlen dachte, war sie darauf bedacht, ihn auf Distanz zu halten. Aber wie? Indem sie von Richard erzählte? Ja, er sollte wissen, dass sie nicht allein war. Dass es jemanden gab. Ihren Verlobten. Sie wird leise gesprochen haben, den Kopf gesenkt, von Richard und der Lage, in der sie sich befanden, und Buonomo muss genau hingehört und auf die richtige Weise geantwortet haben, denn drei Tage danach saß sie mit ihm im Zug nach Berlin.

Was für Buonomo sprach? Dass ihm die Welt offenstand. Dass sie an seiner Seite keine Angst zu haben brauchte.

Dass er, bei einer Razzia etwa, ohne Furcht vor Zurechtweisung, Demütigung oder Verhaftung seinen Ausweis vorzeigen konnte. Dass er in jedes Schwimmbad, auf jede Eisbahn, in jedes Kino gehen, sich auf jede Parkbank setzen, jede Bibliothek, jedes Theater, jedes Restaurant, jede Bar besuchen und anschließend mit der Straßenbahn oder dem Taxi nach Hause fahren konnte. Dass er (anders als sie bei Richard bemerkt zu haben glaubte) vor keinem, der ihm entgegenkam, den Blick senkte, sondern frei und spöttisch guckte. Dass er sie im Gespräch zum Lachen brachte, so dass diese bleierne Taubheit, für einen Moment wenigstens, von ihr abfiel.

Dagegen Kuipers Furcht, die ihn sich am liebsten zu Hause verkriechen ließ. Dann aber, völlig überraschend, die Hartnäckigkeit, mit der er Carla ausfindig zu machen versuchte, und, als es ihm gelungen war, die mächtige Reichsbahn bedrängte, ihm einen Freifahrschein auszustellen, um sie nach Hause zu holen, zurück nach Düsseldorf.

Wie passt das zusammen?

Die Akten, die Briefe – ein ganz enges Korsett, in das ich mich hineinbegeben habe. Kaum Erfindungen möglich; nur Vermutungen, Rückschlüsse: Wenn das so ist, folgt daraus …

4

Sie wussten also voneinander. Kuiper wusste von Buonomo und Buonomo von Kuiper. Aber kannten sie sich auch? Ich meine: von Angesicht zu Angesicht. Sind sie sich begegnet? Hat Carla ihn mit Buonomo zusammengebracht, um ihn von der Richtigkeit ihrer Wahl zu überzeugen? War das überhaupt möglich? Das geht aus den Protokollen nicht hervor, auch nicht aus ihren Briefen. Was aber daraus spricht, ist Richards Furcht, sie an den Italiener zu verlieren. Sie spiegelt sich in ihren Briefen. Von Anfang an ist Carla darum bemüht, sie zu zerstreuen.

Im Übrigen schreibt sie an keine seiner beiden Adressen, weder an die in Neuss noch an die in Düsseldorf, sondern postlagernd.

Herrn Richard Kuiper, Hauptpostlagernd Düsseldorf –

»Lieber Richard, zu 99 Prozent fahre ich heute Abend. Bitte verstehe, wenn ich nicht wollte, dass Du zum Bahnhof kommst. Und nicht böse sein, wenn ich Dir erst von Berlin aus schreibe. Sei lieb und vernünftig und mache es, wie ich dir gesagt habe. Keine Dummheiten, ja? Mein Schätzelchen, mein Herzblatt, mein Geliebter. Es dauert ja nicht lange. Vier Wochen sind schnell um. Alles Gute bis auf ein baldiges Wiedersehen. Deine Carla

PS: Sollte ich nicht heute fahren, sondern erst morgen, sehe ich zu, dass ich Dir noch mal schreibe.«

Beginnt damit der Berliner Teil der Geschichte? Mit diesem Brief vom 11. November, dem ersten einer ganzen Reihe von später der Reichsbahn überlassenen Schreiben? Richard wird ihn am Abend auf der Treppe des Postamts gelesen haben und daraus, dass ihm nur ein Brief ausgehändigt wurde, auf ihre Abreise geschlossen haben und nach Hause zurückgekehrt sein ... zehn Kilometer zu Fuß, durch das verdunkelte Düsseldorf, über die Rheinbrücke, durch das verdunkelte Neuss, nicht um das Geld für die Straßenbahn zu sparen, sondern weil Juden das Straßenbahnfahren verboten war. In seiner Tasche steckte Carlas Brief, und er wird daran gedacht haben, dass sie jetzt mit dem Italiener im Zug saß.

Diesen Brief, den letzten aus Düsseldorf, schrieb Carla noch in der Oberbilker Allee, den nächsten, zwei Tage darauf, in Berlin:

»Mein liebster Richard, Du glaubst gar nicht, wie schwer mir die Trennung fällt. Aber wir müssen klug und vernünftig sein. Verlebe den Samstag und Sonntag gut! Morgen schreib ich Dir wieder.

Meine Adresse: SW 11, Hauptpostlagernd.«

Und am 5. Dezember:

»Bekam heute Mittwoch Telegramm und zwei Karten von Dir. Ich hab gestern bis 10 Uhr an der Post gewartet und war sehr deprimiert, als ich hörte, die Leitung ist gestört. Aber heute Abend freue ich mich und rufe an, um endlich wieder Deine Stimme zu hören. Hier war auch ein mieses Wetter. Heute ist es schön, nur kalt. Ich habe Dich lieb und werde Dich immer lieben. – Einlage 5,- RM.«

Am 14. Dezember:

»Mein Herzallerliebster, ich hatte eine kleine Grippe, die aber so weit vorbei ist. Das Schlimmste war, dass ich zwei Tage nicht zur Post gehen konnte, weil ich das Bett hüten musste. Hab ein Kostüm (dunkelblau) zum Schneider gebracht, nächsten Samstag ist es fertig. Und eben hab ich mir einen Knirps gekauft, sehr teuer. Ich würde das Geld weglegen für die Reise, aber B. geht überall mit und bezahlt selbst. – Einlage: 7,- RM«

Er wusste, dass das Geld, das sie schickte, von Buonomo stammte. Dass er es ihr zusteckte. Oder dass sie es von dem Geld, das er ihr für kleine Besorgungen gab, abzweigte.

Lieber Richard, schrieb sie –
Herzallerliebster Richard
Mein Herzblatt
Mein Näschen, das ich so liebe
Mit vielen Küssen
Sehe ich mir das Bild an, wo wir beide zusammen sind
Ich denke Tag und Nacht an Dich
Ich denke jede Minute an Dich –

Acht Briefe gibt es von ihr, das heißt, acht, die der Akte beiliegen. Aber es waren mehr. Während seine Briefe nicht erhalten sind, nur aus ihren Antworten lässt sich auf deren Inhalt schließen. Sie fragt, ob Richard etwas von ihrem Vater gehört habe.

»Oder kommen aus England keine Briefe mehr?«

Sie erwähnt die Erkältung, das blaue Kostüm, schreibt

aber mit keinem Wort, wo sie in Berlin wohnt oder was sie dort tut. Oder höchstens:

»Höre auf dem Reisegrammophon, das ich dabei habe, weißt du, das von Vati, unsere Platten.«

Und er antwortet ihr, dass sie zurückkommen soll. Ganz offensichtlich übersteigt das Arrangement, von dem er sich Entlastung versprochen hatte, seine Kräfte, weshalb sie ihn immer wieder zurechtweisen muss. Er schreibt, dass sie kein Geld mehr schicken soll. Und dass er es nicht mehr aushält. Und dass er, wenn sie nicht zurückkommt, nicht mehr schreiben wird. Überhaupt nicht mehr. Worauf sie antwortet:

»Ich glaube, mein Richard wird nie vernünftig. Versteh doch, dass ich alles versuche, bald bei Dir zu sein.«

Wenn sie Buonomo erwähnt, kürzt sie den Namen ab. Sie schreibt B., wie um Richard die Verletzung, die in der Nennung des Namens liegen könnte, zu ersparen. Dann aber:

»Denke nur nicht, dass er es gut bei mir hat. Du hast oft gesagt, kein anderer Mann ließe sich gefallen, was Du Dir von mir gefallen lässt. Aber Du müsstest sehen, wie ich es mit B. mache.«

Wodurch sie ihm, ohne es zu merken, die Stelle einräumt, die früher Richard innehatte. Dann wieder:

»Bitte, bitte: Wenn Du mich lieb hast, warte noch etwas.«

Da sind die vier Wochen, die sie wegbleiben wollte, längst um. Und dann, am 15. Dezember, der vorletzte Brief:

»Ich hab heute gesagt, ich wollte ein paar Tage nach Düsseldorf fahren, zu Dir, und da sagte er, es wäre gut, und er führe mit. Oder er würde Dir Geld schicken, damit Du herkommen kannst.«

Doch das ist nicht möglich. Selbst wenn Kuiper wollte, könnte er nicht verreisen. Er darf die Doppelstadt nicht verlassen. Er ist in Düsseldorf-Neuss gefangen. Buonomo wird das gewusst haben. Und da kündigt Carla ihre Rückkehr an:

»Mein liebster Richard, eintreffe 22. Dezember, Freitagmorgen 8 Uhr 3. Und gräme Dich nicht, wenn B. mitkommt. Bin ich und bleibe ich doch ganz und gar Deine Braut.«

Dieser letzte Brief ist an die Düsseldorfer Mintropstraße gerichtet, was bedeutet, dass sie von seinem mittlerweile erfolgten Umzug Kenntnis erhalten hat. Er muss es ihr geschrieben haben, ohne dass sie in ihrer Antwort darauf eingegangen wäre. Und in diesem letzten Brief teilt sie ihm endlich ihren Absender mit. Plötzlich heißt es nicht mehr: Berlin sw 11, Hauptpostlagernd, sondern Pension Behnke, Saarlandstraße 15, Vorderhaus, 3. Stock.

*

Die Saarlandstraße, die bis 1935 Stresemannstraße hieß und seit 1948 wieder so heißt, verläuft in südöstlicher Richtung vom Potsdamer Platz zur Wilhelmstraße, schnurgerade, so dass im Winter der Wind durchpfeift.

Im Adressbuch von 1937 wird die Unterkunft als Pension geführt, zwei Jahre danach aber, in der Zeit, in der Carla und Buonomo dort logieren, als Fremdenheim. Es ist eine bessere Absteige, in der man für zwei Mark übernachten kann und die nur über den nötigsten Komfort verfügt: Bett, Tisch, Stuhl, eine Kommode mit einer Waschschüssel und einem Wasserkrug, das Klo auf halber Treppe. Die Pension liegt im dritten Stock, während sich zu ebener Erde eine Sonntagsschulbuchhandlung befindet. In einer Minute ist man am U-Bahnhof Hallesches Tor. Den ganzen Tag über hört man das Rumpeln der ein- und ausfahrenden Züge.

Das Haus steht noch. Es ist eines der wenigen in der Straße, die bei den Bombenangriffen verschont wurden: ein vierstöckiger Bau mit zwei Reihen vorspringender Erker, der Eingang wird von zwei Marmorsäulen eingefasst. Auf der Klingelleiste stehen, selten für diese Gegend, ausschließlich deutsche Namen.

An dem Abend, an dem ich davor stand und am Haus hochsah, entdeckte ich im zweiten Stock eine junge Frau, die ein Kind auf dem Arm trug. Sie trat ans Fenster, schaute herab und tat, als sie mich erblickte, einen Schritt ins Zimmerdunkel zurück.

Neben der Sonntagsbuchhandlung führt eine Treppe zu einem Kellerlokal hinab. Als ich ein paar Tage danach noch einmal hinkam, stieg ich die Stufen hinunter. Auf einer grünen Wandtafel stand mit Kreide: Frischer, leichter Wein aus Portugal, Vinho Verde, darunter: Hefeweizen vom Fass. An der Theke zwei Gäste, vertieft in ein Würfelspiel. Sie warfen die Würfel in einen Gummiring auf dem Tresen, wobei sie einen Schritt zurücktraten und mit dem Arm weit ausholten. Offenbar hatte es das Lokal schon in den Dreißigern gegeben. Oder wenn nicht dieses, dann eins, das sich in diesen Räumen befand.

Auf einem Foto neben der Theke war es abgebildet. Ist es möglich, dass sie abends manchmal hier saßen? Nachdem Buonomo von seinen Wegen durch die Stadt zurückgekehrt war? Es ist ja schwer vorstellbar, dass sie die Zeit ausschließlich im Zimmer verbrachten. Es war November, Dezember. Erst regnete es, dann wurde es kalt. Also werden sie sich, wenn sie abends irgendwo hingingen, einen Ort in der Nähe gesucht haben.

Das Lokal hieß damals, wie einem Foto neben der Theke zu entnehmen ist, *Der Frosch*. Der Name steht in hüpfenden Buchstaben auf einem Schild über der Tür. Buonomo kam von seinen Geschäften zurück, zog seinen Mantel aus, hängte ihn an den Türhaken, und irgendwann, wenn sie Hunger bekamen, zog er ihn wieder an, und sie stiegen die Treppe hinab. Es war dunkel, es regnete, und Mitte Dezember wurde es so kalt, dass sich auf dem Landwehrkanal unter der Hochbahn eine Eisschicht bildete.

Auch das – die Kälte – spricht dafür, dass sie hierher gingen: aus der Haustür raus, dann drei, vier Schritte nach links, ein paar Stufen hinab, und schon waren sie im Warmen, im Trocknen. Sie setzten sich an einen der an die Wand gerückten Tische, wo sie ungestört blieben, bestellten etwas zu essen, zu trinken und tuschelten miteinander; nach einer Weile standen sie auf und stiegen wieder die Treppe hinauf zur Pension, wo Frau Müller, die Wirtin, schon wartete, nicht auf sie, sondern auf das Klirren des Schlüssels. Sie saß bei einem Likör in der Küche und lauschte. Hatte sie es oft genug gehört, das Klirren, das Türöffnen und Schließen, wusste sie, dass ihre Gäste zurückgekehrt waren. Dass alle den Weg in ihr Zimmer gefunden hatten. Danach konnte sie selbst zu Bett gehen. An diesem Abend aber muss sie sich verzählt haben, denn sie ging zu Bett, obwohl noch nicht alle zurück waren.

Dass etwas nicht stimmte, merkte sie erst am nächsten Tag, an der Stille: keine Musik, kein Türenschlagen, auch am Mittag noch nicht, im Zimmer des Italieners und der jungen Frau blieb es ganz still. Sie klopfte, aber keiner antwortete. Sie drückte die Klinke herab. Nein, keiner da. Und als der Italiener und seine junge Frau auch am Tag darauf noch nicht wieder da waren, begann sie sich Sorgen um die Miete zu machen. Sie trat bei ihnen ein und sah, dass ihre Sachen noch da waren. Die Koffer lagen auf dem Schrank, das Grammophon stand neben dem Bett auf dem Boden, die Platten waren über das Zimmer verteilt. Buonomos roter Strickschal hing über seinem dunklen Anzug am Haken hinter der Tür; unter dem Bett ein Paar Schuhe. Gut, das reichte aus, um vom Verkauf die Miete zu begleichen. Dennoch kletterte sie auf einen Stuhl und öffnete die Koffer. Aber das Einzige, was sie fand, waren ein paar Wäschestücke, einige belgische Francs und ein Packen an Carla gerichteter und mit einem rotem Gummiband zusammengehaltener Briefe, die an das

Hauptpostamt Berlin sw 11 adressiert waren. Frau Müller schaute sie durch und stellte fest, dass sie keinen Absender hatten, aber am Poststempel sah sie, dass sie aus Düsseldorf kamen.

Frau Müller wartete noch einen Tag und machte sich dann auf den Weg. Am Morgen des 3. Dezember erschien sie auf der Polizeiwache an der Skalitzer Straße und gab zu Protokoll, dass sich ihre Gäste, der Italiener und seine deutsche Frau, ohne zu zahlen, aus dem Staub gemacht hätten. Doch als sie am Mittag nach Hause kam, meldete ihr das Mädchen, die beiden seien wieder da. Es hätte geklingelt, und als sie öffnete, hätten sie vor der Tür gestanden. Wo sie seien? Na, in ihrem Zimmer. Woraufhin Frau Müller, noch in Mantel und Hut, bei ihnen eintrat.

Carla lag angezogen auf dem Bett, während Buonomo auf einem Stuhl saß. Als er die Wirtin sah, sprang er auf und sagte etwas zu Carla, auf Französisch, was Frau Müller noch mehr in Rage versetzte. Wollten sie sie veralbern? Sie hatte vor, ihr Geld einzufordern und die beiden an die Luft zu setzen. Aber anscheinend gelang es Buonomo, oder besser Carla (er sprach ja kein Deutsch), sie umzustimmen. Denn eine Stunde danach erschien Frau Müller erneut auf der Polizeiwache und erklärte, sie ziehe die Anzeige zurück.

Nun geschah etwas Seltsames: Anstatt die Anzeige in den Papierkorb zu werfen, versah sie der Beamte mit dem Vermerk »Fr. Müller, 11 Uhr 30, nimmt Anzeige zurück« und schloss sie in einen Ordner. Kam ihm die Sache nicht geheuer vor? Wollte er sie bei Gelegenheit weiter verfolgen? Jedenfalls wurde der Vorgang aufgehoben und gelangte später, als gegen Kuiper wegen seiner Beziehung zu Carla ermittelt wurde, auf Umwegen in seine Akte.

Vom 28. November bis zum 3. Dezember also.

Sie waren zweieinhalb Wochen in Berlin, verschwanden dann, ohne sich abzumelden, aus der Pension und kehrten nach sechs Tagen zurück, um nun bis zu ihrer Abreise dort wohnen zu bleiben. Was war es, das Buonomo (durch Carlas Mund) der Wirtin mitteilte? Darüber ist nichts bekannt, aber es muss ein eigenartiges Gespräch gewesen sein.

Frau Müller sagte mit all der Wut, die sich in ihr angesammelt hatte, was sie von Gästen hielt, die einfach so verschwanden, und verlangte, dass sie das Zimmer räumten. Carla übersetzte ihre Worte ins Französische, und Buonomo erwiderte etwas, das sie wiederum ins Deutsche übersetzte. So ging es hin und her. Auf der einen Seite Buonomo, auf der anderen die Wirtin. Und dazwischen Carla. Und irgendwann muss Frau Müllers Wut verbraucht gewesen sein. Sie beruhigte sich, sagte schließlich, dass sie bleiben könnten, und ging erneut zur Polizeiwache.

Die Beschreibung »Südländisch, südländischer Typ« geht auf sie zurück. So schilderte sie Buonomo dem Beamten. So kam sie ins Protokoll und von dort in die Akten. Über Carla sagte sie nur, dass sie mit dem Italiener französisch gesprochen habe. Sie sprach deutsch und französisch, Buonomo italienisch, französisch und (wie Frau Müller mitbekam) ein wenig englisch.

Er war angerufen worden, sie hatte ihn ans Telefon geholt, er hatte den Hörer aufgenommen und, obwohl der Anrufer auf Deutsch nach ihm gefragt hatte, englisch zu sprechen begonnen. Und noch etwas erwähnte sie: dass er wesentlich älter war als seine deutsch und französisch, aber nicht italienisch sprechende Frau.

Seine Frau? Ja, klar. Es war gar nicht anders möglich. Die beiden wohnten in einem Zimmer. Natürlich musste Frau Müller sie als Eheleute ansehen (unabhängig davon, ob sie es wirklich tat), weil sie sich sonst der Kuppelei schuldig gemacht hätte.

Im Übrigen trug Buonomo, ebenso wie Carla, einen Ring, einen Ehering. Das heißt, wenn er ihn nicht abgenommen hatte. Aber das ist, da seine Identifizierung nicht nur auf Grund seiner Papiere erfolgte, sondern auch mit Hilfe des Rings, unwahrscheinlich.

Er: vierundvierzig, verheiratet, Vater zweier Kinder, Kaufmann aus Neapel, unterwegs in Deutschland.

Sie: klein, zierliche Figur, lange schwarze Haare.

Er: einen Ehe-, sie: einen Verlobungsring.

Die Fahrkarten hatten sie am Vortag gekauft, dem 20. Dezember, das heißt: Buonomo, und zwar wie aus der in Carlas Tasche gefundenen Quittung hervorging, in einem Reisebüro an der Saarlandstraße. Carla bestimmte das Reiseziel, Buonomo kaufte die Karten. Er bezahlte. Das war seine Rolle. Er bezahlte das Zimmer, Carlas Kleid, den in ihrem Brief erwähnten Knirps. Aber es war, wie die Wahl der Unterkunft zeigte, nicht viel Geld, über das er verfügte. Er war nicht reich, sondern musste die Ausgaben niedrig halten.

Die Zeit, in der sie aus der Pension verschwunden waren – was taten sie in dieser Zeit? Wen trafen sie? Je länger ich darüber nachdenke, umso mehr glaube ich, dass sich über die Art ihrer Beziehung nur Verlässliches sagen ließe, wenn man darüber Bescheid wüsste. In ihren Briefen an Richard erwähnt Carla diese sechs Tage mit keinem Wort, nicht mal in einer Andeutung. Oder wenn, dann habe ich sie nicht verstanden.

Im Grunde ist die Sache ganz einfach: Junge Frau, verlobt, begleitet wesentlich älteren Mann gegen Erlangung einer Reihe von Vorteilen auf Geschäftsreise.

Aber Frau Burckhardt, mit der ich darüber sprach, sagte: »Vorsicht. Damit rücken Sie sie in eine Ecke, in die sie nicht gehört.«

»Finden Sie?«

»Sie nicht?«

Und dann sagte sie noch etwas: Die Reise könnte auch einen anderen Grund gehabt haben. Welchen? Nun, vielleicht sei es gar nicht darum gegangen, ihr eine Erholung von zu Hause zu verschaffen.

»Sondern?«

»Vielleicht ging es um die Beschaffung von Papieren.«

Ja, das war möglich, aber es gibt keinen einzigen Hinweis darauf. Als ich darüber nachdachte, fiel mir ein kleiner Mann ein, den ich in den Siebzigern öfter getroffen habe und dessen hervorragende Eigenschaft es war, dass er zu viel trank. Bei der Erwähnung seines Namens sagten alle, die ihn kannten: Ach, Jonas. Nie böse, nie herablassend, sondern immer mit einer großen Herzlichkeit, weil aus seinem Trinken niemals folgte, dass er ausfällig wurde, bösartig oder ordinär. Bei ihm führte es nur zu einer vermehrten Redebereitschaft, zu einem Abspulen ellenlanger, mit vielen Schnörkeln und Einschüben versehener Sätze, die so amüsant und aus der Zeit gefallen schienen, dass man sich in einen Jean-Paul-Roman versetzt fühlte.

Die ersten Male traf ich ihn in dem Verlag, in dem ich nach dem Abitur zu arbeiten begonnen hatte. Zusammen mit einem anderen berühmten Trinker, dem Verfasser poetischer Kleinkunstwerke, besuchte er nachmittags manchmal die für ihre damenhafte Strenge bekannte Verlagsleiterin und fragte, als sie mich ihm vorstellte, seltsam geziert:

»Vandersee? Ein Abkömmling des kleinen Violinenfräuleins?«

Das war mehr zu ihr gesagt, der Chefin, als zu mir, weshalb ich mich die Frage zu überhören entschloss, und da sie nicht darauf einging, blieb die Sache ungeklärt. Ohnehin gab es keine Verbindung zwischen Lisa und ihm, und so vergaß ich die Angelegenheit, bis wir uns Jahre später, ohne uns zu verabreden, regelmäßig zu sehen begannen. Jedes Mal, wenn ich in ein Lokal am Savignyplatz trat, das es zur Stammkneipe einer großen Zahl Westberliner Künstler gebracht hatte, war er schon da oder kam kurz darauf.

Anders als sein Dichterfreund, der von massiger Gestalt war und früh verstarb, war er eher schmächtig und machte nicht viel von sich her... er hatte keinen Auftritt wie andere Säufer, sondern schlüpfte leise zur Tür herein. Im dunklen, freilich schon arg ramponierten Anzug, die dünnen Haare nach hinten gekämmt, das Menjoubärtchen gestutzt, ähnelte er einem Eintänzer der Zwischenkriegszeit. Da er als mittellos galt, gab es nicht wenige, die ihn, in der Hoffnung, er würde ihnen die Zeit vertreiben, mit einer Einladung an ihren Tisch zu locken versuchten. Aber er blieb immer nur kurz, hatte hier ein Glas, da, und wenn es ihm reichte, verschwand er so unbemerkt, wie er gekommen war.

Seit unserer ersten Begegnung waren über zehn Jahre vergangen, und doch fiel mir manchmal seine Bemerkung ein: das Violinenfräulein. Es war unwahrscheinlich, dass er sich daran erinnerte, und doch konnte ich eines Abends der Versuchung nicht widerstehen, ihn danach zu fragen.

Das Violinenfräulein, wiederholte er und begann, nach seiner Art, eine sich in unendlichen Wortgirlanden um die Schwarzmarktzeit windende Geschichte zu erzählen, die mit der mir bekannten Lisa nicht das Geringste zu tun hatte... dachte ich, bis er ein paar Tage später darauf zurückkam. Gewöhnlich ließ er sich treiben, seiner Fortbewegung haftete etwas Zufälliges an, an diesem Abend aber schob er sich durch die Leute, stellte sich neben meinen Hocker und sagte, sich zu mir hochreckend, um gegen den Lärm anzukommen, dass er sich bei meinem Namen an ein junges Mädchen erinnert gefühlt habe, dem er bei der Beschaffung von Geigensaiten behilflich gewesen sei, kurz nach dem Krieg, als es diese, wenn überhaupt, nur auf dem Schwarzmarkt zu kaufen gab. Aber als ich Vandersee sagte ... du meinst Lisa Vandersee? schaute er mich zweifelnd an. Nein, so war der Name nicht. Wie kommst du darauf? Und trieb, sich nun wieder dem Zufall überlassend, davon.

Über seinem Ruf als Trinker und Geschichtenerzähler vergaß man fast seine Profession: er war Klavierstimmer, ein Beruf, den er von seinem Väterchen genannten Vater übernommen hatte, der dem Ondit zufolge in ihrer Spandauer Hinterhof-Werkstatt auch Orgeln baute, überhaupt Musikinstrumente. In den Siebzigern lebte er noch, und als er in den frühen Achtzigern starb, war in den Nachrufen zu lesen, dass er nicht nur ein begnadeter Instrumentenbauer gewesen sei, sondern auch Fälscher, der in der Nazizeit mit den von ihm angefertigten Ausweisen und Reisepässen vielen das Leben gerettet habe.

Daran dachte ich jetzt und sah Carla und Buonomo in der Spandauer Werkstatt sich mit Jonas und dessen Väterchen über Richards Passfoto beugen. Zu viel des Zufalls? Immerhin würde es erklären, warum sie ihren Aufenthalt von vornherein auf vier Wochen veranschlagt und ihn dann noch einmal um vierzehn Tage verlängert hatten. Die Sache brauchte Zeit. Zuerst musste jemand gefunden werden, der ihnen half, und danach begann das Warten auf die Anfertigung des Passes.

Hatte Frau Burckhardt also recht? Ging es um die Beschaffung falscher Papiere? Vielleicht. Aber hätten sie dann nicht nach dem Unfall in Carlas Koffer gefunden worden sein müssen?

Bei ihrer ersten Vernehmung durch die Gestapo antwortete Carla auf die Frage, warum sie bei der Einlieferung ins Krankenhaus einen falschen Namen genannt habe, sie hätte Buonomo in London geheiratet. Mitten im Krieg? Das war eine so abenteuerliche Behauptung, dass die Beamten nicht darauf eingingen, sondern sie wohl der Verwirrung zurechneten, auf die die Ärzte sie vorbereitet hatten. Aber könnte es nicht sein, dass sich darin ein Teil der Legende spiegelte, die den falschen Papieren zu Grunde lag?

5

Am Abend des 21. Dezember gehen Carla und Buonomo die Saarlandstraße hinauf, sie kommen am Hebbel Theater vorbei, am Askanischen Platz, am Haus Vaterland, steigen dann die Stufen zum Potsdamer Bahnhof hinauf und tauchen in das Durcheinander ein, das in der Halle herrscht.

Zur selben Zeit wird Richard in seinem Zimmer in der Mintropstraße gesessen haben, unschlüssig, was er tun solle. Der Bahnhof ist ganz nah, nur ein paar Minuten zu Fuß, man hört nachts die Züge ... soll er am Morgen hingehen und an der Sperre warten, bis Carla und der Italiener herauskommen? Wäre ihr das recht? Nein, wäre es nicht. Ihr ist daran gelegen, die Welten auseinanderzuhalten. Seine und die des anderen. Jetzt jedenfalls. Was also? Hier auf sie warten? Und wenn Buonomo sie nicht gehen lässt? Oder sie begleiten will? Auf ein Treffen mit ihm könnte Richard verzichten. Aber so, wie die Dinge liegen, wird er ihn wohl in Kauf nehmen müssen.

»B. besteht darauf mitzukommen«, schreibt sie, eine Formulierung, die darauf schließen lässt, dass es ihr lieber wäre, er käme nicht mit, dass sie aber nicht weiß, wie sie ihn daran hindern könnte. Da in den früheren Briefen keine Rede davon war, dass Buonomo mit nach Düsseldorf kommt, sieht es aus, als hätte er sich erst im letzten Moment dazu entschlossen. Warum? Um mit Kuiper zu reden? Über Carla?

»Mein Bester, sehen Sie nicht, dass es in Ihrer Lage unverantwortlich wäre, das Mädchen an sich zu binden?«

Ein Arrangement unter Männern? Kuiper und er sind fast gleich alt, Carla wesentlich jünger. Der eine führt dem anderen die Situation vor Augen und appelliert an dessen Vernunft, woraufhin dieser nickt, ihm die Hand reicht und das Feld räumt. Ist es das, woran Buonomo denkt? Schwer vorstellbar. Aber selbst wenn ... will er mit Carla zusammenbleiben? Soll sie ihn nach Italien begleiten? Nach Neapel? Will er sich für sie von seiner Familie trennen? Will Carla das auch? Aber wie sind dann ihre Briefe zu verstehen, ihre Liebesbeteuerungen? Und: Wenn sie mit Buonomo nach Italien gehen will, warum dann der Umweg über Düsseldorf? Um mit Richard zu reden? Um ihm ihre Entscheidung verständlich zu machen? Oder zur Übergabe der Papiere, die sich ja schlecht mit der Post schicken ließen?

Im Übrigen schreibt sie B. Sie bleibt dabei, den Namen abzukürzen.

Wie auch immer ... am nächsten Morgen, 22. Dezember, geht Richard zum Bahnhof, er hat sich dazu entschlossen, es ist noch dunkel, sehr kalt, er drückt sich in den Mantel, die Hände in den Taschen, der Atem fliegt ihm voran, er kommt am Uhrturm vorbei und tritt in die Halle.

Es ist der Tag, an dem die Abendausgaben die ersten Unglücksnachrichten bringen, in den Morgenausgaben aber, die Richard am Zeitungsstand überfliegt, ist es noch Kapitänleutnant Prien, der die Schlagzeilen bestimmt,

Priens Heimkehr von erfolgreicher Feindfahrt, ebenso wie die neue Ruhmestat des Jagdgeschwaders Schumacher, das an der Nordseeküste mit dem Abschuss von 34 der modernsten englischen Flugzeuge einen großen Luftsieg errungen habe, von London, wie üblich, mit dreisten Lügen geleugnet.

Richard nimmt es im Vorbeigehen wahr, und als er sich zur Sperre durchdrängelt, bemerkt er die Unruhe, es stimmt etwas nicht... und liest nun, was mit Kreide auf einer Schiefertafel geschrieben steht, und hört es im nächsten Moment auch... eine sich mit Knistern und Krachen ankündigende Lautsprecherdurchsage vermeldet den Ausfall des zur Weiterfahrt nach Köln bestimmten Zugs... der aus Berlin? Richtig, bei einem Auffahrunfall (so heißt es noch) sei ein Wagen aus dem Gleis gesprungen, ein Ersatzzug werde bereitgestellt, der jedoch frühestens am Nachmittag eintreffen könne. Es klingt nicht wirklich bedrohlich. Richard kehrt um, geht in sein Mintropstraßenzimmer zurück, und als er am Nachmittag wiederkommt, sieht er am Zeitungsstand die Schlagzeile: Furchtbares D-Zug-Unglück in Genthin.

70 Tote und 100 Verletzte – so die Unterzeile, gefolgt von einem weit Schlimmeres befürchten lassenden Fragezeichen.

Schon in diesem ersten Bericht wird Buonomo erwähnt. Sein Name steht (wenn auch falsch geschrieben: Buronomo) auf der Liste der Todesopfer, die neben dem Artikel abgedruckt ist. Kuipers Herz klopft bis hoch in den Hals,

als er sie durchforscht. Aber Carlas Name ist nicht dabei. Überhaupt ist unter den ersten namentlich genannten Opfern keine einzige Frau, so als hätten sich die noch in der Nacht aus Berlin herbeigeholten Bestatter ausschließlich an die Identifizierung der männlichen Opfer gemacht.

Auch auf der am nächsten Tag veröffentlichten Liste befinden sich unter 56 Männern nur zwei Frauen. Es sind immer zwei Listen, die abgedruckt werden, eine mit den Todesopfern und eine mit den Verletzten, und auf dieser, der zweiten, steht am 24. Dezember Carlas Name, das heißt, der Nachname des Italieners, gefolgt von ihrem Vornamen.

Buonomo Carla (Düsseldorf)

Nun weiß Richard, dass sie lebt, verletzt zwar, aber sie lebt ... nur der Name. Wie kommt es zu diesem Namen? Ein Versehen? Ja, davon geht er aus. Ein Irrtum wahrscheinlich, weil die Fahrscheinrechnung auf Buonomos Namen ausgestellt war. So legt er es sich zurecht. Dass sie selbst diesen Namen angegeben hat, kann er nicht wissen.

*

Unklar ist die Rolle von Frau Wesemann. Sicher ist nur, dass sie nicht die liebende Tante war, die sich wegen der immer weiter hinausgeschobenen Rückkehr ihrer Nichte Sorgen machte. Es passte zum Bild der Herumtreiberin, das sie sich von Carla gemacht hatte. Sollte sie dem Beispiel ihres Vaters gefolgt sein und sich ins Ausland abgesetzt haben?

Frau Wesemann nahm an Nachrichten nur wahr, was sie selbst betraf, sie las keine Zeitung, ein Radio hatte sie zwar, schaltete es aber nur zu Musiksendungen ein, das heißt, zum Hören heiterer Stücke, Düsteres oder ihr schwierig Erscheinendes drehte sie weg.

Vom Unglück erfuhr sie erst, als es am Nachmittag des Heiligenabends bei ihr klingelte. Sie warf einen Blick durch den Spion und erschrak. Es war Kuiper, der im Treppenhaus stand. Sie kannte ihn, wenn auch nicht gut. Sie hatte ihn zwei-, dreimal gesehen. Es war ihr nicht recht, dass er kam: die Nachbarn. Reichte es nicht, dass ihre Schwester mit einem Juden verheiratet gewesen war? Musste auch noch deren Tochter einen Juden anschleppen? Sie öffnete rasch die Tür und zog ihn in den Korridor. Es roch nach dem Bäumchen, das sie am Vormittag besorgt und eben ins Wohnzimmer gebracht hatte; die Schachtel mit den Kugeln, die Lamettatüte, das Engelshaar, die Kerzen und Kerzenhalter, alles lag auf dem Couchtisch bereit.

»Ja?«, sagt sie.

Und erfuhr nun, was geschehen war. Mit wem Carla im Zug gesessen hatte, erzählte Kuiper nicht, auch nicht, dass sie unter einem fremden Namen auf der Verletztenliste stand. Das war zu kompliziert, das hätte die Frau, die ihn (er spürte es) gleich wieder loswerden wollte, ohnehin nicht verstanden. Sie wollte mit dem Bäumchenschmücken beginnen und sich danach für den Kirchgang umziehen. Er verstand das. Wichtig war nur, dass sie einwilligte, sich um Carla zu kümmern.

»Na gut. Aber wie?«

Nun, es würde nicht anders gehen, als dass sie in die Unglücksstadt fuhr.

»Meinen Sie?«

»Ja.«

Sie versprach es. Schon um ihn loszuwerden, versprach sie ihm, nach Genthin zu fahren. Und schob die Reise dann von Tag zu Tag auf, bis sie aus Furcht vor Kuiper, der jeden zweiten Tag vor der Tür stand, oder besser aus Furcht vor den Nachbarn, die ihn jeden zweiten Tag vor der Tür stehen sahen, endlich doch fuhr.

Da waren seit jenem Heiligabendnachmittag, an dem sie von dem Unglück erfahren hatte, elf Tage vergangen.

*

Wie haben wir uns die Frau, die noch fast in der Nacht in Düsseldorf losfuhr und gegen Mittag in Genthin ankam, vorzustellen? Eine kleine, resolut auftretende Person, die sich nach dem Tod ihres Manns, wie es sich für eine katholische Witwe gehörte, dunkel kleidete: schwarzes Kostüm, schwarzer Mantel, schwarze Handschuhe, schwarzer Kapotthut. Was wusste sie, als sie in der Kanalstadt ankam? Nur das, was ihr Kuiper erzählt hatte?

Sie fragte sich zum Krankenhaus durch, stieg, an der Pförtnerloge vorbei, die Treppe zur Frauenstation hinauf und bat darum, einen Blick in die Zimmer werfen zu dürfen, die Schwestern nickten, und schon als sie die erste

Tür öffnete, erkannte sie in einer der beiden Frauen, die dort lagen, ihre Nichte.

Carlas Bett stand mit dem Kopfende zum Fenster, so dass sie in Richtung Tür schaute. Das Hämatom zwischen ihren Augenbrauen war verblasst, die Haare hatte sie so gekämmt, dass die verbrannte Stelle an der linken Kopfseite verdeckt war, und da sie in einer Illustrierten blätterte, machte sie auf Frau Wesemann (die sich selbst vor Müdigkeit kaum auf den Beinen halten konnte) den Eindruck einer völlig Gesunden.

Ja, da lag dieses Kind, mit dem sie nur Scherereien gehabt hatte, faul im Bett und steckte wie zu Hause die Nase in eine Illustrierte, und als sie das sah, löste sich die Anspannung, unter der sie die ganze Zeit über gestanden hatte, wieder sah sie sich getäuscht: von diesem Mädchen, von ihrem Schwager, von Kuiper, von der am Ende doch noch um das Mädchen ausgestandenen Angst ... dazu die Müdigkeit, die Erschöpfung, alles machte sich Luft. Sie trat an Carlas Bett und begann sie mit Vorwürfen zu überhäufen, so laut, so heftig, dass die Schwester dazwischentreten und sie aus dem Zimmer drängen musste.

Was ihr einfiele, fragte sie und erfuhr nun, dass das Mädchen da drinnen ihre Nichte sei. Ja, sie war die Nichte der schimpfenden Frau. Und was den Namen anginge, der auf der Fieberkurve stand ... Buonomo ... sie heiße keineswegs so.

»Sondern?«

»Carla, Carla Finck.«

»Wie?«, sagte die Schwester. »Wiederholen Sie das!«

Seit Carlas Einlieferung waren dreizehn Tage vergangen, so lange hatte sie unter falschem Namen im Krankenhaus gelegen. Deshalb hatte er auf keiner der in den Zeitungen abgedruckten und in den Haltebahnhöfen ausgelegten Listen gestanden. Guten Morgen, Frau Buonomo, guten Tag, guten Abend, dreizehn Tage, und kein einziges Mal hatte sie protestiert, sondern sich die falsche Anrede gefallen lassen.

Die Schwester starrte Frau Wesemann unter ihrer weißen Haube hervor an, machte dann kehrt und ging ins Zimmer der Oberschwester, um sie von dem Gehörten in Kenntnis zu setzen.

Es sieht aus, als sei Frau Wesemann noch am selben Abend nach Düsseldorf zurückgekehrt und unmittelbar danach mit Kuiper zusammengetroffen, um ihm Bericht zu erstatten, denn tags darauf, am 5. Januar, schreibt er eine Postkarte an die Auskunftsstelle Zugunglück, Genthin, in der er wohl auf Frau Wesemanns Bitte hin, sich nicht auf sie zu beziehen, ahnungslos tut.

»Meine Braut, Fräulein Carla Finck, die in Berlin beruflich tätig war, soll sich unter den Schwerverletzten des Zugunfalls befinden. Da ich bisher nichts von ihr gehört habe, bitte ich um Nachricht, welcher Art die Verletzungen sind und in welchem Krankenhaus sie sich befindet. Meine Braut hat eine kleine Figur, wiegt ca. 40 Kilo, ist 19 Jahre alt, geboren am 16.3.1921 zu Düsseldorf, hat schwarzes langes Haar. Sie trägt einen Verlobungsring mit der Gravur R.K. – C.F. – 30.9.38. Da ich in größter

Sorge bin, bitte ich höfl. um sofortige Nachricht auf anhängender Freikarte.«

Die Karte ist mit der Hand geschrieben und trägt den ebenfalls handschriftlichen Vermerk: »Bin selber z. Z. am Reisen gehindert.«

In einem an die Reichsbahndirektion Wuppertal gerichteten Brief vom selben Tag gibt er diese Zurückhaltung auf.

»Wie ich gestern in Erfahrung brachte«, schreibt er, ohne zu erklären, woher seine Informationen stammen, »hat meine Braut sehr schwere Verletzungen erlitten, Arm- und Beinbruch, Gesichtsverletzung und Brandwunden. Sie ist völlig alleinstehend, und ich selbst bin gänzlich mittellos. Deshalb stelle ich hiermit den Antrag auf Gewährung einer Freifahrt nach Genthin und zurück, sowie die Übernahme der Kosten für die Unterbringung und Verpflegung. Da meine Braut außer mir niemanden hat, muss ich gegebenenfalls für ihre Überführung in ein Düsseldorfer Krankenhaus sorgen. Beiliegend ein Lichtbild meiner Braut und mir, welches ich gütlich zurückzusenden bitte.

Falls mir der Bescheid nicht direkt erteilt werden kann, bitte ich darum, ihn mir durch Herrn Reichsbahnoberinspektor Dreier vom Bahnhofsvorstand Düsseldorf, bei dem ich heute vorgesprochen habe, zustellen zu lassen.«

Dieser Brief ist auf kariertem Papier mit der Maschine geschrieben. Von Hand hat Kuiper hinzugefügt:

»Eilboten/Anlage:

1 Bild
1 Bescheinigung des Standesamtes Neuss«

Und dieser Brief ist es, der die Ereignisse in Gang setzt, oder besser: die Bescheinigung des Standesamtes Neuss, die seinen Anspruch auf einen Freifahrschein belegen soll. Neben der Bestätigung seiner Verlobung mit Frl. Carla Finck enthält sie den Satz, der die Reichsbahndirektion Wuppertal von der Ausstellung der Fahrkarte abhält und sie stattdessen den Vorgang nach Berlin weiterleiten lässt:

»Kuiper ist Jude.«

Zunächst scheint der erwähnte Reichsbahnoberinspektor Dreier Richard wohlwollend begegnet zu sein. Jedenfalls lehnt er seine Bitte um einen Freifahrschein nicht einfach ab, sondern rät ihm, sich nicht allein auf die Standesamtsbestätigung zu verlassen. Da die Verlobung schon so lange zurückliege, könnte ihr Weiterbestehen angezweifelt werden, weshalb es gut wäre, wenn er einen zusätzlichen Beleg beibringen könnte. Und da werden Richard Carlas Briefe eingefallen sein, die ein Fortbestehen ihrer Verbindung bewiesen: Bin ich und bleibe ich doch ganz und gar.

Er muss den Reichsbahnoberinspektor dreimal getroffen haben. Das erste Mal, nachdem er Carlas Namen auf der Verletztenliste gelesen hatte. Das zweite Mal zur Abgabe der Standesamtsbestätigung. Das dritte Mal zur Übergabe der Briefe. Jedes Mal musste er am Pförtner des Reichsbahngebäudes vorbeigehen, die Treppe hinauf, sich im Sekretariat anmelden, neben der Bank im Flur Aufstellung nehmen (Sitzen: verboten) und warten, bis er hereingerufen wurde.

Das in seinem Schreiben erwähnte Foto liegt der von mir eingesehenen Akte nicht bei, es ist verschwunden, während die hinter seinem Rücken gewechselten Briefe erhalten sind.

Am 6. Januar schickt die Reichsbahndirektion Wuppertal Kuipers Antrag an die Reichsbahndirektion Berlin, am 8. Januar leitet diese den Antrag des Kuiper (wie er jetzt heißt: Artikel plus Name) mit der Bitte um Überprüfung weiter an die Bahnschutzpolizei Berlin. Am 9. Januar schreibt die Bahnschutzpolizei Berlin an die Bahnschutzpolizei Düsseldorf, dass die Verwandten der Finck zu befragen seien, ob die Verlobung tatsächlich bestünde. Die Benachrichtigung der unterzeichneten Dienststelle habe umgehend fernmündlich zu erfolgen, was offensichtlich geschah, denn am 10. Januar schickt die Bahnschutzpolizei Berlin an die Bahnschutzpolizei Magdeburg einen Telegrammbrief:

»Da sich die Tante der Finck dahingehend äußert, die Verlobung bestünde nicht mehr, nehmen wir an, dass ein Betrugsversuch des Kuiper vorliegt, der möglicherweise auf die Versehrtenrente spekuliert, welche der Finck auf Grund der beim Bahnunglück erlittenen Verletzungen zustehen könnte. Wir bitten deshalb, einen Beamten zum Johanniter-Krankenhaus in Genthin zu entsenden und folgendes festzustellen:

Ist Fräulein Finck mit dem Volljuden Richard Israel

Kuiper verlobt? Ist Verlobungsring vorhanden und welche Gravierung hat er?

Legt Fräulein Finck auf den Besuch ihres Verlobten besonderen Wert?«

Zwei Tage danach, am 12. Januar, schreibt der Fahndungsdienst der Bahnschutzpolizei Magdeburg an die Bahnschutzpolizei Berlin:

»Die Vernehmung der Finck ist gestern erfolgt. Auf nachdrückliche Befragung – insbesondere nachdem ihr vor Augen gestellt wurde, dass sie als Mischling 1. Grades auf Grund des Gesetzes zum Schutze des deutschen Blutes und der deutschen Ehre nach der Eheschließung mit Kuiper, aber auch schon durch das Beharren auf dem Willen zur Eheschließung mit dem Genannten dieselbe rechtliche Behandlung zu gewärtigen habe wie dieser, erklärte sie von sich aus, dass sie die Verlobung gelöst habe.

Angesprochen auf den Ring, den sie trägt, erklärte sie, durch die Verletzungen an der Hand seien ihre Finger so sehr angeschwollen, dass er sich nicht abziehen ließe, dass sie ihn aber sofort abziehen werde, wenn die Hand abgeschwollen wäre.«

Diese Aussage wird von der Bahnschutzpolizei Berlin an die dortige Reichsbahndirektion weitergeleitet, die am 21. Januar die Sache der Geheimen Staatspolizei anzeigt:

»Aus den Briefen der Finck, die uns von Düsseldorf her überstellt wurden, geht hervor, dass sie den Kuiper wiederholt geldlich unterstützt hat und dass die Mittel hierzu von dem verstorbenen Buonomo herrührten. Es liegt nunmehr der Verdacht vor, dass Kuiper dem Verkehr der Finck aus unlauteren Motiven zugestimmt hat. Deshalb dürfte es sich empfehlen, nachzuprüfen, aus welchen Einkünften Kuiper, der seit geraumer Zeit ohne Tätigkeit ist, seinen Lebensunterhalt bestreitet.«

Davon weiß Richard nichts. Er ahnt nicht, dass Carlas Schreiben – Liebes-, Trost- und Beschwichtigungsbriefe – von einer Bahndienststelle zur anderen geschickt und schließlich mit dem Hinweis, er könnte sich der Zuhälterei schuldig gemacht haben, der Gestapo zugeleitet werden.

Nur, dass die Entscheidung über die Freifahrt noch aussteht, beunruhigt ihn. Er weiß nicht, wie es um Carla steht, er will sich selbst ein Bild davon machen, er wartet auf Nachricht. Rechnet er wirklich mit einem positiven Bescheid? Schwer vorstellbar. Aber er hofft darauf, das ist klar.

Und dann, zwei Tage nach der Denunziation durch die Berliner Reichsbahndirektion, kommt der erwartete Brief, ein an die Mintropstraßen-Adresse gerichtetes Einschreiben der Reichsbahndirektion Wuppertal… zum Glück ist er zu Hause, sonst wäre es wieder mitgenommen worden… so wird er, als es an der Tür klopft (die Klingel ist abgestellt), von der kleinen Frau Kurz, die geöffnet hat, in den Flur gerufen und sieht den Postboten, den amtlich blauen Brief in der Hand, er unterschreibt, nimmt die Nachricht entgegen, reißt den Umschlag auf und liest, dass die Reichsbahn eigene Erkundigungen angestellt habe.

»Unserer Feststellung zufolge ist es so, dass sich Fräulein Finck nicht als Ihre Verlobte betrachtet. Wir bedauern daher ...«

Nun ist der Januar schon weit fortgeschritten, nur noch sechs Tage bis zu Carlas Entlassung. Die Heilung macht Fortschritte. Doch das weiß Richard nicht, die Dinge spielen sich hinter seinem Rücken ab. Das Kopfbild zeigt ihn, den Brief vor sich, in der Küche der mit vierzehn aus ihren Wohnungen vertriebenen Personen belegten Unterkunft, wie er da sitzt und das Papier anstarrt, während hinter und neben ihm schon andere mit ihren eigenen Ängsten und Sorgen Beschäftigte darauf warten, dass er den schmalen zum Essenbereiten und Esseneinnehmen benötigten Platz freigibt.

Was in den Unterlagen keine Erwähnung findet, ist Carlas Täuschungsversuch, was dafür spricht, dass er folgenlos blieb ... was umso verwunderlicher ist, als es nahegelegen hätte, daraus etwas Strafwürdiges zu konstruieren. Wenn das nicht geschah, kann es dafür nur eine Erklärung geben: Dass sich die Ärzte und Schwestern für sie verwandt haben. Wie? Indem sie dafür sorgten, dass die falsche Namensnennung nicht als Betrug, sondern als Folge des beim Unfall erlittenen Schocks angesehen wurde?

Ja, vielleicht ist es so, dass der behandelnde Arzt die beiden aus Magdeburg angereisten Ledermäntel (sie treten ja immer zu zweit auf) in sein Zimmer bat und ihnen, augenscheinlich unter Missachtung der Schweigepflicht, tatsächlich aber zur Untermauerung seiner Schockthese

Carlas Anamnesebogen zu lesen gab: Gewebslücke, Weichteilwunde, Schwellung, Blauverfärbung, Schmerzhaftigkeit, Bewegungseinschränkung, Contusion, Brandwunden, Risswunden, Absprengung... so dass sie sich, als sie dann am Bett der jungen Frau saßen, beeindruckt davon, was dieser winzige Körper auszuhalten imstande war, auf ihren Auftrag beschränkten: sie zur Verleugnung ihres Verlobten zu bewegen.

Ihr Auftreten, die scharf gestellten Fragen, der Hinweis auf die im Fall des Beharrens auf der Verlobung zu gewärtigenden Folgen, all das hatte den gewünschten Erfolg.

Sie hatten ihre Mäntel über den von der Schwester herbeigeschafften Stuhl geworfen, und als der Größere der beiden auf Carlas Hand zeigte, wusste sie, was er meinte: der Ring, und sagte das von ihr Erwartete. Damit hatten die beiden ihren Auftrag erfüllt und konnten nach Düsseldorf melden: Die Finck hat Verlobung gelöst. Woraus ihre Vorgesetzten nun folgern durften, dass der Kuiper die Verlobung vorgetäuscht hatte, um an die der Finck unter Umständen zustehende Versehrtenrente zu gelangen.

Die bis zum Schluss aufgesparte Frage, ob sie dem Kuiper Geld geschickt habe (wobei sie durchblicken lassen, dass sie ohnehin Bescheid wissen), beantwortet Carla mit Ja... sie findet nichts dabei, die paar von ihrem Taschengeld abgesparten Mark, wo Richard es doch so nötig hat, ja, sagt sie also, ja, das habe sie... womit sie, ohne es zu ahnen, dem Verdacht (Zuhälterei) Futter gibt. Obwohl:

Ist es überhaupt ein Verdacht? Konnte jemand aus den genannten Beträgen, fünf und sieben Mark, ernsthaft ein zuhälterisches Verhältnis ableiten? Oder diente die Verdachtsäußerung dem Reichsbahnbriefschreiber lediglich dazu, seine Wachsamkeit unter Beweis zu stellen, um sich damit für größere Aufgaben zu empfehlen?

Nun, das ist nichts, worüber die beiden zu befinden haben. Sie langen nach ihren Mänteln, entbieten in Richtung Bett den deutschen Gruß (das Hackenzusammenschlagen schenken sie sich) und gehen aus dem Zimmer. Da die Tür offen bleibt, hört Carla ihre sich auf dem Gang entfernenden Schritte, das von den Wänden zurückgeworfene Knallen der Absätze.

*

Die Klingel in der Mintropstraßenwohnung war, wie gesagt, abgestellt. Wer wollte, dass ihm geöffnet wurde, musste wie der Briefträger klopfen. Dass die beiden, die am Vormittag die Treppe hochstiegen, das taten, ist nicht anzunehmen. Eher schlugen sie mit der Faust gegen die Tür, so dass das Dröhnen in allen acht Wohnungen des Hauses zu hören war. Ob es wieder Frau Kurz war, die öffnete, ist nicht bekannt. Bekannt ist aber, dass die beiden umsonst kamen, da, wer immer zur Tür ging, nur sagen konnte, dass Kuiper nicht da sei.

Wie? Nicht da?

Weil er am Morgen um fünf zur um sechs beginnenden Arbeit gegangen war und am Abend, weil die Arbeit vor acht nicht beendet war, vor neun nicht zurück sein würde, was von den Düsseldorfer Ledermänteln nur hingenommen werden konnte. Nun, dann war es so. Dann mussten sie wiederkommen, und das taten sie. Um acht, abends, saßen sie im Auto unten vorm Haus und warteten darauf, Richard zurückkehren zu sehen. Kurz vor neun war es so weit. Vom Bahnhof her (wo die weit vor der Stadt zum Straßenbau eingesetzten Männer von der Ladefläche des sie morgens einsammelnden und abends zurückbringenden Lastwagens kletterten) sahen sie einen Mann mit offenbar wegen der Kälte vor der Brust gekreuzten Armen die Straße hochkommen. Als er auf den Eingang zusteuerte, stiegen sie aus und riefen:

»Kuiper. Bist du der Jude Kuiper?«

Worauf Richard stehen blieb. Ja, der war er.

»Dann steig mal ein.«

Und als er nach dem Grund fragte ... warum er das tun solle (nicht bedenkend, dass die als Unverschämtheit auslegbare Frage mit einem Schlagstockhieb oder Schlimmerem beantwortet werden konnte), erfuhr er, dass er verhaftet sei, wegen Zuhälterei, und kam nach einer Fahrt durch die Stadt in dasselbe Gerichtsgefängnis, in das er über ein Jahr zuvor zusammen mit seinem Vater schon einmal eingeliefert worden war.

Es ist der Abend des 24. Januar 1940, der Tag, an dem sich Carla auf ihre Entlassung vorbereitet. Sie ist nicht gesund, aber doch so weit wiederhergestellt, dass die Ärzte das Risiko eingehen zu können glauben.

In den Tagen zuvor durfte, nein, sollte sie das Bett verlassen und auf dem Gang erste Gehversuche unternehmen. Belasten Sie das Bein, versuchen Sie ohne Hilfe auszukommen. Aber die Kleidung – sie hatte ja nur, was sie am Leib trug, das alle paar Tage gegen ein frisches gewechselte Krankenhausnachthemd, so konnte sie nicht herumlaufen, und da sich die Tante, der die Kleiderbeschaffung obliegen hätte, nicht mehr blicken ließ, war es an den Schwestern, Abhilfe zu schaffen ... sie beratschlagten, schließlich machte sich eine mit den Maßen des Mädchens auf den Weg zu Magnus, und danach setzten die Lieferungen ein, die mich auf Carlas Spur brachten: Ein Hemdchen für Carla Finck, ein Büstenhalter, ein Unterrock, ein Pullover, ein Paar Schuhe, ein Paar Handschuhe und als Letztes das mit 120 Reichsmark teuerste Stück, der Wintermantel, der ausweislich der Rechnung am Nachmittag des Vierundzwanzigsten geliefert wurde.

Der Name des Boten oder der Botin, der/die die Waren brachte, ist nicht verzeichnet, aber es wird sich um den Lehrling gehandelt haben. Darin stimmt Frau Burckhardt, die ich um ihre Meinung bat (ohne ihr zu verraten, warum), mit mir überein.

Leuchtende Farben, sagte ich, Carla trug leuchtende Farben, rot und schwarz. Ob die Ersatzkleider dieselben Farben hatten, muss bezweifelt werden. Da eine Schwester es war, die sie aussuchte, werden es unauffällige Farben gewesen sein, das Material wärmend, der Schnitt funktional; die Körperformen nicht betonend, sondern verhüllend, die Versuchung abweisend.

So ging sie an dem Morgen, an dem Richards zweiter Hafttag anbrach, durch die Straßen zum Bahnhof, das linke Bein nachziehend, ein bleibender Schaden, wie ihr die Ärzte sagten. Wenn Lisa im richtigen Moment den Kopf hob, sah sie Carla am Fenster vorbeihumpeln. Nachdem es zwischendurch wärmer geworden war, ja, sogar zu tauen begann, hatte die Kälte wieder angezogen. In Carlas Manteltasche steckte der schon tags zuvor vom Bahnhof Genthin ausgestellte und ihr ebenfalls ins Krankenhaus gebrachte Fahrschein. Ihr Koffer, der beim Aufprall zerplatzt war, war, da lange keiner wusste, wem er gehörte, zum Zielbahnhof vorausgeschickt worden, so dass sie die Hände beim Gehen frei hatte und die Unsicherheit mit den Armen ausbalancieren konnte.

Sie fuhr nach Düsseldorf zurück, wo sie am frühen Abend ankam und die Straßenbahn zur Oberbilker Allee nahm, zur Wohnung ihrer Tante.

Richard blieb sechs Wochen in Haft.

Sie wisse nicht, schrieb Frau Burckhardt, ob er die Hilfe eines Anwalts in Anspruch nahm oder einfach Glück hatte, auf einen noch nicht korrumpierten Haftrichter zu stoßen, dem der Vorwurf der Zuhälterei so an den Haaren herbeigezogen schien, wie er es war, jedenfalls sei er wieder frei gekommen und habe in die Mintropstraßenwohnung zurückkehren können.

Wie er auf Carlas Verrat (denn das war es ja) reagierte,

ist nicht bekannt. Auch nicht, ob er noch einmal mit ihr zusammentraf oder zu der Wohnung in der Oberbilker Allee ging, um sie zur Rede zu stellen.

Verrat? Frau Burckhardt rät zur Vorsicht. Immerhin bestünde die Möglichkeit, dass Carlas Antwort mit Kuiper abgesprochen war. Vielleicht sollte sie, befragt nach ihrer Verlobung (egal von wem), so antworten, wie sie es getan habe. Warum sollte sie ihre ohnehin schlimme Lage noch mehr verschlimmern? Eines bloßen Bekenntnisses wegen, dem angesichts der dahinter stehenden Drohung ohnehin kein Wahrheitsgewicht zukam? Wem wäre geholfen, wenn sie dieselben Erniedrigungen auf sich nähme, wie Kuiper sie zu erdulden hatte? Nach dem Bild, das die Unterlagen von ihm zeichnen, würde er das nicht gewollt haben.

Da die Akte Finck zur Dokumentation der an die Reichsbahn gerichteten Schadensansprüche angelegt wurde, endet sie mit Carlas Entlassung aus dem Krankenhaus, beziehungsweise mit ihrer Rückkehr nach Düsseldorf. Der Freifahrschein ist das letzte, was sie von der Reichsbahn erhielt.

Am 28. Oktober 1941, also anderthalb Jahre nach den sich aus den Papieren rekonstruierbaren Ereignissen, wurde Richard Kuiper mit dem ersten Transport Düsseldorfer Juden nach Łódź (oder Litzmannstadt, wie es damals hieß) deportiert, wo er im Jahr darauf umgekommen ist, »verstorben«, wie es, Normalität vortäuschend, im Listeneintrag heißt.

Carla Finck hat den Krieg überlebt. Im Stadtarchiv ist Frau Burckhardt bei der Eingabe ihres Namens auf ein Schreiben gestoßen, das sie 1953 im Namen ihres in England lebenden Vaters an die Stadt Düsseldorf richtete. Sie hieß nicht mehr Finck, sondern Fuchs, hatte also geheiratet, aber sie war es, daran bestand kein Zweifel.

Fuchs – unter diesem Namen dachte ich jetzt an sie, Carla Fuchs, geb. Finck, bis sich in meinen Gedanken wieder ihr ursprünglicher Name durchsetzte, und bei dem blieb es: Carla Finck oder nur Carla, ungeachtet der anderen Namen, die sie (wie ich später erfuhr) ebenfalls tragen würde.

3. Das Violinenfräulein

I

Wenn Lisa die nur ein Jahr ältere Carla an jenem Januarmorgen am Haus vorbeihumpeln sah... was dachte sie? Was gehörte zu der Winterwelt, in der sie lebte? Was zum Haus an der Bleiche, das zehn Jahre darauf mein Weltmittelpunkt werden würde?

Der scharfe Geruch der Futtersilos gehörte dazu, der sogar in der Kälte wahrnehmbare Teergeruch der Holzzäune, der weich-muffige der Aschekästen, der würzige Geruch des beim Ofenanfeuern verbrannten Holzes, der Eis- und Schneegeruch. Und die Farben? Das Blassrot des mit Ziegelsteinen gepflasterten Hofs, von dem der Hühnerauslauf mit Hilfe einer mit kleinmaschigem Draht bespannten Tür abgetrennt war, auch noch als es gar keine Hühner mehr gab, sondern nur noch das vom Frost knüppelhart gefrorene schwarze Stück Erde; das verwitterte Grau alten Holzes der im Durchgang zum Garten schräg an der Schuppenwand hängenden Leiter; das Grasgrün der Fensterläden und Stalltüren; die (wenn kein Schnee lag) mit Eiskristallen überzogenen Beete, das braunsträhnige Gras, das in sich verdrehte rostfleckige Pfirsichbaumblatt und die als einzige übrig gebliebene grauschwarze Schrumpelfrucht; die mit hellbraunem Sackleinen umwickelte Pumpe, von der sommers wie winters das Wasser geholt wurde... immer standen zwei weiße Blecheimer auf der niedrigen Küchenbank, aus denen mit der Kelle Wasser in die morgens eiskalte Schüssel geschöpft wurde. Die Krankheiten? Halsschmerzen höchstens, fiebrige Erkältungen, die mit einem widerlich schmeckenden Zwiebelsaft behandelt wurden; der zur Stärkung der Knochen und des gesamten Organismus nach dem Essen ihr von ihrem Vater (und später mir von ihr) verabreichte Lebertran. Geräusche? Das Klappen einer offen gelassenen Stalltür, das Zischeln der Gänse, das Knirschen der eisenbeschlagenen Wagenräder, das Singen der Geige schließlich, auf deren Trost ebenso Verlass war wie auf den der auswendig gelernten Gedichte aus Reiners »Ewigem Brunnen«, die sie auch später noch beherrschte und bei Gelegenheit vor sich hin sprach. Von unendlich vielen Gedichten kannte sie die Eingangs- und Schlussverse und, bei genügender Konzentration, auch die dazwischen.

Freunde? Weiß nicht. Auch Weidenkopf, den ich fragte, konnte sich an keinen erinnern. Aber eine Freundin gab es, Tochter eines Bauern, mit der sie freie Zeit verbrachte und die seltsamerweise auf denselben Namen hörte wie sie: Lisa. Sommers besuchten sie die Tanzveranstaltungen der Stadt, im Herbst gingen sie in dem sich jenseits der Bleiche anschließenden Waldstück in die Pilze, zum Fasching verkleideten sie sich, Lisa eins als Ungarin, Lisa zwei, die Bauerntochter, als Schornsteinfeger.

Und die Silva-Werke? Weidenkopf (den ich auch danach fragte) zuckte die Schultern.

Wären sie beim Pilzsammeln weitergegangen, aus dem Wald hinaus, über einen Acker und wieder in einen Wald hinein, wären sie nach einem Fußmarsch von einer halben Stunde zu den Silva-Werken gekommen, eine 1935 nördlich von Altenplathow errichtete Munitionsfabrik, in der Gewehrpatronen und 2-cm-Granaten hergestellt wurden.

Im Unglücksjahr stammten die dort beschäftigten Frauen noch aus dem Städtchen selbst und den umliegenden Dörfern, später kamen sie aus fast allen Ländern Osteuropas. Oft waren sie einfach von der Straße weggefangen, nach Deutschland verschleppt und zur Arbeit gepresst worden, und noch später, ab dreiundvierzig, waren es weibliche Häftlinge aus dem KZ Ravensbrück, die hergebracht worden waren und (wie in einer Chronik nachzulesen) in das hinter einem dreieinhalb Meter hohen Stacheldrahtzaun gelegene Barackenlager gesperrt wurden... für den Fußmarsch vom Lager zur Werkshalle brauchten sie zwanzig Minuten, ebenso lange für den Rückweg, die Arbeit selbst dauerte zwölf Stunden, an die sich nach Rückkehr ins Lager oft stundenlange Appelle anschlossen... das Füllen von gesiebtem Pulver in Geschosshülsen, in dessen Folge abgerissene Fingernägel und entzündete, blutende Hände, Strafen bei geringstem Vergehen, Essensentzug, Prügel, Kopfscheren, Bunker... dann, relativ spät erst, am 7. Mai, die Befreiung, in deren Tumult der wegen seiner Grausamkeit berüchtigte Sprengmeister erschlagen wurde, das Lagertor niedergerissen... ein Echo davon hielt sich in den märchenhaft klingenden Erzählungen der Großmutter, in denen ein Rudel ausgehungerter Frauen am Waldrand erschien und, ohne Angst plötzlich, auf der Suche nach Essbarem in die Häuser eindrang.

Auch in das Haus an der Bleiche? So weit kam die Erzählung nie, an dem Punkt, an dem sie sich vom Allgemeinen zum Persönlichen verengte, brach sie ab. Filmisch gesprochen, ließe sich sagen, war die Totale die bevorzugte Einstellung.

Noch mal: Ob sie davon gewusst habe? Weidenkopf: Von der Munitionsfabrik? Aber ja, war doch kein Geheimnis. Auch von den Zuständen dort? Nun, wer wollte, konnte. Aber ein Mädchen wie Lisa? Was meinen Sie damit? Das hatte doch anderes im Kopf, als sich um die Arbeitsbedingungen in einer Munitionsfabrik zu kümmern. Ich war ein Jahr älter als sie, wusste aber nur, dass Russinnen dort waren, Fremdarbeiterinnen halt, wie es sie überall gab.

*

Wohin ging es, wenn es mit dem Zug losging? Nach Magdeburg oder Berlin. Damals aber ging es vor allem in eine Richtung. Nach Magdeburg, in die Stadt des Begabten. Eine Weile fuhr sie ständig dorthin. Auf dem Weg zur Tessenowhalle, wo ich auf Carlas Geschichte stieß, fiel es mir wieder ein. Richtig, ich war mit ihr dort.

Die Züge sahen noch genauso aus, wie sie in der Unglücksnacht ausgesehen hatten und wie sie ein Jahr darauf aussehen würden, bei unserer Fahrt nach Berlin. Die Abteile hatten Holzbänke und waren so voll, dass man Mühe hatte, einen Platz zu ergattern. Kurz nach Überquerung der Elbe fuhr der Zug in den Bahnhof ein, vom Vorplatz aus ging der Blick hinüber zum Dom, der, wie die Bahnhofsmauern auch, schwarz war vom Ruß des Feuersturms, der im letzten Kriegsjahr über die Stadt hinweggerast war, zwischen Bahnhof und Dom erstreckte sich eine weite, damals gerade von Trümmern frei geräumte Fläche. Oder täusche ich mich? Verdanke ich dieses Bild ihrer Erzählung?

Wir stiegen in eine Straßenbahn, fuhren durch die halbe Stadt, stiegen aus und gingen durch kleine Straßen, an denen mit Weinlaub bewachsene Häuser lagen, bis sie schließlich vor einer Tür stehen blieb und auf die Klingel drückte. Eine alte Frau öffnete und schaute uns misstrauisch an.

»Ist er da?«, sagte meine Mutter, worauf die Alte beiseitetrat und uns einließ.

Zuerst sah ich seine Hosen, dann sein weißes Hemd, seinen Kopf, die langen, in die Stirn fallenden Haare. Er beugte sich über das Geländer im ersten Stock, schaute herab, und wir schauten hinauf.

»Ah, Lisa«, sagte er und kam uns entgegen.

Auf halber Treppe blieb er stehen, wartete, bis wir heran waren. Dann gab er mir die Hand, und wir gingen in sein Zimmer. Die Wände waren voller Bücher, das Notenpult stand neben dem weit geöffneten Fenster. Seine Geige lag auf dem Sofa, sie legte ihren Geigenkasten

daneben. Einen Moment standen wir verlegen herum, dann kam die Misstrauische und nahm mich mit hinunter in den Garten. Während ich ihr beim Erbsenauspulen zuschaute, hörte ich das Kratzen von Lisas Geige. Bei jedem Fehler, den sie machte, seufzte die Alte und warf einen vorwurfsvollen Blick zum Fenster hinauf. Die ganze Zeit schwiegen wir. Wenn sie etwas sagte, dann höchstens:
»Ach, Junge!«
Als sie mit dem Pulen fertig war, gingen wir hinein. Obwohl die Geige schon vor einer Weile verstummt war, blieb die Tür im ersten Stock geschlossen.

Warum nahm sie mich mit? Damit wir uns kennenlernten? Wollte sie uns einander vorführen? Hoffte sie, wir würden aneinander Gefallen finden, er an mir, ich an ihm? Wenn das ihre Absicht war, ging es gründlich schief.

Damals, im Sommer neunundfünfzig, können die beiden noch gelebt haben. Wernicke, der Lokführer, wäre Mitte siebzig gewesen und Krollmann, sein Heizer, Anfang sechzig, so dass es möglich gewesen wäre, dass sie in der Straßenbahn neben uns saßen. Zwei ältere Herren, die missmutig durchs Fenster auf ihre zerstörte Stadt schauten.

Von den drei Jahren, zu denen Wernicke verurteilt worden war, hatte er nur zwei absitzen müssen, das dritte war ihm erlassen worden. Er kehrte in die Wolfenbütteler Straße zurück, war aber allem Anschein nach unfähig, eine Tätigkeit aufzunehmen. Er saß, den Kopf in die Hand gestützt, auf einem Stuhl am Tisch oder lehnte, ein Kissen unter den gekreuzten Armen, im Fenster. Schon immer eher einsilbig oder, wenn redend, dann rasch aufbrausend, sprach er bald gar nicht mehr, stellte auch das Essen ein, und als er sich weigerte, das Bett zu verlassen, und tagelang nichts anderes tat, als an die Wand zu starren, wurde offenbar, dass er unter Depressionen litt.

Das war ein Vierteljahr nach seiner Rückkehr aus dem Gefängnis, und da sich trotz der Verschreibung von Stimmungsaufhellern keine Anzeichen von Besserung zeigen wollten, wurde er in eine psychiatrische Klinik eingewiesen, in der er, einem Aktenvermerk zufolge, bis zum Ende des Kriegs blieb.

Ja, da er bis Mitte der sechziger Jahre lebte, wäre es möglich gewesen, ihm zu begegnen.

*

Der Begabte, ein Wort von ihr.

»Thomas, seine ungeheure Begabung.«

Beim ersten Archivbesuch ist es mir wieder eingefallen, und so kam es in das Heft mit den Unglücksnotizen und Abfahrzeiten.

Ein anderes: »Den Anfang finden!«

Als müsse man zum besseren Verständnis einer Sache zu ihrem Anfang zurückkehren. Eine ihrer Maximen?

»Thomas, wenn du über die Linien schreibst, kann es auch an der Haltung liegen. Du musst den Stift so halten« – sie macht es vor – »er muss auf dem Mittelfinger liegen und wird von Daumen und Zeigefinger gehalten.«

Am Anfang ist die Haltung, dann kommt der Fehler, er ergibt sich aus der falschen Haltung. Ich spüre ihren Atem am Hals. Eine Weile schaut sie zu, wie ich die Buchstaben aufs Papier setze, geht dann zum Fenster und beginnt zu üben, den Rücken durchgedrückt, die Augen auf die Noten gerichtet. Diese endlose Kette von Tönen. Ich sitze am Wohnzimmertisch, sie auf dem Hocker am Fenster, durch das noch genügend Licht fällt. Früher Abend, Spätsommer, nicht lange nach den großen Ferien. Aus den Augenwinkeln ihr Arm, die immer gleiche Bewegung ausführend.

»Den Anfang finden!«

Wie sie aus ihrer richtigen Haltung heraus, ohne den Bogen abzusetzen, den Kopf nur um ein Winziges wendet und herüberlächelt.

Ein paar Wochen zuvor war sie abends in mein Zimmer gekommen. Ich lag schon im Bett. Sie hatte den Schrank geöffnet, sich hingekniet und herumzukramen begonnen. Endlich fand sie, wonach sie suchte: den Karton. Er stand unter ausrangierten und achtlos darüber gehäuften Kleidungsstücken, weshalb sie ihn nicht sofort entdeckt hatte. Sie zog ihn hervor, hob den Deckel, und da waren sie, die Noten, die sie nach dem Tod ihres Vaters weggelegt hatte.

»Thomas«, sagte sie, als sie merkte, dass ich ihr mit den Augen folgte, und hockte sich neben mich auf den Bettrand.

»Morgen komme ich später nach Hause. Ich werde nämlich wieder Unterricht nehmen.«

Schon seit Tagen stand der Notenständer, der immer zusammengeklappt an der Seitenwand des Schranks gelehnt hatte, neben dem Fenster im Wohnzimmer, und auf dem Schreibtisch, an dem ihr Vater gesessen hatte, lag der Geigenkasten. Wenn sie von der Arbeit kam, nahm sie die Geige heraus, spielte eine halbe Stunde, deckte dann den Tisch, und wenn das Essen vorbei und der Tisch wieder abgeräumt war, begann sie von Neuem, wobei es mir vorkam, als ginge es immer nur die Tonleiter rauf und runter.

»Ich werde nach der Arbeit nach Magdeburg fahren und mit dem Neun-Uhr-Zug zurückkommen.«

Und so machte sie es auch. Eine Weile lang. Sie fuhr am späten Nachmittag los, kam mit dem Neun-Uhr-Zug zurück und war gegen halb zehn wieder zu Hause, bis sie irgendwann nicht mehr nach Hause kam. Das heißt, natürlich kam sie. Aber nicht mit dem Neun-Uhr-Zug, sondern erst in der Nacht, gegen Morgen. Sie kam herein, kniete sich an mein Bett und schlich sich, da ich mich schlafend stellte, wieder hinaus.

Es war gegen Abend, als ich ihn wiedersah. Ich kam von der Badestelle am alten Kanal und ging den Brückenhang hinab, barfuß, die im grauen Sandstaub versteckten Steinchen drückten sich in die Fußsohlen, von beiden Wegseiten drängten die weißen Blütenfächer des Holunders heran. Bei der Pferdebadestelle bog ich ab und hielt mich im Schatten der Ziegelmauer, hinter der die Kohlenhandlung lag, und als ich aufschaute, sah ich sie.

Sie überquerten die Altenplathower Straße, gingen in

den Jägerweg hinein und bogen ein Stück hinterm Feuerwehrhaus in den Kirchsteig ein, der durch die hinter den Häusern gelegenen Gärten führt. Die Kirschbäume waren abgeerntet, aber in den Ästen hingen noch die blitzenden Alustreifen gegen die Stare, und in der Luft war der Geruch von Kamille.

Warum nahmen sie diesen Weg? Weil hier nie jemand ging? Ja, sie wollten nicht, dass sie jemand sah. Das war der Grund. Sie ging leicht, während er schwer neben ihr her stapfte. Sein Kopf mit den langen, zur Seite gekämmten Haaren saß tief zwischen den Schultern. Wie auf Verabredung hielten sie immer denselben Abstand voneinander (jeder blieb in seiner Spur), und als sie zur Friedhofsmauer kamen, an der sich der Weg gabelt, fasste sie seinen Arm und zwang ihn stehen zu bleiben, ja, so sah es aus, dann gab sie ihm die Hand, wandte sich ab und ging, schneller nun, an der Mauer entlang. Er schaute ihr nach. Schließlich drehte er sich um und kam zurück, die Hände in den Hosentaschen, den Kopf gesenkt, so dass sein Haar nach vorn fiel und man von seinem Gesicht nicht mehr sah als die große höckerige Nase, dieses zwischen seinen Haaren vorspringende Ding, und noch etwas fiel mir auf, trotz des Haarvorhangs, wie, weiß ich nicht, etwas, das mir in Magdeburg nicht aufgefallen war, etwas, das mir falsch schien, so, als könnte es sich deshalb vielleicht doch um jemand anderen handeln, nicht um den Begabten, sondern um einen x-beliebigen Mann: sein Alter oder besser Nicht-Alter, das war es. Ihren Lehrer hatte ich mir anders vorgestellt, würdevoller. Ich hörte ja immer nur, dass sie zu ihrem Lehrer fuhr, aber das war doch trotz der höckrigen Nase kein Lehrer, er war zu jung. Wie bitteschön (dachte ich bei mir) passte das Jugendliche, das er trotz des schweren Körpers und des stampfenden Gangs ausstrahlte, zu der Art, wie sie sich über ihn äußerte? Zu der sich darin ausdrückenden Hochachtung? Sie sprach in Andeutungen, in Vereinfachungen, in auf den Begriffshorizont des Acht- und Neunjährigen zugeschnittenen Worten, natürlich, und doch war dahinter die Bewunderung zu spüren, die sie für ihn hegte.

Das Programmheft, das sie von einem Konzert in Leipzig mitbrachte ... ließ sie es absichtlich auf dem Tisch liegen? Wollte sie, dass ich es finde und den Abschnitt über ihn lese? Es war ja so, dass ich nicht hinhörte, wenn sie von ihm zu reden anfing, sondern so lange herumkasperte, bis sie es aufgab und mich nach einem ironischen Blick in den Arm nahm. Programmheft? Nein, eine Art Faltblatt, das neben den angezeigten Musiktiteln Angaben zu seiner Person enthielt: Geburtsjahr, Ausbildung, Werdegang. Hätte ich es gelesen, wären mir lauter Dinge mitgeteilt worden, die erst der Erwachsene einzuordnen imstande war, dem Jungen aber nichts sagten: Dass er schon als Kind, dann als Jugendlicher und junger Erwachsener alle Wettbewerbe gewonnen hatte, die es in seinem Fach zu gewinnen gab, und nicht nur im eigenen Land, der DDR, sondern auch draußen, im Ausland, im Westen.

Da bei ihm alles zusammenkam, Begabung, Leidenschaft, Technik, muss er sofort gemerkt haben, dass er es mit einer Dilettantin zu tun hatte. Und doch erteilte er ihr Unterricht? Warum? Weil sie ihn anrührte? Weil er überschüssige Zeit hatte? Schwer zu glauben. Und das andere: Glaubte sie wirklich, da anknüpfen zu können, wo sie mit sechzehn aufgehört hatte? Oder ging es gar nicht darum? Aber worum dann? Darum, den Abstand zu verringern, der zwischen ihnen bestand, damit sie sich mit größerem Recht an seiner Seite bewegen konnte, als sie es so tat? War das der Grund, warum sie die Geige wieder hervorholte und zu üben begann?

Mag sein, dass es zuerst ein Schülerin-Lehrer-Verhältnis war, an dem Tag aber, an dem sie mich mit nach Magdeburg nahm, war es das nicht mehr, so wenig wie am Tag unseres zweiten Zusammentreffens, auf dem Weg zwischen den Gärten. Aber was dann? Liebe?

Er war damals, heute weiß ich es, fünfundzwanzig, elf Jahre jünger als sie. Als er mir wieder einfiel, habe ich bei Wikipedia nachgeschaut, in dem es einen großen Eintrag über ihn gibt. Warum er sie besuchen kam, steht freilich nicht da. Aber ich wusste es ohnehin. Er kam nie nach Genthin. Wozu auch? Schließlich fuhr sie zu ihm. Sein Blick ging in die andere Richtung: nach Leipzig, Dresden oder, wenn doch nach Osten, dann über Genthin hinaus, nach Berlin. Oder schon weiter? In die andere Richtung? Über den großen Teich, wie es damals hieß? In die USA? An diesem Augusttag aber kam er doch und fragte sich nach dem Amt durch, in dem sie angestellt war.

Nach Abschluss ihrer Lehre bei Magnus hatte sie eine

zweite Ausbildung begonnen, eine kaufmännische, und zu Beginn der Fünfziger im Arbeitsamt begonnen, als Bürokraft, wie es in ihrem Lebenslauf heißt, um schon ein Jahr darauf, nach einem kurzen Lehrgang, zur Amtsleiterin aufzusteigen. Er wusste ungefähr, wann sie herauskommen würde, und nahm am Ende der kleinen Straße, in der das Amt lag, Aufstellung. Er stand an der Ecke und wartete. Freute sie sich, als sie ihn sah? War sie erschrocken? Weil sie wusste, warum er gekommen war? Seine Mutter, die Erbsenauspulerin, war ein paar Wochen zuvor gestorben, so dass es nichts mehr gab, was ihn in Magdeburg hielt.

Der Weg, den sie gingen, lässt sich leicht rekonstruieren: Über die Brücke, dann am Kanal entlang, zuerst am neuen, dann am alten, bis zur Altenplathower Straße. Und die ganze Zeit über wird er versucht haben, sie zum Mitkommen zu überreden. Aber sie wollte nicht, und so war er umgekehrt.

Als ich eintrat, saß sie, noch in Kleid und Schuhen, am Fenster. Beim Knarren der Tür schrak sie zusammen, schaute kurz auf und verfiel dann in dieses Brüten, das ich schon kannte, so dass ich, ohne etwas zu sagen, wieder hinausging, in den Hof, in den Garten, und eine halbe Stunde danach hörte ich ihre Stimme.

»Thomas«, rief sie. »Essen.«

Dieses Brüten – sie nannte es selbst so – entzieht sich der Beschreibung. Im Grunde ist es nichts anderes als ein Dasitzen mit offenen Augen, ohne das Geschehen um sich herum wahrzunehmen. Man sieht nicht, was sich vor den eigenen Augen abspielt. Aber sieht man etwas anderes? Läuft ein innerer Film ab? Schaut man in die Vergangenheit? Ich glaube nicht. Eine innere und äußere Taubheit, das ist alles.

War er an dem Tag unserer zweiten Begegnung auf dem Weg in den Westen? Hat er die Reise (Flucht wäre zu viel gesagt) unterbrochen, um sie zum Mitkommen zu überreden? Und ist er, als sie sich nicht überreden ließ, nach Berlin weitergefahren? Die genauen Abläufe ... ich habe versäumt, sie danach zu fragen, bin aber auch nicht sicher, ob sie geantwortet hätte.

Wie auch immer ... nun blieb sie zu Hause, auch an den Wochenenden, denn das war ja auch vorgekommen, dass sie am Wochenende nach Leipzig gefahren war, zu einem seiner Konzerte. Das war vorbei, dafür begann etwas anderes: das In-den-Briefkasten-Schauen. Ein paar Tage nach seinem Besuch fing es an. Es kam nie Post, es sei denn von ihren Tanten, den Schwestern ihrer Mutter, Lies aus Berlin, Lene aus Staßfurt, zu Weihnachten und den Geburtstagen schrieben sie eine Karte, weshalb das In-den-Kasten-Schauen eher beiläufig geschah, ohne damit zu rechnen, dass auch wirklich Post drin lag. Man warf einen Blick durch den Schlitz, und wenn man etwas sah, schloss man den Kasten auf und holte es heraus. Wenn nicht, ging man weiter. Aber nun schloss sie den Kasten auch auf, wenn man nichts sah. Das war jedes Mal das Erste, was sie abends nach dem Heimkommen tat. Manchmal stand ich am Fenster und sah ihr zu. Sie blieb am Zaun stehen, schloss den Kasten auf, tastete mit der Hand hinein und schloss ihn, zu mir hinschauend, wieder.

Siehst du, schien ihr Blick zu sagen, siehst du, nichts da. Keine Angst, er hat mich schon vergessen.

Aber das hatte er nicht. Er schrieb ihr drei Briefe, vielleicht auch mehr, aber drei sind erhalten geblieben, die drei aus dem Kreutzer. Ich lehnte am Fenster, sah, wie sie in den Kasten langte und die Hand wieder hervorzog ... leer, wie ich glaubte, jedes Mal leer, dabei verstand sie es nur, den Brief so zu halten, dass ich ihn nicht bemerkte.

Daher meine Überraschung, als sie mir ein halbes Jahr nach seinem Weggang ihren Entschluss mitteilte, ebenfalls wegzugehen. Mit mir natürlich. Nach den Ereignissen auf dem Amt gab es nichts mehr, was sie hielt.

Am Nachmittag (ich erinnere mich gut: es war einer dieser nicht enden wollenden, vom Morgen bis zum Abend ohne jede Luftbewegung gleichmäßig grauen Januartage) kam sie früher als sonst von der Arbeit, warf den Mantel über den Stuhl, setzte sich, sprang aber gleich wieder auf und begann hin und her zu rennen, einmal, weiß ich noch, blieb sie stehen und schlug mit der flachen Hand so heftig auf den Tisch, dass die Brotkrümel, die dort noch vom Frühstück her lagen, einen kleinen Luftsprung machten. Sie war nie wütend, jedenfalls kann ich mich nicht daran erinnern, an diesem Tag aber war sie es.

Am Morgen, gleich nach Betreten des Amts, hatte sie am Schwarzen Brett, an dem alle vorbeikamen und vor dem alle stehen blieben, ein Schreiben entdeckt, das weder einen Briefkopf trug noch eine Unterschrift, und als sie zu lesen begann, stellte sie fest, dass es sich um einen anonymen Brief handelte, in dem ihr Verhältnis zu dem Begabten offengelegt wurde.

Da das Schreiben mit vielen Details versehen war, musste es so sein, dass nicht nur ihre Besuche bei ihm beobachtet und belauscht, sondern auch seine Briefe an sie und ihre an ihn geöffnet und gelesen worden waren. Eine Denunziation, die wohl nicht nur auf ihre Erniedrigung zielte, sondern auch als Warnung an alle gedacht war, die den Kontakt zu ihren über die Grenze gegangenen Freunden, Verwandten, Geliebten aufrechterhielten und dadurch den Verdacht nährten, ihnen folgen zu wollen. Ein Einschüchterungsversuch, der in ihrem Fall zum gegenteiligen Ergebnis führte. Denn wenn sie bis dahin gezögert hatte, wegzugehen, zögerte sie nun nicht mehr.

»Zu Bruno«, sagte sie, als sie sich halbwegs beruhigt hatte, »wir müssen zu Bruno.«

»Jetzt?«, fragte ich, denn wir gingen fast nie zu Bruno. Und schon gar nicht machten wir uns für einen Besuch bei ihm extra auf den Weg. Wenn wir bei ihm klingelten, waren wir bereits in der Stadt, auf dem Heimweg zumeist, und taten es, damit er uns beim Tragen behilflich war. Oder um ihn zu bitten, etwas, das sie in der Stadt bestellt, aber noch nicht erhalten hatte, abzuholen und zu uns herauszubringen.

»Ja, jetzt«, sagte sie, »nimm deinen Mantel.«

Wenn ich an ihn denke, sehe ich einen hageren Mann in schwarzer Eisenbahneruniform die Mühlenstraße hochkommen, eine abgeschabte Ledertasche unterm Arm, an deren einer Seite eine verbeulte Blechflasche hervorschaute, ein entfernter Verwandter, wie ich damals dachte, der Friedrich hieß, aber aus einem Grund, den ich nicht kannte, Bruno gerufen wurde. Der Grad der Verwandtschaft war mir nie klar. Man redete nicht darüber oder nur so, dass die Sache, anstatt sich aufzuklären, noch undurchsichtiger wurde, als sie es ohnehin schon war. Er galt als Sohn von Tante Lene, mithin als Cousin meiner Mutter. Wenn ich ihn aber so nannte, wurde mir gleich bedeutet, dass er nicht Lenes richtiger Sohn sei, wodurch die Verwandtschaft wieder aufgehoben wurde. Bei den seltenen Familienfesten war er mal dabei und mal nicht, wenn er aber dabei war, stand er am Rand und ging auch schnell wieder.

Ein stiller, ungelenker Mann mit geröteten Augen, die ich mir dadurch erklärte, dass ich ihn mir auf einer Lok vorstellte, wie er den Kopf durchs Fenster steckte und in den Fahrtwind blinzelte, während es wohl eher so war, dass ein geheimer Kummer an ihm fraß, den er mit Alkohol zu betäuben versuchte, ja, er trank, und das in so ungeheuren Mengen, dass man in der kleinen Eisenbahnerwohnung, in der er lebte, überall auf leere Flaschen stieß, die dunklen Bierflaschen mit dem Schnappverschluss und die hellen Schnapsflaschen mit der Aufschrift Nordhäuser Korn, die aneinanderklirrten, wenn man die Tür aufschob. Sie standen auf dem Küchentisch, dem Fußboden, ja, schon hinter der Tür im Flur.

Die Klingel war auf der mittleren Türverstrebung angebracht, direkt unter dem Namensschild. Meine Mutter drückte auf den Knopf, aber obwohl wir angestrengt lauschten (und obwohl es doch ein winziges Haus war), drang kein Laut zu uns heraus, die Klingel, die beim letzten Besuch noch funktioniert hatte, war kaputt oder abgestellt, weshalb sie zuerst mit dem Fingerknöchel ans Holz klopfte, dann, als sich noch immer nichts rührte, mit der Faust dagegen schlug, und da endlich war ein Schlurfen zu hören. Die Tür ging auf, Bruno erschien und blinzelte uns an.

»Hallo«, sagte meine Mutter, »lässt du uns herein?«

Worauf er einen Schritt zurücktrat, und als meine Mutter die Tür aufstieß, war das Klirren und Kollern der umkippenden und über den Steinboden rollenden Flaschen zu hören. Einen Moment schien es, als brächte ihn das Geräusch aus dem Konzept, er fasste sich an den Kopf, als wüsste er nicht weiter, schob dann die Flaschen mit dem Fuß beiseite, nach links, nach rechts, so dass eine Gasse entstand, durch die wir hinter ihm her zur Küche gehen konnten.

»Setzt euch«, murmelte er, »setzt euch«, und wischte die Zeitung, die auf dem Tisch lag, mit einer einzigen Bewegung des Arms zu Boden. Ich bückte mich, um sie aufzuheben, aber meine Mutter hielt mich zurück, sie schüttelte leicht den Kopf, zog einen Stuhl heran und setzte sich, worauf er sich ebenfalls setzte, ratlos, wie es schien, vielleicht auch ängstlich, weil er nicht wusste, was wir mit unserem Besuch bezweckten. Und als er es hörte (meine Mutter sprach in Andeutungen, aber doch so, dass er das Nötige verstand), nickte er langsam.

»Und der Junge?«, fragte er dann und guckte in meine Richtung, ohne mich aber zu sehen, denn er blinzelte heftig.

»Was soll mit ihm sein?«, gab sie zurück. »Er kommt natürlich mit.«

Worauf er wieder nickte.

»Ja, klar.«

Und dann, da alles gesagt zu sein schien, langsam aufstand, um uns, an den Flaschenbatterien vorbei, wieder zur Tür zu bringen.

»Nicht vergessen, Bruno«, sagte sie.

»Klar«, gab er zurück, »is doch klar.«

Am nächsten Morgen kam er zur Bleiche heraus, nicht in seiner schwarzen Eisenbahneruniform, sondern in Zivil, im grauen Anzug unter dem dicken, ebenfalls grauen, wohl noch aus der Wehrmachtszeit stammenden Mantel, den Lisas Mutter ihm umgearbeitet hatte, über der Schulter den olivgrünen Segeltuchrucksack mit den abgegriffenen Lederriemen, den ich ebenfalls manchmal bei ihm gesehen hatte. Wenn er zur Arbeit ging oder von der Arbeit kam, hatte er entweder die Ledertasche dabei oder den Rucksack.

»Hier«, sagte er, als er in mein Zimmer kam, »für dich, kannste mitnehmen, is was zu essen drin«, und warf ihn auf mein Bett.

Dann drehte er sich um und fragte nach dem Koffer.

»Wo isset, det Ding? Wo isset?«

In dieser Nacht, der letzten in diesem Haus, hatte ich lange wach gelegen und sie in einer unablässigen Wanderschaft hin und her gehen gehört, vom Wohnzimmer in den Flur, vom Flur in die Küche, von der Küche zurück in den Flur, und am Morgen, als sie mich weckte, hatte es ausgesehen, als wäre ein Orkan durch das Haus gefegt. Die Schränke standen offen, die Schubladen waren herausgezogen. Bruno hob, als er herumging, die Augenbrauen, erstaunt, missbilligend, vielleicht amüsiert, weil er mit diesem Chaos nicht gerechnet hatte, nicht hier, nicht im Haus seiner ordentlichen Verwandten, um dann gleich wieder in sein Stieren zu verfallen.

Als Letztes händigte sie ihm den Schlüssel aus, damit er später zurückkommen und sich holen konnte, was er brauchte. Oder, noch besser, damit er noch vorm Bekanntwerden unserer Flucht als entfernter, aber einziger Verwandter seine schäbige, mit Flaschen vollgestellte Wohnung gegen das Haus an der Bleiche eintauschen konnte. Mag sein, dass sie in der Nacht ein Papier angefertigt hatte, in dem sie ihm die Verantwortung für ihren Besitz übertrug, so dass er gegenüber den Behörden mit einer gewissen Berechtigung als ihr Vertreter und Wohnnachfolger auftreten konnte. Wir standen schon im Flur. Er hielt den Schlüssel zwischen Daumen und Zeigefinger, einen Moment lang ließ er ihn in der Luft hin- und herpendeln, dann steckte er ihn in die Tasche und sagte:

»So.«

Das Signal zum Aufbruch. So! Nahm den Koffer, den sie ihm gezeigt hatte, und ging durch den Vorgarten hinaus auf den Sandweg, der die Wiese wie ein hell leuchtendes Band umfasste.

Die beiden voran, er mit dem schweren Koffer, sie, wie ich jetzt merkte, mit der Geige, der Geigenkasten hing (wie früher, als sie zum Unterricht gefahren war) in ihrer behandschuhten rechten Hand, ich hinterdrein mit Brunos Rucksack, den er mir aufgeschnallt hatte und der, wie er mir nuschelnd verriet, ein paar von ihm mit Schlackwurst belegte Brote enthielt sowie ein paar Äpfel aus seinem Keller.

Im Großen und Ganzen gingen wir denselben Weg, den sie mit ihm gegangen war, dem Begabten, nur dass wir die Abkürzung durch den Park nahmen; das Klappen unserer Schritte auf dem steinhart gefrorenen Boden; der Umriss der kahlen Bäume; der rote Widerschein der eben aufgehenden Sonne in den noch dunklen Fenstern des Brückenhotels, und von der Werft auf der anderen Kanalseite her ein erster Scheinwerfer, der ein grelles, wenn man hineinschaute, die Augen schmerzendes Licht gab.

2

Lange stellte der Park, durch den wir an diesem Morgen gingen und auf den ich heute vom Brückenhotelzimmer aus schaue, in meinen Gedanken das Zwischenstück dar, das den Osten mit dem Westen verbindende Scharnier, der Altenplathower Park war das Ost- und der Platz an der Bundesallee, an dem wir am frühen Nachmittag aus dem Bus stiegen, das Weststück... beim Durchqueren des Parks waren wir noch nicht weg und nach dem Verlassen des Busses noch nicht da. Wir waren noch dazwischen. Die Bilder beider Orte greifen ineinander, um kurz darauf, mit dem Aufnehmen des Gepäcks und dem Losgehen, auseinanderzufallen.

Die Straße führte vom Platz weg... hohe, (wie ich nachzählte) oft sechsgeschossige Häuser mit vorspringenden Erkern und runden Fensterbögen, dazwischen kleinere Backsteinhäuser mit großen, im Winter leer geräumten Veranden, die mir schon nach ein paar Schritten in den Nacken kriechende Kälte, das graue, in der diesigen Luft gleichmäßig verteilte Licht, ihr immer wieder zwischen dem Zettel mit seiner Adresse und den Hausnummern über den Türen hin und her schweifender Blick... endlich die mit der Schulter aufgestemmte Tür, das Treppenhaus mit dem wandgroßen Spiegel, der rote, von blitzenden Messingstangen auf den Stufen festgehaltene Sisalläufer, die dunkel gebeizten Holzpaneele, der in einem glänzenden Bronzeschild sitzende Klingelknopf, der ins Schild eingeprägte Name, der nicht sein Name war... ich sah es gleich, als wir davor stehen blieben, Haus und Stockwerk stimmten, aber es war nicht sein Name, der da stand, den fanden wir auf einem Zettel über dem Briefschlitz. Meine Mutter beugte sich vor, um ihn zu lesen.

»Na also.«

Sie zwinkerte mir zu, streckte die Hand aus und drückte auf die Klingel. Nach einer Weile waren Schritte zu hören, die Tür öffnete sich einen Spalt, der Kopf einer jungen Frau erschien.

»Ja?«, sagte sie und schaute uns an.

Meine Mutter nannte ihren Namen und hob (glaube ich) ihren Geigenkasten ein Stück an, damit die andere ihn auch gut sehen konnte; sie tat es, wie um zu beweisen, dass sie zu Recht an der Tür geklingelt hatte, der des Begabten, worauf die andere uns noch einmal ins Auge fasste, bevor sie die Tür aufzog und uns hineinließ.

Daran erinnere ich mich also: an die Prüfsituation und an das Blendende, das mir sofort ins Auge stach, das Blendende der Hellhaarigen, die uns geöffnet hatte und nun vor uns her durch den Gang schritt, ja, so muss man es sagen (schritt, nicht ging), an ihr kurzgeschnittenes blondes Haar, die ebenmäßigen Gesichtszüge, das Frischgewaschene und Gutduftende, auch ihr Name taucht jetzt wieder auf, Luzie, das ist der Name, mit dem der Begabte sie nach seiner Rückkehr ansprach, so nannte er sie ... sonst aber ist die Zeit bei ihm seltsam zusammengestaucht, als stellte sie nur das Vorspiel zu etwas anderem dar ... die zimmergroße Diele, der lange, nach hinten wegführende Gang, die davon abgehenden Türen, das große mit einer mächtigen Vitrine, alten Stühlen und Sesseln möblierte Zimmer, in das die Blonde uns brachte, ja, sie führte uns in diesen Raum und verschwand wieder, um sich uns erst erneut zu zeigen, als das Schlüsselrasseln und Türklappen zu hören war, das seine Rückkehr anzeigte, die des Begabten.

Mittlerweile war es Abend geworden. Beim Geräusch der Wohnungstür sprang meine Mutter auf und lief in den Flur, wo sie auf die andere stieß, die ebenfalls in den Flur getreten war. Auch sie kam aus ihrem Zimmer, so dass wir nun zu dritt in der Diele standen und ihm beim Mantelausziehen zusahen.

»Ja«, hieß es, nachdem er sich von der Überraschung, uns anzutreffen, erholt hatte, »ja, wie schön, wie gut.«

Er hängte den Mantel auf, drehte sich um, breitete die Arme aus, zog meine Mutter an sich heran, gab sie aber gleich wieder frei und sprach ein paar Worte mit der Blonden. Dass wir untergebracht werden müssten, sagte er.

»Luzie, machst du das?«

Woraufhin diese wieder vor uns her durch den Flur schritt und die Tür zu einem anderen Zimmer aufstieß, nicht zu dem, in dem wir gewartet hatten, sondern zu einem, das weiter den Gang runter lag und das nun unseres wurde oder hätte werden können: ein Tisch, ein Schrank, zwei an gegenüberliegenden Wänden stehende Betten. Wortlos tat sie das, kaum dass je ein Wort von ihr in unsere Richtung gesprochen wurde.

Wer war diese trotz ihres schwarzen Rollkragenpullis in ihrer Blondheit hell leuchtende Frau? Eine Hausangestellte? Eine, da unsere Ankunft überraschend kam, nicht rechtzeitig aus der Wohnung entfernte Geliebte? Die Trägerin des auf dem Türschild gezeigten Namens, die Wohnungsinhaberin? Während wir uns im Zimmer umsahen, merkte ich, wie es im Kopf meiner Mutter zu arbeiten begann. Wie sie sich den Anschein zu geben suchte, als sei alles, wie es sein sollte, bei sich aber dachte, dass nichts so sei, absolut nichts. Sie öffnete den Koffer, hob die zusammengefalteten Kleidungsstücke heraus, legte sie aufs Bett, und als ungefähr die Hälfte getan war, ließ sie die gerade hochgenommenen Sachen in den Koffer zurückfallen, setzte sich auf den Stuhl neben dem Bett, der wohl als Nachttisch diente. Und als ich schon glaubte, das Brüten habe wieder begonnen, stand sie mit einem Ruck auf, klappte den Koffer zu und sagte:

»Später, machen wir später.«

Zum Begabten: Er wirkte schlanker, straffer als bei unserer Begegnung zwischen den Gärten, die Plauze, die er vor sich hergetragen hatte, war abgefallen. Lag es an der Kleidung? Dem jetzt kurz geschnittenen Haar, das die Stirn und die Wangen frei ließ, so dass man die erstaunlich hellen Augen sehen konnte, die geradezu aus dem Gesicht hervorzuleuchten schienen.

Nach der Begrüßung in der Diele hatte er sich, wie er es immer nach den Proben zu tun pflegte, hingelegt; zum Essen stand er wieder auf und nahm an der Schmalseite des Tischs Platz, während sich die beiden Frauen links und rechts von ihm an die Längsseiten setzten, und ich mich, auf den Wink meiner Mutter hin, neben sie. Es war ein großer, von einer schwarzen Lampe wie von einem Scheinwerfer beleuchteter Tisch, an dem wir nur das obere Drittel besetzt hielten. War es hier, wo die Entscheidung fiel? War ich überhaupt dabei? Oder ist es nicht wahrscheinlicher, dass meine Erinnerung daran aus den später mit der Tante geführten Erwachsenengesprächen gespeist wird? Ja. Andererseits sind die Erinnerungsbilder so konkret, dass sie nicht aus zweiter Hand stammen können. Ich sehe uns da sitzen, mehr oder weniger stumm. Kein Wort fällt, nur das leise Besteckklirren ist zu hören. Eine leise Erschöpftheit weht über den Tisch. Erst als meine Mutter von dem anonymen Brief anfängt, der am schwarzen Brett des Arbeitsamtes hing, hebt er den Kopf und murmelt etwas.

»Wie?«, fragt meine Mutter.

»Ich hab's gewusst«, wiederholt er und streicht sich mit der Hand durchs Haar.

»Gewusst was?«

Aber er schüttelt bloß den Kopf, so dass offenbleibt, was er meint. Und dann fällt, glaube ich, schon das Wort, das an diesem Abend immer wieder auftauchen wird, der Name einer Stadt. Hätte ich ihn aufschreiben müssen (wie meine Mutter es zur Schärfung meiner Konzentrationsfähigkeit manchmal verlangte), hätte er in der ersten Silbe ein langes I enthalten, später wusste ich, dass es ein wie I gesprochenes E war und dass die gemeinte Stadt

Cleveland hieß, Cleveland/Ohio, in der ihm die Stelle des Konzertmeisters angeboten worden war.

»Cleveland?«, fragte meine Mutter, »wo ist das?«

Und erfuhr nun das Nötige über Größe und Lage der Stadt sowie die Bedeutung des Orchesters, das ihm das Angebot gemacht hatte. Seit wann er davon wisse? Nun, Kontakte habe es schon länger gegeben, aber erst vor ein paar Tagen, genauer: nach dem Besuch des Orchestervorstands hier bei ihm in Berlin, sei die Sache spruchreif geworden. Er habe es ihr geschrieben. Der Brief sei zu ihr unterwegs und würde nun ungelesen bleiben, von ihr jedenfalls, aber jetzt erführe sie es ja von ihm selbst, aus seinem Mund. Und wann? Im Frühherbst, wenn seine hiesigen Verpflichtungen erfüllt seien. Jetzt heiße es Englisch lernen.

Damals hatte ich keine Ahnung, aber inzwischen weiß ich es: Erster Geiger bei einem der Big Five, das konnte er nicht ausschlagen. Und das verlangte sie auch nicht. Was sie aber verlangte, war Klärung, denn nun zeigte sich, dass die Schöne im Rollkragenpulli, die jedes seiner Worte mit einem lächelnden Kopfnicken begleitete, nicht nur die Wohnungsinhaberin war, sondern auch seine Schülerin und dass sie ihm, wie es aussah, beim Unterricht nicht weniger nahegekommen war, als meine Mutter es getan hatte, ja, sie war seine Westgeliebte, wie meine Mutter seine Ostgeliebte war.

Luzie sprach, wenn sie überhaupt etwas sagte, ausschließlich zu ihm, dem Begabten, und legte wie zur Bekräftigung ihrer Worte die Hand auf seinen Arm. Er entzog ihn ihr jedes Mal, aber es änderte nichts an dem Zeichen, das sie damit setzte. Meins, sagte diese Geste, meins, und wenn du (kurzer Seitenblick zur Konkurrentin) etwas anderes glaubst, hast du dich geschnitten.

Nein, ich kann nicht dabei gewesen sein, nicht bei diesem Gespräch, das in derselben Nacht stattgefunden haben muss. Aus dem Bericht, den Lisa später ihrer Tante gab, habe ich es, so gut es ging, rekonstruiert.

Nachdem ich zu Bett gegangen war, hatte sie ihn zur Rede gestellt. Wie er dazu komme, sie herzulocken, wenn er doch längst mit einer anderen zusammenlebe. Was ihm einfiele, ihr eine gemeinsame Zukunft vorzugaukeln, wenn er doch bereits mit jener anderen Pläne schmiede.

Seine Antwort: Aber das stimme doch nicht, das sei doch nicht wahr. In dem Brief, den er ihr geschickt habe und der sie nun nicht mehr erreiche, habe er ihr nicht nur von der Amerika-Einladung berichtet, sondern auch von der großen Aufgabe, die ihn erwarte, von dem Abenteuer, das er sich ohne sie nicht einzugehen traue, weshalb er inständig auf ihre Begleitung hoffe. Sie wankte. Und die andere? Luzie? Nun... Gestotter, Verlegenheit. Dann eine Äußerung, die darauf schließen ließ, dass sie ihn ebenfalls begleiten solle. Ja, mit beiden wollte er die Reise antreten, beide unterrichten, beiden etwas von seiner Kunst abgeben, seiner Musik. Wie? Ein Leben zu dritt? Nun ja.

Am nächsten Morgen, als ich aufwachte, war der Koffer gepackt, der Rucksack geschnürt, der Begabte stand mit betretenem Gesicht in der Tür, Luzie, die Schöne, ließ sich nicht blicken... das gepflegte Treppenhaus, der rote Sisalläufer, die dunklen Holzpaneele, die ovalen Bronzeschilder, und als wir schon auf dem unteren Treppenabsatz angelangt waren, setzte sie den Koffer plötzlich ab, sprang noch einmal die Treppe hinauf – »Ich hab was vergessen« – und kam nach einer halben Minute zurück, langsam jetzt.

Ihre Adresse, nehme ich an, sie war es, die sie ihm zu geben vergessen hatte, die Adresse der Tante, unter der sie erreichbar sein würde. Auch wenn sie ihn verließ, wollte sie doch, dass er wusste, wo er sie finden könnte, für alle Fälle. Das Unbegreifliche war, dass sie ihn verfluchte und zugleich nicht aufhören konnte, auf Nachricht von ihm zu warten.

3

Von der Küche aus ging der Blick in den Hof und auf die Brandmauer eines Hauses, das einmal Teil einer Häuserreihe war, nun aber, nachdem die Nachbargebäude weggebombt waren, allein dort stand, fünf Stockwerke hoch, aber so schmal, dass man sich nicht gewundert hätte, wenn es von einem Windstoß umgeweht worden wäre; das Wohnzimmer lag zur Straße hin, vom Fenster aus ging der Blick zu den in einer Häuserlücke erscheinenden Stelzen der Hochbahn, auf der die Züge zwischen Gleisdreieck und Kurfürstenstraße über ein im Winter schneefleckiges und im Sommer von Unkraut überwuchertes Trümmerfeld krochen. Obwohl der Krieg seit bald fünfzehn Jahren vorbei war, standen hier (anders als im halbwegs verschont gebliebenen Friedenau) noch überall die Ruinen herum.

An einem der ersten Tage, die wir dort wohnten, ertönte gegen Mittag ein sich nach oben schraubendes Jaulen, das rasch so laut wurde, dass es bis in den letzten Winkel der Wohnung drang. Die Straße war mit einem über die Fahrbahn gespannten Seil abgesperrt, und auf dem Bürgersteig stand ein Mann, der die Kurbel einer Handsirene drehte. Gleich darauf hallte eine Megaphonstimme herauf und befahl den Anwohnern, in den Häusern zu bleiben. Mussten die Fenster geschlossen oder geöffnet werden? Wegen der zu erwartenden Druckwelle? Oder spielte das bei einer gezielten Sprengung keine Rolle? Wir drängten uns ans Fenster, und gleich darauf sahen wir die schräg gegenüberliegende Eckhausruine in einer Staubwolke zusammensinken.

Die Kurfürstenstraße stieß auf die Dennewitz, hinter der das sich bis nach Gleisdreieck hinziehende Trümmerfeld begann. Überall waren Schilder aufgestellt, auf denen stand, dass das Betreten des Reichsbahngeländes verboten sei, aber es gab keinen, der sich daran hielt, die Kinder so wenig wie die Erwachsenen. Die Beamten der Bahnpolizei, die eine Weile das Verbot durchzusetzen versucht hatten, gaben auf und schauten, wenn sie sich denn überhaupt noch herwagten und jemanden erblickten, der hier nicht hergehörte, in eine andere Richtung.

Beugte man sich aus dem Wohnzimmerfenster, sah man die auf zerschossenen Betonpfeilern ruhenden Brückenbögen und den ein Stück links davon aufragenden Wasserturm, das ist klar. Das andere aber, die sich unter den Überwucherungen plötzlich öffnenden Tümpel und Gruben, die angekohlten, wie riesige Mikadostäbe kreuz und quer übereinander geworfenen Balken, sah man erst aus der Nähe, wenn man sich schon auf dem Trümmerfeld befand.

Und inmitten dieses Geländes (mir am deutlichsten in Erinnerung) ein zweistöckiger, weitgehend unzerstört gebliebener Klinkerbau, dem als Einziges die Fenster und Türen zu fehlen schienen. Entweder waren sie bei einem der Bombenangriffe von der Explosionswucht herausgerissen worden oder von den regelmäßig die Brache absuchenden Schrottsammlern ausgebaut und mitgenommen worden.

Bis heute ist mir die Funktion dieses Hauses unklar. Eine Weile dachte ich, es handele sich um ein ehemaliges Stellwerk, bin aber wieder davon abgekommen. Selbst wenn die Signalhebel und -winden, die Gleissperren- und Weichenhebel, die unzähligen Schalter, Leitungen und Kabel, die sich darin befunden haben müssten, herausgerissen und weggeschafft worden waren, hätten doch Spuren davon übrig sein müssen. Man hätte sehen müssen, wo sie untergebracht waren. Doch das tat man nicht. Die Zimmer waren gleichmäßig groß, die Wände glatt, nirgends gab es Schächte und Öffnungen, die für die Unterbringung technischer Vorrichtungen geeignet gewesen wären. Was also war es? Ein Bürogebäude? Eine Unterkunft für das Lokpersonal, in dem es sich zwischen den Fahrten (wie Krollmann gesagt hatte) einen Moment lang machen konnte? Aber inmitten der Gleisanlagen?

Damals jedenfalls (Ende der Fünfziger, Anfang der Sechziger) war es ein Spielort für die Kinder, die an den Außenwänden herumturnten oder in den Räumen Versteck spielten, und abends, nach ihrem Abzug, verwandelte es sich in einen Treffpunkt für Liebespaare. Mit dem Einsetzen der Dämmerung konnte man beobachten, wie sie mal Hand in Hand, also zusammen, mal einzeln, aus verschiedenen Richtungen kommend, darauf zusteuerten, dann am Eingang wie zufällig aufeinandertrafen und, nach einem sichernden Blick zurück, durch die Tür traten, wobei die Frau (oder das Mädchen) fast immer voranging. Im Gebäudeinneren war der Schutt beiseitegeräumt, und da der Boden eben war, konnte man es sich, hatte man eine Decke dabei, fast so bequem machen wie zu Hause.

Wenn ich ins Wohnzimmer trat, sah ich manchmal, wie sich meine Mutter aus dem Fenster beugte und zum Trümmerfeld hinübersah, zu den Stelzen der Hochbahn und den in kurzen Abständen darüber kriechenden Zügen, die, von Gleisdreieck kommend, im nächsten Moment in den Schacht zwischen den Häusern eintauchen würden.

Ihre Tante hatte nur noch eine Hand, die rechte, die andere hatte sie bei einem Bombenangriff verloren. Sie war unter den Trümmern verschüttet gewesen und erst nach vielen Stunden gefunden und ausgegraben worden. Jetzt trug sie eine Prothese aus Leder, die einer richtigen Hand nachgebildet war: vier nach innen gekrümmte Finger und ein angedeuteter Daumen, eine schwarz glänzende Handplastik, die beim Essen nutzlos neben dem Teller lag. Es waren nur wenige Dinge, die sie damit tun konnte, und so half Lisa (wie meine Mutter jetzt wieder hieß) ihr, so gut es eben ging. Sie machte die Betten, kaufte ein, schälte Kartoffeln, schnitt ihr das Fleisch, wusch ab oder nähte ihr Reißverschlüsse in die Kleider, damit das lästige Knöpfen wegfiel.

Es war nur eine kleine Wohnung, die die Tante hatte; eine Restwohnung, die mit Hilfe einer im Korridor hochgezogenen Wand von einer vormals größeren abgeteilt worden war. Zwei Zimmer, Küche, Bad. In dem einen Zimmer, dem zum Hof hin, schlief die Tante; in dem anderen, dem Wohnzimmer, schliefen wir. Nachmittags, wenn die Hausarbeit erledigt war, räumte meine Mutter den Tisch ab, breitete eine Wolldecke darüber und stellte den Nähkasten darauf, während die Tante sich in den Sessel neben dem Fenster pflanzte und ihr Ratschläge für Cleveland gab, das sie zwar nicht kannte, sich aber vorstellen konnte, weil Stolzenburg, ihr geschiedener Mann, in seiner Jugend einmal dort gewesen war, nicht in Cleveland, aber in den USA.

Wenn meine Mutter sagte: »Aber ich fahre doch gar nicht. Es ist vorbei«, erwiderte die Tante: »Ach, das renkt sich wieder ein, wirst schon sehen.«

Und dann dachte meine Mutter, dass es ein Fehler gewesen sei, ihr die Sache zu erzählen. Sogar das wenige, das sie ihr verraten hatte, war zu viel gewesen. Eigentlich hatte sie nur erklären wollen, warum wir plötzlich vor ihrer Tür gestanden hatten, und dazu hatte sich die Erwähnung des Begabten sowie seiner ohne sie gefassten Amerikapläne nicht umgehen lassen, das hätte gereicht, aber dann war das andere hineingeraten oder besser die andere, Luzie nämlich, und die Idee des Begabten vom Leben zu dritt.

Seltsamerweise nahm die Tante die Zumutung, die darin lag, nicht zur Kenntnis, sondern sah die Trennung für die behebbare Folge eines gewöhnlichen Streits an, auf den früher oder später das Versöhnungsangebot des jungen Manns (wie sie den Begabten nannte) folgen musste.

Auch dass Lisa ihm ihre Adresse gegeben hatte, die der Kurfürstenstraße, sprach in ihren Augen dafür, dass die Sache ein gutes Ende nehmen würde.

»Wird schon«, sagte sie.

Und dann legte meine Mutter den Kopf in den Nacken und blickte verzweifelt zur Decke.

In ihrer Kindheit und auch noch in ihrer Jungmädchenzeit war sie oft mit der Tante verglichen worden... sie sähe ihr, hieß es, nicht nur ähnlich, sondern gleiche ihr auch im Wesen, mehr jedenfalls als ihrer stets missmutig dreinblickenden Mutter und ihrer strengen Staßfurter Tante. Eine Weile fand sie Gefallen daran, bis ihr aufging, dass es ein zweideutiges Kompliment war, weil die Berliner Tante nicht nur für hübsch, sondern auch für leichtfertig galt.

Sie hatte in der Telefonvermittlung eines großen Unternehmens gearbeitet und nichts dabei gefunden, sich von Männern einladen zu lassen. Und tatsächlich hatte die Ehe, die sie – schon einiges über dreißig damals – im ersten Kriegsjahr einging, keinen Bestand gehabt. Ein Jahr darauf war sie wieder geschieden worden. Das Einzige, was sie von dieser Verbindung behalten hatte, war der Name Stolzenburg, der sich offenbar als Türöffner eignete, da er die Leute dazu verführte, ein *von* davor zu setzen, das da nicht hingehörte.

»Nein«, sagte sie, »nur Stolzenburg.«

Doch die Leute nahmen es für ein Zeichen von Bescheidenheit und flochten das Wörtchen bei der nächsten Gelegenheit wieder ein oder setzten es gleichsam in Klammer.

Die meisten, die wussten, dass sie einmal verheiratet war, glaubten, ihr Mann sei gefallen. Dabei war er auf Grund seines Alters, er war gut zwanzig Jahre älter als sie, weder zum Zeitpunkt der Eheschließung noch zu dem ihrer Scheidung Soldat gewesen. Zusammen mit seinem Freund Lenski, der wegen seines verkrüppelten Beins nicht eingezogen worden war, ging er weitgehend unbehelligt seinen Geschäften nach, die in der Vermietung zweier mit Holzgas betriebener Kleinlaster bestanden. Er nannte sich Spediteur und ließ Visitenkarten mit dieser Berufsbezeichnung drucken – Erwin Stolzenburg, Spediteur –, von denen die Tante einige aufgehoben hatte, die wie zufällig in einem Schälchen auf dem Garderobenschrank lagen.

In der Garage, in der die Kleinlaster abgestellt waren, gab es eine etwas übermannsgroße Kammer, die zu Reparaturzwecken in den Betonboden eingelassen war. Als er in den letzten Kriegstagen zum Volkssturm einberufen werden sollte, suchte er nach einer Möglichkeit, sich dem Gestellungsbefehl zu entziehen. Aber wie? Wenn er nicht am Sammelpunkt erschien, würde ihn die Feldgendarmerie aus der Wohnung holen, das war klar, und wenn sie ihn dort nicht fand, würde sie in der Garage nach ihm suchen, und dennoch war sie der einzige Ort, der ihm sicher erschien, das heißt, nicht die Garage selbst, sondern die in den Boden eingelassene Kammer. Er schaffte ein paar Vorräte hinein, ein paar Decken und Kissen, und da offenbar auch für die Luftzufuhr gesorgt war, meinte er, es dort ein paar Tage aushalten zu können, lange würde es ja nicht mehr dauern, bis die Russen da wären. Lenski, sein Partner, der in seinen Plan eingeweiht war, riet ab, die Sache schien ihm zu riskant, doch Stolzenburg bestand darauf.

Er legte sich in die Kammer, Lenski schloss über ihm die Luke, rollte eine Gummimatte darüber und schob zuletzt einen der beiden fahruntüchtig gemachten Kleinlaster darauf, so dass er mit dem linken Vorderrad auf der Luke zu stehen kam. Danach schloss er die Garage ab und machte sich auf den Heimweg, in der Absicht, am nächsten Tag zurückzukommen, um nach seinem Freund zu sehen. Doch daraus wurde nichts.

Er wohnte in der Rummelsburger Victoriastadt, und die Garage, in der sich Stolzenburg versteckt hielt, lag in Schöneberg, mit der Ringbahn gut zu erreichen, doch als Lenski sich am nächsten Morgen auf den Weg machte, stellte er fest, dass die S-Bahn, die tags zuvor noch gefahren war (unregelmäßig, aber immerhin), den Betrieb eingestellt hatte, und als er es am Tag darauf erneut versuchte, hörte er von der Köpenicker Chaussee das Rasseln von Panzerketten, die Russen offenbar, die von Karlshorst her auf die Innenstadt zurollten, worauf er rasch umkehrte, und als er durch die Pfarrstraße kam, in der er eine Remise bewohnte, sah er, dass in denselben Fenstern, aus denen noch eine Woche zuvor die Hakenkreuzfähnchen geflattert hatten, weiße Bettlaken hingen.

So ungefähr erzählte es Lenski ein halbes Jahr später der geschiedenen Frau seines Freundes Erwin, die kurz zuvor mit ihrem Unterarmstumpf in die Kurfürstenstraßenwohnung eingewiesen worden war, und so erzählte es diese (während ich still in einem der beiden Sessel saß) ihrer Nichte Lisa, die die Geschichte offenbar kannte, denn sie zeigte nur ein mäßiges Interesse, stellte auch keine Fragen, um Genaueres zu erfahren, während ich gern Fragen gestellt hätte, es aber vorzog, den Mund zu halten, um nicht auf mich aufmerksam zu machen.

Lenski hatte mehrmals versucht (so Tante Lies), sich durch die zerstörte Stadt nach Schöneberg durchzuschlagen, auch zu Fuß, trotz seines verkrüppelten Beins, wurde aber jedes Mal aufgehalten oder an irgendwelchen willkürlich errichteten Kontrollpunkten zurückgeschickt, und als es ihm zehn Tage nach Einstellung der Kampfhandlungen endlich gelang, hatte er festgestellt, dass die Garage verschwunden war, es gab sie nicht mehr, sie war mitsamt den beiden unbrauchbar gemachten Lastern von einem Bomben- oder Granatentreffer so vollständig aus der Welt geblasen worden, dass nichts mehr von ihr übrig war, nur den Betonboden gab es noch und in diesem die Kammer. Lenski klopfte gegen die Klappe, mit der sie abgedeckt war, das ausgemachte Zeichen (zweimal kurz, dann ein drittes Mal), lauschte, keine Antwort, endlich fasste er sich ein Herz und hob die Klappe an, aber die Kammer war leer, kein Erwin, keine Vorräte – so dass immerhin die Möglichkeit bestand, dass Stolzenburg, sein Freund und Geschäftspartner, aus dem Gefängnis, in das sich sein Versteck verwandelt hatte, entkommen war.

Der Frühling kam, der Sommer. Das Fenster stand den ganzen Tag offen, die Luft, die hereinströmte, war warm; am Nachmittag wurde der Vorhang bis auf einen Spalt geschlossen gehalten, so dass es dämmrig im Zimmer war und der hereinfallende Lichtstreifen den Raum wie ein scharfer Taschenlampenstrahl durchschnitt. Von unten tönten die Rufe der Kinder herauf. Manchmal saß Lisa, wie ich meine Mutter, dem Beispiel der Tante folgend, in Gedanken jetzt nannte, wie versunken da und lauschte, aber es war nicht das Brüten von früher, sondern tatsächlich ein Lauschen, dann sprang sie plötzlich auf, rannte die Treppe hinab und lief hinaus auf die Straße.

Neben der Haustür war eine zweite, kleinere Tür, die tagsüber offen stand und hinter der ein paar Stufen zu einer Kohlenhandlung hinabführten. Es staubte aus dem Kellerloch, der Gehweg war schwarz vom Staub der hinein- und herausgetragenen Briketts und Eierkohlen. Aus Furcht, Schuhe und Kleid zu beschmutzen, machte sie einen Bogen um diese Stelle und ging dann auf dem breiten Bürgersteig bis zur Potsdamer, bog nach links ab und kaufte am Sportpalast eine Karte fürs Kino, *Sissi* lief dort (daran erinnere ich mich), ein anderes Mal wanderte sie bis zum Wittenbergplatz oder weiter den Tauentzien und den Kurfürstendamm hinauf bis nach Halensee, stieg in den Bus und fuhr wieder zurück, und wenn sie in die

Wohnung kam, wartete die Tante auf sie. Sie saß am Küchentisch und fragte, ob sie bei ihm gewesen sei.

»Bei wem?«

»Na, dem jungen Mann, dem Geiger. Wie heißt er noch mal?«

Und dann bedauerte sie, dass sie nicht nur von ihm erzählt, sondern ihr auch noch seinen Namen genannt hatte. In einem schwachen Moment hatte sie ihn ihr verraten. Seitdem studierte die Tante im regelmäßig gelesenen *Abend* die Konzertanzeigen, und als sie ein paar Wochen danach den Namen tatsächlich fand, beschloss sie, dass Lisa die Aussöhnung vorantreiben müsse, sie dürfe nicht einfach nur warten, ob er sich meldete, sondern müsse von sich aus etwas unternehmen, das war doch eine gute Partie, eine Berühmtheit, und damit lag sie der Nichte nun in den Ohren.

»Gehst du zu ihm?«, fragte sie, wenn Lisa wegging, und »Warst du bei ihm?«, wenn sie zurückkam, und als sie merkte, dass Lisa sie mit ihren Antworten ins Leere laufen ließ, wurde sie unleidlich und begann die Wohnungsinhaberin hervorzukehren, die invalide, die unter der Enge, die ihr von unserer Anwesenheit aufgezwungen wurde, zu leiden hatte, und so wie zuvor das Zuversichtliche, das Schwungvolle, das Gutgelaunte, das bei jeder Gelegenheit losprasselnde Lachen zu ihr gehört hatten, war es jetzt das stockende, immer wie mit belegter Stimme oder kurz vorm Verstummen klingende Sprechen. Das war jetzt ein Teil von ihr, damit gab sie uns ihr Unwohlsein zu erkennen.

Andererseits litt sie tatsächlich. Sie hatte einen leichten, nur an der Oberfläche stattfindenden Schlaf, aus dem sie beim geringsten Geräusch hochschreckte. Die Hitze, die die Häuser aufheizte, machte ihr zu schaffen. Ihr Armstumpf schmerzte, er war entzündet, so dass sich die Prothese nicht anlegen ließ. Die Wohnung war erfüllt vom Geruch der braunen Flüssigkeit, mit der sie den Arm dreimal am Tag bis zum Ellbogen hinauf einpinseln musste. Bei Tisch breitete sie, um uns (und sich) den Anblick zu ersparen, ein Handtuch über den Stumpf, so dass ich erst recht hingucken musste, besessen von der Vorstellung, der Arm könnte unter dem Schutz des Tuchs zu wachsen beginnen oder sich in etwas anderes verwandeln, einen Vogel etwa oder eine Maus, und ich könnte den Moment, in dem sich die Verwandlung vollzog, verpassen. Vor ein paar Jahren hatte ein Stück vom Stumpf abgenommen werden müssen, und nun sorgte sie sich, dass sie gezwungen sein könnte, die Prozedur zu wiederholen. Wieder würde es Monate dauern, bis die Wunde verheilt war und ihr eine neue Prothese angepasst werden könnte.

Und ganz abgesehen von den mit der Operation verbundenen Unannehmlichkeiten hatte die Sache auch eine kosmetische Seite. Mit jedem Zentimeter, der abgenommen wurde, rückte die Schnittstelle näher an den Ellbogen heran. Und es machte ja einen Unterschied, ob bloß die Hand fehlte oder der halbe Arm oder gar, bei oberhalb des Ellbogens erfolgter Amputation, der ganze, denn dann blieb ja nur noch ein kleiner Stummel, ein

Armrest, weniger als ein Pinguinflügel, an den sich keine Prothese mehr ansetzen ließ, so dass sie, wenn sich das Fehlen des Arms nicht mehr kaschieren ließ, auch in den Augen der anderen (durch die sie sich zu sehen gewohnt war) zum Krüppel wurde: eine unerträgliche Vorstellung, zumal beim Anblick der in leichten, die Arme freilassenden Sommerkleidern herumlaufenden Lisa.

Auch das wird zu ihrem Stimmungswandel beigetragen haben, ebenso wie die Tabletten, die sie nahm, die starken Schmerzmittel, die in der Schublade ihres Nachtschranks lagen und von denen ihr, wie sie sagte, ganz rammdösig wurde.

War das der Grund, warum Lisa die Geige nicht mehr anrührte? Dass sie die Tante mit ihrem Spiel nicht noch mehr gegen sich aufbringen wollte? Die Geige lag in ihrem Kasten auf dem mannshohen Wohnzimmerschrank und war nach unserer Ankunft im Westen kein einziges Mal herausgenommen worden. Nein, Musizieren, das ging nicht, das war bei der Gereiztheit der Tante, die das Geigenspiel als gegen sich gerichtetes Lärmen empfunden hätte, unmöglich.

Eine eigene Wohnung ... natürlich dachte sie darüber nach, aber sie war wohl noch nicht so weit. Sie war sich nicht schlüssig, wie es weitergehen sollte, und fürchtete, dass sie jeder Schritt, den sie unternahm, von dem Begabten entfernte. Ja, das war der Grund für ihre Untätigkeit. Sie rechnete noch immer mit ihm. Auch wenn sie der Tante gegenüber tat, als sei das Kapitel abgeschlossen und als fiele ihr gar nicht ein, auch nur noch einen Gedanken an ihn zu verschwenden, bin ich mir nicht sicher, ob sie nicht doch Kontakt zu ihm suchte. Ob sie nicht nach Friedenau fuhr und vor seiner Wohnung wartete. Oder zum Titania Palast in der Schlossstraße, in dem sowohl die Proben als auch die Konzerte der Berliner Philharmoniker stattfanden. Wenn ich nachts wach wurde und zu ihr hinüberschaute, kam es vor, dass die Couch, die ihr als Bett diente, leer war.

Am Morgen war sie müde und lustlos. Beim Frühstück stützte sie (mir verboten) die Ellbogen links und rechts vom Teller auf, und wenn sie hörte, wie die Tante eine allgemein gehaltene, tatsächlich aber auf den Begabten gemünzte Bemerkung machte, schaute sie, ohne zu antworten, zum Fenster hinaus. Oder zündete sich eine Zigarette an, führte sie an den Mund, sog den Rauch ein und stippte die Glut dann gleich in den Aschenbecher. Die Tante, was wusste die denn? Nichts wusste sie. Bloß was sie ihr erzählt hatte ... und leitete aus dem wenigen das Recht ab, Urteile zu fällen und Ratschläge zu erteilen oder im Tonfall eines Sorgenbriefkastenonkels Plattitüden zu verbreiten ... wonach eine gewisse Ichbezogenheit die Kehrseite eines bedeutenden Talents zu sein pflegte ... Schwachsinn, dazu gedacht, sie auf die Versöhnung mit dem Begabten einzustimmen. Was Lisa, da sie die Absicht erkannte, noch wütender machte. Andererseits (das wusste sie auch) ein Brief von ihm, noch besser freilich, er käme selbst, und alles wäre vergessen.

»Ach«, sagte sie, drückte die Zigarette aus, räumte die Bretter und Tassen in die Spüle und drehte sich nach mir um.

»Bist du fertig?«

Sie schaute zu, wie ich den Ranzen auf den Rücken schnallte, und stieg dann mit mir die Treppe hinab; bei jedem Schritt, den ich tat, hüpfte der Ranzen auf und ab, war das Klappern der Stifte zu hören. Die Schiefertafelzeit (die sie als die schönste mit mir bezeichnet hatte) war vorbei. Jetzt waren es Bleistift und Füllfederhalter, die wir benutzten, mein Mittelfinger, auf dem der Füller beim Schreiben ruhte, war blau von der ausgelaufenen Tinte.

Natürlich konnte ich allein zur Schule gehen, klar, aber das wollte sie nicht. Sie bestand darauf, mich zu bringen, das war ihr lieber, dann brauchte sie, wie sie sagte, nicht den ganzen Vormittag darüber nachzudenken, ob ich auch gut hingekommen sei. Und es stimmte ja auch, es war keine gute Gegend, in der die Tante wohnte. In den Neunzigern, als ich wieder nach Berlin zog, wanderte ich dort herum und sah mit Verwunderung, dass es sich bei dem Abschnitt der Potsdamer, den die Kurfürstenstraße kreuzte, um eine Puffgegend handelte. Schon am Nachmittag stolzierten die grell geschminkten Mädchen auf ihren absurd hohen Plateausohlen am Straßenrand auf und ab. Damals aber war das noch nicht so. Oder wenn, dann habe ich es nicht bemerkt.

Lisa brachte mich zur Schule, und auf dem Rückweg kaufte sie ein. Oder schaute in das Blumengeschäft, in dem sie eine Arbeit angenommen hatte, stundenweise, um der Tante nicht auf der Tasche zu liegen, aber auch um die Zeit zu überbrücken, bis sie etwas Richtiges anfinge, das heißt, wenn sie nicht doch noch vorher von dem Begabten hier weggeholt würde. Sie steckte den Kopf zur Tür hinein und fragte, ob sie gebraucht wurde: wenn, blieb sie gleich da, wenn nicht, ging sie weiter und trat in den neu eröffneten Supermarkt an der Potsdamer / Ecke Pohlstraße.

Gegen zehn war sie wieder zu Hause, stellte die Tasche mit den Einkäufen ab und schaute dann nach der Tante, die sich nach dem Frühstück wieder hingelegt hatte. Die braune Tinktur, mit der sie den Arm eingepinselt hatte, war gegen eine weiße, nicht weniger stark riechende Salbe ausgetauscht worden. Die schwarze Schlaufe, in die sie den Arm legte, hing über der Stuhllehne, und auf dem Fußboden kringelte sich der Verband, den ihr Lisa am Morgen angelegt hatte. Manchmal drückte er nämlich, dann riss die Tante ihn ab und warf ihn in einem Wutanfall auf den Boden. Auf ihren Wink hin zog Lisa einen Stuhl heran und setzte sich. Die Klagen, die dann kamen, kannte sie, die hörte sie jeden Tag. Es pochte im Arm, er war heiß, wohl entzündet, und dieses verdammte Ziehen und Kribbeln in den nicht mehr vorhandenen Fingern.

»Ja«, sagte sie und nickte, »ich glaube dir, dass es wehtut.«

Dann bückte sie sich unter dem Dauerreden der Tante

nach dem Verbandsknäuel und wickelte es auf; sie machte eine kleine Rolle daraus und stellte sie auf den Nachtschrank. Schließlich kehrte sie in die Küche zurück, räumte die Tasche aus, wobei sie die Uhr im Auge behielt, die Uhr über der Tür.

Die Post kam zweimal am Tag, vormittags gegen halb elf und nachmittags gegen drei. Kurz vor halb elf öffnete sie das Wohnzimmerfenster und schaute hinaus, und wenn sie den Briefträger sah, der von der Potsdamer her die Straße hochkam, rannte sie die Treppe hinab, das heißt, sie lief bis zum letzten Absatz und ging dann langsam, auf dem letzten Treppenstück trödelte sie. Ohnehin war sie meistens zu früh. Während der Briefträger die Sendungen auf die Kästen verteilte, schlenderte sie zur Tür und blickte wie jemand, der Besuch erwartet, die Straße auf und ab. Und erst, wenn er weitergegangen war, trat sie ins Treppenhaus zurück und öffnete den Kasten.

Aber der Brief, auf den sie hoffte, kam nicht, es kamen überhaupt keine Briefe, nur diese Werbezettel. Und dann (als sie schon nicht mehr damit rechnete) kam er doch.

4

Es war Tante Lies, die ihrer Nichte die Arbeit im Blumenladen vermittelt hatte.

»Ich hab dir doch von Lenski erzählt«, sagte sie.

Das Geschäft lag in der Potsdamer Straße und gehörte dem jüngeren Bruder von Lenski, dem ehemaligen Partner ihres geschiedenen und bei Kriegsende aus dem Betonloch verschwundenen Manns. Louis hieß er, der jüngere Lenski, Louis Lenski. Als er kurz nach der Währungsreform mit dem Blumenhandel anfing, hatte er seinen Namen in Lenz abgeändert und überall in der Potsdamer und den umliegenden Straßen Zettel mit dem Spruch *Der Lenz ist da* verteilen lassen, als Logo diente ihm eine zur Faust geballte Hand, die einen Blumenstrauß hielt. Mittlerweile besaß er nicht nur das Geschäft in der Potsdamer, sondern noch eine Reihe anderer, die über die Bezirke der Stadt verteilt waren, das heißt, über die westlichen, eine regelrechte Blumenladenkette war es, die er aufgebaut hatte und die noch immer das Logo mit der Blumenfaust und dem Spruch im Firmenschild führte; Spruch und Faust standen auf dem Schild über dem Ladeneingang, aber auch auf den Türen der Lieferwagen, die zwischen der Großmarkthalle und den Läden hin- und herfuhren.

Wenn eine der Verkäuferinnen krank wurde, kam Lenski, der jetzt Lenz hieß, zur Kurfürstenstraße und fragte, ob Lisa einspringen könne. Er hielt mit seinem Auto, einem französischen Fabrikat mit aufklappbarem, aber meistens geschlossenem Verdeck, vor der Tür, kam die Treppe herauf und klingelte. Er war um einiges jünger als Tante Lies, was nichts daran änderte, dass aus der Art ihres Umgangs eine große Vertrautheit sprach, die mich heute glauben lässt, dass sie ein Verhältnis miteinander gehabt hatten, früher, vor unserem Auftauchen, aber sicher bin ich mir nicht. Sein Haar war von einem schmutzigen Dunkelblond und mit Wasser oder Brillantine nach hinten gekämmt, die Haut grobporig und von einer ungesund grauen Färbung. Er stand kurz nach Mitternacht auf und fuhr zur Großmarkthalle, um seine Einkäufe zu tätigen, so dass er, wenn er morgens zu uns kam, meistens schon einen halben Arbeitstag hinter sich hatte. Seine Augen waren gerötet, und es kam vor, dass er nach Alkohol roch.

Nach dem Krieg hatte er (so die Erzählung der Tante) tagsüber mit einem Blumenkarren an der Straßenecke gestanden, und nachts war er mit einem Arm voller Rosen durch die Kneipen gezogen. Wie sie das sagte, klang es mal verächtlich (armer Schlucker), mal anerkennend (so hat er sich hochgearbeitet), je nach dem, wie sie gerade auf ihn zu sprechen war. Immer aber schwang etwas mit, das wie eine Warnung klang, als sei es bei seinem Aufstieg nicht mit rechten Dingen zugegangen.

»Na«, sagte er, wenn Lisa öffnete, »haste Zeit?« Und wenn sie ja sagte und es eilig war, weil der Laden ohne sie nicht öffnen konnte, antwortete er:

»Dann komma.«

Worauf sie der Tante Bescheid gab, den Mantel von der

Garderobe nahm und hinter ihm her die Treppe hinabsprang.

Im Cinema Paris, an dem sie auf ihren Ausflügen vorbeikam, lief *Außer Atem* und im Zoo-Palast *La Dolce Vita*, am liebsten aber ging sie in das Sportpalast-Kino, das nur ein paar Gehminuten von der Wohnung der Tante entfernt lag, und als sie an diesem Abend aus der Vorstellung kam, sah sie Lenz, der, umringt von ein paar jungen Burschen, neben einer Telefonzelle stand und rauchte. Er schaute zu ihr hinüber und winkte.

»Wie war et?«, fragte er, als er herankam, und hielt ihr die Hand hin. »War et jut?«

»Na ja.«

Sie war einem Irrtum aufgesessen. Sie hatte einen englischen Film gesehen, *Der Komödiant*, und auf Grund des Titels einen fröhlichen Film erwartet, etwas Lustiges, sie ging nur in lustige Filme, da sie seit einiger Zeit nur noch lustige Geschichten hören und sehen mochte, und war dann in dieses schwermütige Drama mit Laurence Olivier als Frauenheld geraten, der in seiner egomanischen Verblendung gar nicht merkte, wie seine Familie auseinanderbrach. Sie hatte in der Dunkelheit des Kinos gesessen und, ohne es zu wollen, die Eskapaden des Komödianten mit denen des Begabten verglichen. Nein, so war er nicht, aber zweifellos gab es Züge, die sie gemeinsam hatten.

»Hallo«, sagte Lenz und schnipste mit den Fingern. »Hallo!«

Und erst da merkte sie, dass er etwas gefragt hatte.

»Wie wär's denn?«

»Wie wäre was?«

»Hamse Lust mitzukommen? Uffen Bier?«

Es war kurz nach zehn, warm. Von der Bülowstraße her war das Knattern von Motorrädern zu hören, die auf die Potsdamer einbogen. Die Burschen, die mit Lenz zusammengestanden hatten, schauten herüber. Einer hielt die Telefonzelle auf …

»Na? Ich bring Sie auch nach Hause.«

Er siezte sie, anders als im Laden oder bei der Tante sagte er *Sie*, das fiel ihr auf. Und da es ihr blöd erschien, sich zu zieren, sagte sie:

»Ja, können wir.«

Es war kurz nach Mitternacht, als sie in die Kurfürstenstraße zurückkam. Sie stieg zum zweiten Stock hoch und schloss die Tür auf, vorsichtig, um niemanden zu wecken. Der schlechte Schlaf der Tante, die Hitze, der Arm. Ein Dielenknacken, und Lies saß aufrecht im Bett. Überhaupt der Schlaf, die Dunkelheit, die Tante schlief nur bei Licht, immer brannte eine kleine Lampe, die Lisa anfangs, wenn sie es bemerkte, gelöscht hatte, nun aber, da sie den Grund kannte, brennen ließ. Die Tante gab es nicht zu, aber sie fürchtete sich vor der Dunkelheit, sie machte ihr Angst, im Dunkeln glaubte sie zu ersticken, natürlich, sie war ja verschüttet gewesen, das ganze Haus hatte auf ihr gelegen, fünf Stockwerke.

Sie schlich auf Zehenspitzen durch den Flur ins Wohnzimmer, kniete sich, ohne Licht zu machen, auf den Boden neben den Jungen, der auf den zusammengerückten Sesseln lag und schlief oder so tat, als schliefe er. Sie schaute ihn an und atmete tief durch, stand wieder auf, klappte ihre Couch hoch und nahm das Bettzeug heraus.

An diesem Abend lag sie lange wach. Sie zwang sich die Augen zu schließen, aber sie öffneten sich wie von selbst, so dass sie die über die Decke huschenden Lichter sah, die Scheinwerfer der unten vorbeifahrenden Autos. Wenn einen Block weiter die U-Bahn in den Schacht eintauchte, lief ein Zittern durchs Haus, und eine Weile lang war ein Sirren zu hören, das man tagsüber nicht wahrnahm und das wohl von den Gläsern kam, die im Schrank kaum merklich aneinandergestoßen wurden. Nachts hörte man es.

Der Brief kam mit der zweiten Post und lag am Abend, als sie aus dem Geschäft zurückkehrte, im Kasten. Dass es der war, auf den sie gewartet hatte, sah sie sofort: die blaue Tinte, die steilen, sich nach rechts neigenden Buchstaben, die gleiche Schrift wie in den Briefen, mit denen er sie hergelockt hatte. Sie brauchte gar nicht erst auf den Absender zu schauen.

Na also, dachte sie, siegesgewiss. Und merkte, wie die Panik, die sich in der Wartezeit in ihr angesammelt hatte, von ihr abfiel. Sie öffnete den Brief nicht gleich, sondern nahm ihn mit nach oben, um ihn in Ruhe zu lesen. In der einen Hand hielt sie die Blumen, die sie aus dem Geschäft mitgebracht hatte (sie durften die Sträuße vom Vortag mit nach Hause nehmen), in der anderen den Brief, und so stieg sie langsam die Treppe hoch, öffnete die Tür, legte den Brief auf das Garderobenschränkchen und schaute ins Schlafzimmer. Die Tante schlief. Der Junge trat in die Wohnzimmertür.

»Na du«, sagte sie, »halt mal«, reichte ihm die Blumen, ging in die Küche und ließ Wasser in eine Vase laufen, nahm ihm die Blumen wieder ab, stellte sie in das Gefäß, und erst danach, als das erledigt war, ging sie zurück in den Flur, griff nach dem Brief und riss ihn auf.

Aber es war nicht der Brief, mit dem sie gerechnet hatte. Zwar schrieb er, es tue ihm leid, dass er erst jetzt Gelegenheit finde, sich bei ihr zu melden, aber – sie verstehe – die ihn bis zur Erschöpfung fordernde Arbeit, und kam dann gleich auf den Grund seines Schreibens zu sprechen: Cleveland, der näher rückende Reisetermin, die Notwendigkeit, sich um ein Visum zu kümmern. Stand irgendwo, dass er sie vermisse? Ja, das schon, aber kein Wort darüber hinaus, was wohl hieß, dass die Situation, die sie zum Auszug bewogen hatte, anhielt. Ja, offensichtlich ging er selbstverständlich davon aus, dass sie die Reise zu dritt machten: seine als Schülerinnen ausgegebenen Geliebten und er. Der Junge fand keine Erwähnung. Sie las den Brief ein zweites und drittes Mal. War da etwas zwischen den Zeilen versteckt? Nein. Sie sprang auf, lief in den Flur, kam zurück, lief wieder in den Flur, und am Abend, als ich mich hingelegt hatte, setzte sie sich in die Küche und schrieb ebenfalls einen Brief, einen langen Brief, der, da sie das meiste wieder wegstrich, immer kürzer wurde, bis am Ende nicht mehr da stand, als dass sie ihm eine gute Reise wünsche.

Die Erinnerung zeigt sie am Tisch. Die Türen sind auf, so dass ich sie von meinem Sesselbett aus sehen kann. Die Lampe ist herabgezogen und wirft ein weißes Licht aufs Papier, dessen Widerschein ihr Gesicht hell und durchsichtig macht, ihre Hand hält den Füller, meinen Füller. (Da sie ihren nicht fand, hatte sie gefragt, ob sie meinen nehmen dürfe.) Ich sehe, dass sie ihn immer wieder absetzt und schüttelt, schließlich legt sie ihn hin, kommt ins Wohnzimmer und stöbert herum.

»Lieber«, flüstert sie. »Bist du wach?«

Und als ich ja sage, fährt sie fort: »Die Tinte. Hast du Tinte in deiner Mappe? Wo ist sie? Steht sie im Flur?«

Im Halblicht, das von der Küche hereinfällt, sehe ich, dass ihr Gesicht schweißnass ist.

»Ja«, sage ich und will aufstehen, aber sie schiebt mich zurück und geht selbst in den Flur. Und am Ende knüllt sie das Papier zusammen und wirft es auf den Boden. Kein Brief mehr, nichts, auch nicht der als Fluch gedachte Reisewunsch.

5

Das Trümmerfeld war, wie sich beim Näherkommen zeigte, eine vom Krieg in die Stadtlandschaft geschlagene Brache, aus der hier und da die von Unkraut überwucherten Reste eines Bahngeländes hervorschauten. Nach Gleisdreieck zu befanden sich im Halbkreis gebaute und bis auf ein paar Mauern niedergebrannte Schuppen und Lagerhäuser; neben einem aus gelben Klinkern gemauerten Schornstein lag, halb zugewachsen, der abgefallene Ausleger eines Wasserkrans; die Drehscheibe, auf der die Loks in die Fahrtrichtung gestellt wurden, war abgesunken und hing seltsam schräg über der Grube, in die sie eingepasst gewesen war; ein verrostetes, aber noch immer wie ein erhobener Finger himmelwärts weisendes Vorsignal ... dieses Terrain also, alles da, und doch dachte ich erst bei einem Rundgang in den Neunzigern daran, dass es sich um das Gelände des Potsdamer Güterbahnhofs gehandelt haben könnte, und noch später – erst bei der Zusammenschrift – fielen mir Wernicke und Krollmann ein, ja, es war der Ort, an dem ihre Unterkunft gelegen hatte, der Schuppen, in dem sie sich vor der Unglücksfahrt lang gemacht hatten.

»Auf die Wiese«, sagte die Tante, wenn ich mich auf den Weg machte.

»Gehste auf die Wiese?«

Das klang freundlich, weniger gefährlich, fast erinnerte es an die Bleiche, das Grasstück vorm Haus in Altenplathow. Meistens hielt ich mich bei dem seiner Türen und Fenster verlustig gegangenen Klinkerbau auf, dessen eine Seite den Kindern als Kletterwand diente. Die Bombensplitter hatten faustgroße Löcher in die Mauer geschlagen, in die man die Zehen setzen und sich mit den Fingern anklammern konnte, um sich nach oben zu ziehen.

Ich gehörte nicht zu den Kletterern, schaute ihnen aber voller Bewunderung zu. Erst wenn sie das Feld geräumt hatten und ich allein war (es also niemanden mehr gab, der Zeuge meines Scheiterns werden konnte), wagte ich mich selbst in die Wand, kam aber nie über die erste Fensterreihe hinaus. Nachdem ich die ersten Meter geschafft hatte, ging es nicht weiter… ich hing an den Fingerspitzen in der Wand und suchte mit den Füßen nach einer Kerbe, in die ich meine Zehen stellen konnte, fand aber nichts und sprang wieder ab. Die Knie schmerzten, die Finger. Ich stolperte noch eine Weile herum und machte mich dann auf den Heimweg, und als ich an diesem Tag die Dennewitz überquerte, hörte ich einen leisen Pfiff und drehte mich um. Es war Bruno. Ich erkannte ihn nicht gleich, sondern erst, als er sich aus dem Hausschatten löste. Ja, er war es, er trug seine schwarze Eisenbahneruniform und die abgegriffene Ledertasche mit der Trinkflasche, die an der Seite hervorschaute.

»Na«, sagte er, als er herankam, »haste mich nich jesehn?«

»Mann, Bruno, wo kommst du'n her?«

»Vonner Arbeit.«

»Wie? Biste nich in Jenthin?
»Doch, bin ick. Aber hier bin ick ooch.«

Und nun erfuhr ich, was ich schon gewusst, aber wieder vergessen hatte: dass er sowohl da als auch hier eingesetzt wurde, drei Wochen in Genthin und drei auf einem der zur Reichsbahn gehörenden Westbahnhöfe. Nun hatte er Feierabend und war unterwegs zu seiner am Tempelhofer Ufer gelegenen Unterkunft.

»Und da hab ich gedacht, kuckste bei Tante Lies vorbei.«

Richtig, sie war ja auch seine Tante. Er hatte bei ihr geklingelt und gehört, dass Lisa, zu der er eigentlich wollte, unterwegs sei, noch nicht zurück von der Arbeit, und als er nach mir fragte, hatte sie ihm erzählt, ich triebe mich draußen herum, auf der Wiese vielleicht.

Inzwischen waren wir in der Kurfürstenstraße. Aus der offenen Tür des Souterrainladens, in dem ich manchmal Schrippen holte, in dem es aber auch Milch und Käse gab, drang ein säuerlicher Geruch. In der beginnenden Dunkelheit leuchteten die mit roter und weißer Kreide aufs Trottoir gezogenen Linien der Himmel-und-Hölle-Felder, und als wir zum Haus mit dem Kohlestaubkreis vor der Tür kamen, gingen wir nicht etwa hinein, sondern daran vorbei. Ohne dass wir uns abgesprochen hätten, gingen wir weiter.

Noch vor zwei, drei Jahren gab es schräg gegenüber, auf der anderen Straßenseite, eine Kneipe, die durch die Jahrzehnte unverändert geblieben war. Bei einem meiner

Rundgänge in den Neunzigern kam ich daran vorbei, und als ich eintrat, stellte ich fest, dass es noch genauso aussah wie im ersten Sechzigerjahr, als ich mit Bruno dort gesessen hatte. Auf der Theke stand der weiße Mampe-Elefant und im Durchgang zum Klo hing der graue Kasten des Sparvereins mit den Münzschlitzen, auch die Möblierung schien dieselbe zu sein: einfache Holztische, quadratisch, für vier Personen. Nur die drei an der Wand links vom Eingang waren weiß gedeckt… wegen einer am Abend geplanten Geburtstagsfeier, erzählte die Wirtin; an der anderen Wand (fast traut man sich nicht, es zu sagen) stand die zu den Fünfzigern gehörende und in den Neunzigern zum Kultobjekt mutierte Wurlitzer. Ich schaute mich irritiert um. Ja, hier war es, wo wir gesessen hatten.

Es war noch nicht dunkel, als wir eintraten, aber auch nicht mehr hell, dämmerig, also wird es uns ans Fenster gezogen haben. Wir setzten uns gegenüber, und als die Bedienung kam, gab Bruno die Bestellung auf.

»Zweimal Schaschlik«, sagte er, »und…« mit Blick auf mich, »Coca?« Ich nickte. »Also Coca.«

Täuscht die Erinnerung? Nein, ich achtete genau darauf: Er hatte keine Fahne, als er mich in der Dennewitz abgepasst hatte, und er trank auch jetzt nicht, er bestellte kein Bier, keinen Schnaps, sondern Kaffee, nicht nur eine Tasse, sondern ein ganzes Kännchen, und als es leer war, ein zweites. Und noch etwas: Wir saßen am Fenster, jetzt bin ich mir sicher, denn jetzt fällt mir ein, dass er immer wieder hinausschaute, und als er merkte, dass ich ihn beobachte, sagte er, wie zur Entschuldigung:

»Kann ja sein, dass Lisa vorbeigeht.«

… will nicht sagen, dass mich nicht interessiert hätte, wer mein Vater war. Natürlich tat es das. Aber lange hatte ich mich mit der Auskunft zufriedengegeben, er sei tot. Warum sollte ich daran zweifeln? Ich sah ja lauter Jungen, die ohne Väter aufwuchsen. Die waren gefallen, in Gefangenschaft oder vermisst, die Jungen lebten bei ihren Müttern oder den Großeltern. Der Krieg… das reichte als Erklärung. Ja, er war im Krieg geblieben. So einfach war das. Wobei das gar nicht gesagt zu werden brauchte. Das Beispiel der anderen Jungen, dazu ein paar in Richtung Krieg zielende Bemerkungen, und schon war die Sache klar: Tot oder in der Gefangenschaft oder im Kriegsdurcheinander verlorengegangen.

Dass die Jungen, an die ich dachte, im Krieg oder kurz danach geboren worden waren, stellte für mich kein Problem dar. Gut, ich war jünger als sie. Gleichwohl machte es mich nicht stutzig. Es brachte mich nicht zum Nachdenken. Aber es fing an, es begann damals. Hin und wieder fragte ich Lisa, ob es nicht wenigstens ein Foto von ihm gäbe. Oder warum wir denselben Namen hätten wie ihre Eltern und nicht den meines Vaters. Wie war der überhaupt? Ja, es fing an, mein Interesse erwachte.

War das der Grund, warum sie erschrak, als ich ihr von Bruno erzählte? Warum sie so genau wissen wollte, worüber wir gesprochen hatten. Und warum er seine Hände neben meine gelegt hatte.

»Warum hat er das getan?«

»Bloß so«, erwiderte ich, »um zu gucken.«

Und was er dann gesagt habe. Dass seine natürlich größer seien, schwieliger.

»Sonst nichts?«

»Sonst nichts.«

Dass sich das Händevergleichen ergeben hatte, weil meine Finger so wehtaten, dass sie nur mit Mühe das Glas zu halten imstande waren, sagte ich nicht. Andernfalls hätte ich ihr auch sagen müssen, warum, und wenn sie den Grund erfahren hätte, wäre es aus gewesen mit dem Trümmerfeld. Sie hätte mir untersagt, dort zu spielen. Da es mir nicht gelang, die Finger zu krümmen, hielt ich das Glas zwischen den Ballen beider Hände. Als Bruno das sah, hatte er sich vorgebeugt und gesagt:

»Zeig mal!«

Ich hatte die Hände flach auf den Tisch gelegt.

»Tut das weh?«

Und als er seine daneben legte, hatte ich es gesehen und gedacht, dass sie gut zu meinen passten – größer, schwieliger, klar, aber sonst durchaus...vergleichbar? Unsinn, ihr Ebenbild, dieselbe Handform, dieselben Finger, dieselben eher langen als breiten Nägel... Bruno wusste es, Lisa wusste es, und jetzt wusste ich es auch.

… aber wir behielten es für uns. Das war das Verrückte. Es folgte nichts daraus. Wir wussten es und wussten, dass der andere es auch wusste, taten aber, als wüssten wir es nicht… und gingen danach auch nicht anders miteinander um. Bruno blieb Bruno, und Lisa Lisa und ich der Junge mit dem gefallenen, vermissten oder irgendwie unter die Räder geratenen, jedenfalls abhandengekommenen Vater.

Und dennoch glaube ich, dass sie an diesem Abend kurz davor war, mir alles zu erzählen. Dass sie dabei war, ihre Scham (oder was immer sie am Erzählen hinderte) abzulegen. Sie forschte mit ihren Augen in meinem Gesicht, als wollte sie herausfinden, was ich dachte oder ob nicht die Möglichkeit bestünde, dass Bruno mir etwas mitgeteilt hatte, dem sie widersprechen oder das von ihr ergänzt oder gerade gerückt werden müsste.

Ich weiß noch… das zur Straße hin gelegene Zimmer, das offene Fenster, von der Potsdamer her das Brausen der Autos, die Stehlampe mit dem gelben, aus einem Elefantenhaut genannten Material gefertigten Schirm, der Sessel, auf dem sie mir gegenübersaß, oder besser: die Sesselkante, sie war ganz nach vorn gerutscht, ihre Augen, die in meinen zu lesen versuchten. Plötzlich setzte sie sich zurück und schnappte nach Luft, und als ich sie gerade den Mund öffnen sah, kam aus dem hinteren Zimmer die Stimme der Tante.

»Lisa!«, rief sie, »Lisa!«

Woraufhin sie den Mund wieder zuklappte, aufstand und hinausging, und als sie nach einer Minute zurückkam, war der Moment, in dem die Wahrheit herausgewollt hatte, vorbeigegangen. Sie hatte sich wieder eingekapselt und wartete auf die nächste Gelegenheit.

»Warum ist er nicht mit hochgekommen?«, fragte sie leichthin und trat ans Fenster, um den Vorhang zu schließen.

»Bruno? Weiß nicht.«

*

Alles blieb so, notierte ich mir, als ich in den Neunzigern in der Kneipe saß, in die Bruno mich mitgenommen hatte.

Das Heft, das ich benutzte, gibt es noch. Ich habe es wie alle vollgeschriebenen Notizhefte aufgehoben. Es war mir unmöglich, mich davon zu trennen. Da ich alles darin eintrug, was mir auffiel oder mich in irgendeiner Weise beschäftigte, wäre mir die Trennung davon wie die Vernichtung meiner Vergangenheit vorgekommen. Oder eines Teils davon. Also legte ich es in den Schreibtisch, aus dem es nach einer Weile in eine Kiste zu den anderen vollgeschriebenen Heften wanderte.

Obwohl ich es im Lauf der Jahre mit den verschiedensten Heftsorten versucht habe, bin ich am Ende immer wieder zu der einen zurückgekehrt. Ich sagte mir: Leiste dir doch mal was Besseres, etwas in Leder oder wenigstens in eine gute Pappe Gebundenes, aber wenn ich es tat, scheute ich davor zurück, es zu benutzen, und so ließ ich es bald. Auf diese Weise habe ich es zu einer Sammlung schön anzusehender Notizbücher gebracht, in denen nicht mehr steht als ein paar nichtssagende Zeilen.

Auch Yps (fällt mir dabei ein) pflegte mir von den Kunstmessen, die sie besuchte, Notiz- oder Malbücher mitzubringen, kleine Kostbarkeiten aus bestem Papier mit Lesebändchen und Halbleineneinband, die ich ihr zuliebe eine Weile auf dem Schreibtisch liegen ließ und dann wieder durch meine billigen Allerweltsdinger ersetzte, die kleinen, überall erhältlichen Vokabelhefte, die in jede Hosentasche passten. Auf dem Umschlag gab es einen weißen Kasten für den Namen oder den Heftinhalt, in den ich nie etwas hineinschrieb, mit der einen Ausnahme: auf das Heft mit den Bruno-Notizen habe ich seinen Namen gesetzt.

Es ist das Bruno-Heft.

Alles blieb so … obwohl ich mir jetzt einbilde, dass es doch eine Veränderung gab, wenn auch keine äußerlich sichtbare, keine, die sich beschreiben oder an einem bestimmten Ereignis festmachen ließe. Weder kam es zu Verabredungen zwischen uns, noch zu einem Versuch, meinen Status zu ändern, weder von seiner Seite noch von Lisas. Auch dass er uns jetzt öfter besuchte, lässt sich nicht sagen. Oder dass er bei den wenigen Malen, die ich ihn noch sah, ein anderes Verhalten an den Tag gelegt hätte … nichts, alles blieb so.

Und doch war etwas anders. Aber was? Etwas kehrte zwischen uns ein, das ich in Ermangelung eines besseren Ausdrucks eine größere Vorsicht oder Weichheit nennen möchte, eine größere Aufmerksamkeit füreinander. Oder eine vorher nicht gekannte Sorge. Ich dachte an ihn nicht als an meinen Vater, aber als an jemanden, um den ich mich sorgte.

Hätte ich gebetet, wozu ich nie angehalten worden war ... Lisas Vater, der Lehrer, war bekennender Atheist oder Agnostiker, wie er sich wohl selbst bezeichnet hätte, der seine Ungläubigkeit auf seine Tochter übertragen hatte, die nun ihrerseits den Glauben nicht in Gott, sondern in der Musik suchte und mich, da ich mich als unmusikalisch erwies, mit Glaubensfragen nicht weiter behelligte ... hätte ich also gebetet, wäre er in mein Gebet eingeschlossen gewesen. Er brauchte, wie ich meinte, Schutz, von je weiter oben, desto besser.

Er kam, wenn er kam, nach dem Dienst, immer unangemeldet, immer in Uniform, immer mit seiner Aktentasche, umweht von der frischen Luft, die in seinen Kleidern steckte, im Herbst und Winter auch vom Rußgeruch, den er auf der Straße oder dem Bahnhof eingesammelt hatte. Er klingelte, Lisa öffnete. Sie gingen durch den Flur, Lisa vorweg, Bruno hinterher, an der Tür zu Tante Lies' Zimmer, die meistens offen stand, blieb er stehen und wechselte ein paar Worte mit der Kranken, sein heiserer Brummbass, ihre nölende Stimme, ihr Klagen, dann gingen sie weiter, Lisa und er, und setzten sich ins Wohnzimmer. Ich hörte sie von der Küche aus, stopfte meine Sachen in die Mappe, schob den Stuhl unter den Tisch und lief ebenfalls ins Wohnzimmer.

Nichts von dem, was geredet wurde, ist mir in Erinnerung geblieben, nur diese paar Bilder: das Herumsitzen im gelben Stehlampenlicht, und wie ich, wenn er aufstand, jedes Mal fragte, ob ich ihn bis zur Ecke bringen dürfe. Ja, durfte ich. Und stieg dann hinter ihm her die Treppe hinab. Bis zur Dennewitz blieben wir zusammen, dort schickte er mich zurück. Ich lief ein paar Meter in die Kurfürstenstraße hinein, und wenn ich mich umdrehte, sah ich, wie er durchs Trümmerfeld zum Gleisdreieck hinüberstapfte.

Gespräche? Wie gesagt, keine Erinnerung... dabei weiß ich, dass er Nachrichten mitbrachte. Auf Lisas Rat hin war er in das Haus an der Bleiche gezogen, hatte es aber auf Anweisung des Wohnungsamts wieder räumen müssen. Wenn er wusste, dass er für den Dienst in Westberlin eingeteilt war, ging er nach Altenplathow hinaus und schaute nach, ob sich etwas am Haus oder auf dem Grundstück verändert hatte. Es waren neue Leute eingezogen, Leute, die er nicht kannte, Leute mit einem kleinen Kind, vor der Tür stand ein Kinderwagen. Eine Weile noch hingen die alten Gardinen am Fenster, inzwischen waren sie ausgetauscht worden. Das Hoftor, das immer geschlossen sein musste, stand meistens offen. Zwischen Birnbaum und Schuppenwand war eine Wäscheleine gespannt worden. Die Vorgartenblumen waren schon im Juli vertrocknet. Derlei Nachrichten.

Alle acht Wochen, schätze ich, in diesem Abstand kam er in die Kurfürstenstraße, das war es, was sein Dienstplan erlaubte. Wenn wir also sagen, dass er zum ersten Mal im August sechzig auftauchte und nach dem August einundsechzig nicht mehr (mit dem Mauerbau endete sein Einsatz in Westberlin), können es nicht mehr als sechs Besuche gewesen sein, die er uns abstattete und bei denen ich ihn zu Gesicht bekam.

6

In den Wochen, in denen ich mich mit dem Ablauf des Unglücks zu beschäftigen begann, habe ich öfter das Bruno-Heft hervorgeholt und die Notizen gelesen, die ich über ihn angefertigt hatte. War es nicht möglich, dachte ich, dass er in der Unglücksnacht für den Dienst eingeteilt war? Fand sich irgendwo, und sei es nur in einem Nebensatz, ein Hinweis darauf? Oder umgekehrt: Gab es in den Unglücksakten einen Hinweis auf ihn? Bis mir einfiel: Was für ein Unsinn... er war viel zu jung gewesen.

Im Dezember neununddreißig ging er noch in Staßfurt zur Schule, und zwar in die vorletzte Gymnasialklasse, die Unterprima; er hatte die besten Noten, aber ein Vierteljahr danach verließ er die Schule (wie seine Cousine es auch getan hatte) und meldete sich, gerade siebzehn geworden, zur Wehrmacht. Warum? Weil er der Nazipropaganda glaubte und sich zur Beförderung des großdeutschen Siegs berufen fühlte?

Nein, aus dem wenigen, mit dem Lisa und Lies herausrückten (widerwillig, mühsam nach Formulierungen suchend, die dem Kind die Sache verständlich machten, ohne zu viel von der Erwachsenenwelt zu verraten), geht etwas anderes hervor: ein Streit, ja, es muss eine große Auseinandersetzung mit Lene gegeben haben, Lisas Staßfurter Tante, bei der Bruno aufwuchs.

Jetzt hörte ich zum ersten Mal, wie es zu der seltsamen Stellung kam, die er in der Familie hatte. Er war als Säugling von Lene angenommen und im Alter von zwei, drei Jahren adoptiert worden. Er war nicht ihr leiblicher Sohn – vielleicht (dachte ich) eine Erklärung dafür, warum er bei den Familientreffen immer ein wenig abseits gestanden hatte. Nach Lisas und Lies' Aussage hatte er, nun herangewachsen, seinen Adoptiveltern den Vorwurf gemacht, dass sie ihn aus seiner Ursprungsfamilie geholt und bei sich aufgezogen hatten.

»Verstehst du?«, sagte Tante Lies. »Das kommt öfter vor.«

»Was?«

»Dass angenommene Kinder, älter geworden, nicht etwa dankbar sind, sondern sich gegen ihre Wohltäter wenden, denn das sind ihre Adoptiveltern ja.«

Dann aber drehte sich die Geschichte noch einmal, ja, sie nahm eine Wendung von hundertachtzig Grad, und wieder war es Lies, die den Satz lieferte, der mir als Nachhall im Gedächtnis blieb. Ich kam aus der Schule, warf meine Mappe in den Flur und guckte in ihr Zimmer, um zu sehen, ob ihr etwas fehlte. Das gehörte zu meinen Aufgaben: ein Auge darauf zu haben, dass sie mit allem Nötigen versorgt war, und wenn nicht, Abhilfe zu schaffen. Ich schmierte ihr Brote, setzte Wasser auf, brachte ihr die Zeitung. Denn ohne dass wir es richtig gemerkt hatten, war aus der lebensfrohen, dann etwas missmutigen und zunehmend übellaunigen Tante eine Bettlägerige geworden, die nur zu den Mahlzeiten aufstand, sonst aber in ihrem Zimmer lag und sich bedienen ließ.

»Brauchst du was?«

»Ja«, sagte sie, »ja.«

Und befahl mich mit einem Wink der gesunden Hand an ihr Bett.

»Das mit Bruno«, begann sie. »Warum er von der Schule ab ist und zu den Soldaten... hast du mich das gefragt?«

Ja, hatte ich, und sie hatte darauf geantwortet, aber nun fing sie noch mal davon an und nun war es (als hätte sie vergessen, was sie beim ersten Mal erzählt hatte) eine ganz andere Geschichte, die zum Vorschein kam: dass Bruno den Streit nicht begonnen hatte, weil er ein angenommenes Kind war, sondern weil er als solches ausgegeben wurde, während er tatsächlich Lenes leibliches Kind war; sie war seine Mutter, tat aber vor anderen, als wäre er ein Heimkind, das sie in ihrer Güte bei sich aufgenommen hatte, gegen sie richtete sich seine Wut, während Oskar, Lenes Mann, sein tatsächlicher Stiefvater, davon ausgenommen war. Ihn traf, da er erst zu einer Zeit in die Familie gekommen war, als es Bruno schon gab, keine Schuld an dem, was er Lenes Betrug nannte und was Tante Lies mir mit diesem Wort weitergab.

Als fürchtete sie, belauscht zu werden, sprach sie leise, so dass ich mich vorbeugen musste, um alles mitzubekommen. Nicht dass ich es in allen Einzelheiten verstanden hätte, das nicht, aber mir war klar, dass es Erwachsenenwissen war, das Lies mir zutrug, und dass ich gut daran tat, es für mich zu behalten, weil es andernfalls darauf hinausliefe, dass das Verwirrende durch Rücknahme und Gegenerzählung noch mehr verwirrt würde. Denn dass Lisa die Version ihrer Tante stehen ließ, war nicht vorstellbar, sie würde, dachte ich, auf der ersten Geschichte beharren, die mehr oder weniger Bruno die Schuld an dem Streit gab, seiner Empfindlichkeit. Deshalb sagte ich, als sie am Abend nach Hause kam und fragte, ob etwas gewesen wäre, nö, nüscht, allet wie immer, während sich schon das Wort von Lenes Betrug in mir festsetzte. Ja, Lene, die unverheiratet war, als sie mit Bruno schwanger wurde, hatte ihn betrogen, und der Rest der Familie, der in die Täuschung eingeweiht war, ebenso.

Im Übrigen verblasste das Bild des Säufers, das ich von ihm hatte. Mit jedem seiner Besuche in der Kurfürstenstraße trat es mehr in den Hintergrund. Obwohl er nur die Hand auszustrecken brauchte, um an den Kirschlikör zu kommen, den Tante Lies in der Vitrine aufbewahrte, widerstand er der Versuchung. Entweder hielt er sich zurück (was einem wirklichen Säufer nicht gelungen wäre) oder er hatte sich in den Monaten, die wir ihn nicht sahen, das Saufen abgewöhnt. Zwischen unserer Abreise und seinem Auftauchen in der Kurfürstenstraße lag ein Dreivierteljahr, Zeit genug für eine Entziehungskur. Ja, es sieht aus, als hätte er mit seinem ersten Besuch bei uns gewartet, bis er trocken war. Erst dann hatte er es gewagt, sich uns zu präsentieren.

Es war also so: Bruno in Eisenbahneruniform auf dem aus dem Flur geholten Stuhl, vorgebeugt, die Unterarme auf den Oberschenkeln, Lisa im Sessel ihm gegenüber, im Sommer barfuß, im Winter mit mehreren übereinandergezogenen Wollsocken, die Beine übereinandergeschlagen, an der Wand rechts von ihnen der Schrank mit der dunkelgrünen, hinter der Glastür gut sichtbaren Likörflasche und oben auf dem Schrank der graue Kasten mit Lisas Geige, die sie seit Monaten, wenn nicht schon seit einem ganzen Jahr nicht mehr angerührt hatte.

Was nachzutragen ist: Dass ich nie die letzte Gewissheit erhielt, so dass ich nicht sicher sein konnte, ob die Bruno-Geschichte nicht vielleicht nur auf einer der vielen von Tante Lies in die Welt gesetzten Vermutungen beruhte.

Und was ich mich damals schon fragte: Kam er unseretwegen? Oder besuchte er eigentlich sie, die Tante, und setzte sich bloß zu uns, weil sie zu malade war, um am Besuchtwerden Gefallen zu finden? Nein, er kam unseretwegen. Wegen Lisa. Und ein bisschen auch wegen mir. Ja, sie war es, die ihn in die Kurfürstenstraße zog. Daran gibt es keinen Zweifel.

Und das andere, was ich nicht mehr weiß: Lenski. Ist er ihm begegnet, dem jüngeren Lenski, der jetzt Lenz hieß und der Lisa ebenfalls besuchen kam, und zwar mit einer solchen Regelmäßigkeit, dass bald eine gewisse Gewöhnung eintrat?

Anfangs kam er nur am Samstagabend. Er klingelte, Lisa ging öffnen und verschwand dann im Bad.

Sein Verhältnis zu Tante Lies hatte sich eingetrübt, weshalb er nicht mehr, wie früher, in ihr Zimmer trat, um mit ihr zu plaudern, sondern daran vorbeiging und im Flur wartete, geduldig, fast demütig, bis Lisa, nun geschminkt und auf roten oder schwarzen Pumps, wieder herauskam. Meistens ließ er einen Pfiff ertönen, den sie mit einem Knicks quittierte. Danach nahm sie ihre Handtasche, und sie liefen die Treppe hinab.

Wenn ich das Türknallen hörte, lehnte ich mich aus dem Wohnzimmerfenster und sah, wie sie aus dem Haus kamen, sie voran, er hinterdrein, auf halbem Weg zum Auto überholte er sie, öffnete die Tür, sie stieg ein, und nachdem er um das Auto herumgegangen und ebenfalls eingestiegen war, fuhren sie davon.

Irgendwann kam er auch in der Woche, und nicht mehr nur, um sie zur Arbeit abzuholen, sondern auch so, ohne Anlass. Sie setzten sich ins Wohnzimmer, und ein endloses Parlieren hob an, das als Gemurmel durch die geschlossenen Türen an mein Ohr drang. Oder er kam, um sie zum Eisessen auszuführen. Oder um sie auf eine seiner Touren mitzunehmen, nach Gatow etwa, zu einem der Bauern, von denen er sein Obst bezog, das es nun neben den Blumen in seinen Läden gab, Erdbeeren im Sommer, Äpfel im Herbst. Dabei ließ sich an den geschäftlichen Teil ein Spaziergang anschließen, der sie durch die Rieselfelder führte oder ein Stück an der Havel entlang.

Bei dieser Gelegenheit trug er nicht seinen Sonntagsanzug, in dem man ihn an den Wochenenden zu sehen bekam, sondern eine graugrüne Cordhose und, je nach Jahreszeit und Wetter, ein kariertes oder grünes Hemd und eine Lederjacke. Und wieder nach einiger Zeit hielt er sich so selbstverständlich in Tante Lies' Wohnung auf, dass es nicht mehr seine Anwesenheit war, die auffiel, sondern seine Abwesenheit.

»Wo ist denn Lui«, fragte ich, wenn ich ihn eine Weile nicht gesehen hatte.

Ja, ich duzte ihn. »Hör uff mit diesem ›Herr Lenz‹«, hatte er gesagt, »ick bin Lui.«

Und mir gegen die Schulter geboxt, dass ich durchs halbe Zimmer flog. Ja, Lui ohne s, das S gab es nur geschrieben, dann mit einem zusätzlichen O.

Er war da, ging weg und kam wieder, ohne dass ich die Klingel läuten hörte, was wohl hieß, dass Lisa ihm einen Schlüssel gegeben hatte. Nur über Nacht blieb er nicht. Wie hätte das auch gehen sollen? Ich mittlerweile auf einer tagsüber hinter der Couch versteckten Matratze, Lisa auf der ausgeklappten Couch und auf der anderen Flurseite Tante Lies. Und er? Für ihn war kein Platz, tagsüber nicht und nachts erst recht nicht.

Und das war wohl der Grund, warum sie auf die Idee kamen, zusammenzuziehen. Oder besser: sie, Lisa. Von ihr hing es ab. Sie traf die Entscheidungen, die wichtigen. Er hätte es längst gewollt. Er lag ihr damit in den Ohren, während sie ihn auf Abstand hielt und dann immer mehr nachgab.

Der Begabte, dem sie unter anderen Bedingungen überallhin gefolgt wäre, auch nach Cleveland/Ohio, war aus ihrem Leben verschwunden; Bruno, den sie zu keiner Zeit für ein Zusammenleben in Erwägung gezogen hatte, saß hinter der Mauer fest; und der Gedanke an eine Rückkehr in ihr Haus an der Bleiche, mit dem sie eine Weile gespielt hatte, war nach dem Mauerbau obsolet geworden. Also Berlin, nun musste es angegangen werden, das neue Leben, aber die dafür nötige Kraft war mit dem Warten und Hinhalten, in das sie sich geschickt hatte, aufgebraucht worden.

So ungefähr legte ich es mir zurecht, wenn ich später über ihr Leben nachdachte. Zu Weidenkopf, der bei unserem Treffen in der Eisdiele nach ihr gefragt hatte, sagte ich freilich etwas anderes. Ihm gegenüber blieb ich bei der einfachen Version: Ja, eine mittelprächtige Ehe mit einem tüchtigen, wenn auch ein wenig zu alten Mann.

Was ich nicht erwähnte, war: Große Wohnung, zuerst in Wilmersdorf, dann, da die Blumenladenkette mehr Geld abwarf als erwartet, ein mit Weinlaub bewachsenes Haus in der Westendallee (derselben, in der später auch Yps und Lennart wohnten), Urlaub meistens in Italien, anfangs mit mir, später, als ich mich dem als Zwang empfundenen Familienleben zu entziehen begann, allein, das heißt, zu zweit, sie immer zerbrechlicher und durchscheinender, er breit berlinernd und immer mehr aus dem Leim gehend; Theater: so gut wie gar nicht; Konzertbesuche von ihr hin und wieder, in den letzten Jahren häufiger, Abo in der Philharmonie, aber keine Versuche mehr, selbst zu spielen, in der Wilmersdorfer Wohnung, dann auch im Westendhaus lag der Geigenkasten, wie schon bei Tante Lies, in ihrem Zimmer oben auf dem Schrank, das war sein Platz und blieb es. Ob es zu einem Wiedersehen mit dem Begabten kam, weiß ich nicht. Und wenn, dann bei der Gelegenheit eines seiner Konzerte, sie im Block F, Reihe 4, in der sich ihr Platz befand, er, ohne etwas von ihrer Anwesenheit zu ahnen, unten auf der Bühne. Es sei denn, sie hätte ihm eine Nachricht in die Garderobe legen lassen, was ich bei der Zurückhaltung, der sie sich befleißigte, für unwahrscheinlich halte.

Bei meinen seltener werdenden Besuchen saß sie auf der zum Waldfriedhof hin gelegenen Terrasse und lauschte auf das Rumpeln der S-Bahn, deren tiefer gelegte Trasse ein Stück hinterm Garten vorbeiführte. Meine Bemühungen, etwas über ihre Beziehung zu Bruno bzw. über ihn selbst zu erfahren, blockte sie ab, indem sie genervt ausrief: »Was gibt es da schon zu sagen? Tante Lenes Adoptivsohn eben.« Und wenn ich einwandte: »Tante Lies sagt etwas anderes«, erwiderte sie, ohne dass mir der Sinn dieser Worte aufging: »Na ja, die drei waren sich ja noch nie grün.« Die drei Schwestern meinte sie: Frieda, Lisas Mutter, sowie Luise und Magdalene, ihre Tanten. Aber warum sie sich nicht grün gewesen sein sollten, blieb im Dunkel. Als ich offen zu fragen begann, waren sie schon tot. Zuerst war Lene gestorben, dann Frieda, zuletzt Luise, genannt Lies, so dass ich keine von ihnen als Zeugin anrufen konnte und nur Lies' Schilderung des Sommers achtundvierzig hatte.

Unser Auszug lag ein paar Jahre zurück. Aus Genthin war die Nachricht gekommen, dass Bruno, der (früheren Mitteilungen zufolge) wieder zu saufen begonnen hatte, an einem Blinddarmdurchbruch gestorben sei, und ich spürte den Wunsch, über ihn zu reden. Ich war gerade fünfzehn geworden und fuhr mit dem Bus zum Lützowplatz, ging dann die Kurfürstenstraße hinauf, stieg die Treppe hoch und klingelte. Tante Lies öffnete, und wir setzten uns ins vordere Zimmer. Ihr Armstumpf hatte sich beruhigt, die Entzündungen waren abgeklungen, sie trug wieder ihre Prothese, die schwarze Lederhand schaute unterm Ärmel hervor.

»Willst du einen Tee?«, fragte sie.

Und stand, als ich nickte, nicht etwa auf, um ihn zu machen, sondern wartete, bis ich es tat. Ich ging, wie früher, in die Küche und setzte Wasser auf. »Oben links«, hörte ich sie rufen, als ich herumhantierte, »im Schrank, oben links, stehen auch Kekse.«

Es war so: Den Sommer achtundvierzig verbrachte Lisa, wie schon als Kind manchmal, die Ferien bei Tante Lene in Staßfurt. Aber in diesem Sommer war sie kein Kind mehr, sondern eine junge Frau von fünfundzwanzig, die eben vom Kaufhaus Magnus ins neugegründete Arbeitsamt gewechselt war.

Bruno hatte den Krieg ohne sichtbare Verletzungen überlebt und war nach Staßfurt zurückgekehrt, weit entfernt davon, sich mit seiner Mutter auszusöhnen. Anstatt wieder in sein altes Zimmer zu ziehen, hatte er sich mit Oskars Wissen in der Laube eingerichtet, die, nahe der Bode, in einer Schrebergartenkolonie lag. Dort hauste er, auch den Winter über. Ob er zu dieser Zeit schon bei der Bahn war und warum er überhaupt dort hinging, anstatt die Schule abzuschließen, wusste Lies nicht.

Die beiden, Lisa und er, hatten sich seit dem Kriegswinter dreiundvierzig, als sie noch bei Magnus war und er einmal auf der Durchreise durch Genthin kam, nicht gesehen. Es handelte sich um einen außerplanmäßigen Halt, den der Zug einlegte. Als es hieß, der Aufenthalt würde mindestens eine halbe Stunde dauern, war er ausgestiegen, zu dem nur ein paar Minuten vom Bahnhof entfernt liegenden Kaufhaus gegangen und hatte Lisa tatsächlich angetroffen. Sie hatten auf der Treppe gesessen, die zum ersten Stock hochführt, und miteinander getuschelt, und als es Zeit war für Bruno, wieder zum Bahnhof zu gehen, hatte sie ihn begleitet und dem Zug nachgewinkt.

Von Oskar hörte sie, wo Bruno zu finden sei, und besuchte ihn (wie Lene an ihre Schwester Frieda und Frieda an Lies schrieb) fast täglich. Der Krieg war noch gegenwärtig: in den Zerstörungen, den Ängsten, dem Mangel, der Schande, der Scham. Aber, nun ja, es war, meinte Lies, ein schöner Sommer mit warmen Nächten, einer Unmenge von Obst an den Bäumen, Kirschen, Mirabellen, Äpfeln, dicken Birnen, im Glasballon reifte der mit Hefe angesetzte Johannisbeerwein, von der Bode her war abends das Konzert der Frösche zu hören, die Mücken stachen wie verrückt. Nach ein paar Tagen zog Lisa ganz in die Laube ein, das heißt, sie nahm ihren Koffer mit, so dass sie zum Umkleiden nicht mehr in die Lene-Wohnung zurückgehen musste. Ohne dass sie sagen konnten, woher es genau kam und wer der Spieler war, drangen jeden Abend aus einer der Lauben die langgezogenen Klänge eines Akkordeons. In der mit Steinen umlegten Stelle im rückwärtigen Teil des Gartens flackerte nachts ein kleines Feuer. Und ein paar Wochen nach ihrer Rückkehr beichtete Lisa ihrer Mutter, dass sie schwanger sei.

Ich weiß nicht mehr, wann es anfing oder ob es nicht vielleicht schon immer zu ihr gehört und ich es bloß nicht bemerkt hatte: das Verschämte. In dem zur Zeit meines letzten Besuchs bei ihr angelegten Heft ist das Wort dick unterstrichen. Das Verschämte. Fast wie bei einem jungen Mädchen, dem es recht gewesen wäre, unbeachtet zu bleiben oder, wenn das nicht möglich war, es also schon bemerkt worden war, ohne viel Aufhebens wieder zu verschwinden, einfach durch die Kunst des Unsichtbarwerdens. Gab es nicht einen Zaubertrick, der so funktionierte? Durch Farbangleichung? Die Elefantennummer. Das in voller Größe auf der Bühne stehende Tier, das durch einen Farbwechsel des Bühnenhintergrunds für das Publikum zum Verschwinden gebracht wurde? Es stand noch da, war aber, weil der Raum rundum dieselbe Farbe hatte, nicht mehr zu sehen.

Ich lebte schon in Italien und war nur ab und zu in Berlin, ein-, zweimal im Jahr. Der Zug rollte durch die noch nicht verschwundene DDR, ich schaute zum Fenster hinaus und dachte über den Besuch bei ihr nach. Seit über zehn Jahren wohnten sie in der Westendallee. Der immer mehr Fett ansetzende Lui schlief auf einem Bett im Souterrain (in dem sich auch die Buchhaltung seines kleinen

Blumenladen-Imperiums befand), und sie lebte in den Stockwerken darüber, er hatte ihr quasi das Haus überlassen, alle acht Räume. Die Möbel, die fast ausschließlich aus den Charlottenburger und Wilmersdorfer Antiquitätenläden stammten, hatte er über die Jahre zusammengekauft, anfangs in Abstimmung mit ihr, dann allein, so dass den Räumen etwas Museales anhaftete oder sie selbst wie ein Antiquitätenladen aussahen.

Er hatte es für sie getan, keine Frage. Sie war das Kostbare in seinem Leben, sie sollte es gut haben und von schönen Dingen umgeben sein. Nur dass sie keinen dieser Räume nutzte oder nur einen, den achten, der mit dem Fenster zum Garten hin lag, zur S-Bahn, zum Waldfriedhof; selbst die Terrasse fand nur Verwendung, wenn Besuch kam, und Besuch bedeutete (als Luis Kumpel wegblieben, weil es ihnen zu langweilig wurde) Tante Lies oder ich, und irgendwann nur noch ich.

Nein, denke ich jetzt, das Verschämte fing erst später an, ein paar Jahre nach ihrer Heirat, als eine gewisse Sicherheit einkehrte und sich die Abläufe zu wiederholen begannen, als sich Tag an Tag reihte und jeder das Abbild des vorigen war. Fiel ihr da Cleveland ein? Der Begabte? Oder Bruno? Die Geige schlief in ihrem schwarzen Kasten auf dem Schrank, und sie saß im kleinsten der acht Zimmer und wartete darauf, dass ihre trockner werdende Haut die Farbe der Tapete annahm.

*

Wann war das? In den späten Achtzigern? Ypsilon und Lennart, die ebenfalls in diese Straße gehören, wohnten noch nicht da, sie zogen erst in den Neunzigern dorthin, nach ihrem Umzug nach Berlin.

In gewisser Weise könnte man sagen, dass Lisa es war, die uns zusammenbrachte. Auf Luis Nachricht hin, dass es ihr schlechtgehe, war ich früher als geplant nach Berlin gekommen, schon im Frühherbst, anstatt, wie ursprünglich gedacht, im Winter. Ich hatte den Nachmittag über an ihrem Bett gesessen und gefunden, dass es keineswegs so schlecht um sie stand, wie Lui behauptet hatte, im Gegenteil, sie schien lebendiger und wacher zu sein als bei meinem letzten Besuch. Sie schob das Kissen zurecht, setzte sich auf und sagte:

»Du musst hier nicht 'rumsitzen. Mach was. Geh raus.«

Als ich durch den Vorgarten auf die Straße trat, sah ich einen Wagen, der vor der Einfahrt des Nachbarhauses hielt. Der Fahrer starrte, die Hände am Steuer, durch die Frontscheibe, während seine Beifahrerin ausstieg und zum Tor ging, ich sah sie von der Seite ... eine junge Frau, sie beugte sich vor und versuchte den Schlüssel ins Schloss zu schieben, aber entweder war sie zu ungeduldig oder zu ungeschickt, denn der Schlüssel rutschte ab oder verkantete sich, jedenfalls bekam sie ihn nicht hinein und schimpfte laut vor sich hin, dann, endlich, schaffte sie es, drückte das Tor auf, und als sie sich umdrehte, sah ich sie auch von vorn: ein hübsches Gesicht, das so perfekt geschminkt war, dass mir das Wort »geschäftsmäßig« einfiel, ja, ein Geschäftsfrauengesicht, mit einer gehörigen

Portion Blasiertheit. Aus irgendeinem Grund nickte ich ihr zu, und sie nickte zurück.

Am selben Abend sah ich sie wieder... in der um die Ecke des Deutschen Theaters gelegenen Niederlassung einer westdeutschen Zeitung, die ihren Einzug in das neue Verlagsgebäude feierte. Unter der Post, die ich in meiner kleinen Friedenauer Wohnung fand, hatte eine Einladung gelegen. Die Gäste drängelten sich auf drei Stockwerken, in jedem gab es ein Büfett, überall wurde Musik gespielt. Die Kanzlerin, die wie aus dem Nichts aufgetaucht war, sprach ein paar Worte in ein Mikrophon, das ihr gereicht wurde, stand eine Weile mit freundlichem Gesicht herum und verschwand wieder, so unauffällig, wie sie gekommen war. Und als ich mein Glas nachfüllte, sah ich auf der anderen Tischseite die junge Frau, die beinahe an ihrem Gartentor gescheitert wäre. Als wir aufschauten, trafen sich unsere Blicke. Sie erkannte mich und lächelte.

»Ah, wir kennen uns.«

»Nicht wirklich.«

Worauf sie, gefolgt von dem Mann, der am Steuer des Autos gesessen hatte, um den Tisch herumkam und sich neben mich stellte. Wir gaben uns die Hand. Und nun erfuhr ich, dass sie vor einem Vierteljahr das Haus neben Lui und Lisa gekauft hatten und eben eingezogen waren. Sie hatten vorher in Köln gewohnt, aber in Düsseldorf gearbeitet. Er war Arzt, Internist, und auf eine Chefarztstelle an der Charité berufen worden, und sie kümmerte sich, wie ich im Laufe des Abends herausfand, für ein

Pharmaunternehmen um den Ankauf von Kunst, ein rein mäzenatischer Akt offenbar, denn die Bilder und Plastiken, um die es sich zumeist handelte, wurden nicht etwa ausgestellt, sondern verschwanden gleich darauf im Dunkel wohl temperierter Lagerhallen, aus dem sie erst wieder ans Licht kamen, wenn sie alle paar Jahre mal für eine Schau im Verwaltungsgebäude des Konzerns hervorgeholt wurden. Sie sprach mit einer Mischung aus Stolz und Verachtung über ihre Arbeit. Lieber wären sie (auch das erfuhr ich) nach Kreuzberg gezogen, hatten sich aber der Kinder wegen für das sichere Westend entschieden.

Am nächsten Morgen fuhr ich nach Italien zurück, und eine Woche danach kam sie ebenfalls. Da sie erzählte, dass sie in Rom zu tun habe, hatte ich ihr meine Telefonnummer gegeben, ohne damit zu rechnen, dass sie Gebrauch davon machen würde. Sie wollte zwei Tage bleiben, so lange, wie sie für den Besuch in den Ateliers eines nahe der Piazza Bologna gelegenen deutschen Kulturinstituts brauchte, aber da ich ihr einen Ausflug nach Fiumicino vorschlug, wurden es drei, und da sie am Abend des dritten Lust auf die Besichtigung einer etruskischen Nekropole hatte, wurden es vier, und da wir kein Auto gemietet hatten, sondern mit dem Zug nach Cerveteri gefahren waren, den letzten Zug aber verpassten, also in der Stadt übernachten mussten, wurden es fünf.

Wieder in Rom, brachte ich sie in ihr Hotel an der Via Nomentana. Da sie ihren Mann anrufen wollte, um ihm zu erklären, warum sich ihre Rückkehr verzögerte, ging ich in den kleinen Garten, der sich an die Rezeption anschloss, und setzte mich auf eine Bank. Sie stieg zu ihrem Zimmer hoch. Nach einer Viertelstunde kam sie zurück. Sie hatte sich frisch gemacht und neue Kleider angezogen.

»Weißt du es denn noch nicht?«, fragte sie, als sie sich neben mich setzte.

»Was?«

Sie schaute mich an.

»Ach je«, sagte sie dann, nahm meinen Arm, »ach je.« Und seufzte.

Sie hatte Lennart erzählt, sie habe auf einen Künstler warten müssen, der erst am Vortag von einer Reise zurückgekehrt sei. Deshalb komme sie später zurück. Sie war gefasst darauf, dass er ärgerlich reagierte, aber das tat er nicht, sondern fragte stattdessen, ob sie sich an ihren neuen Bekannten erinnere, den Mann, dessen Mutter nebenan wohne. Den aus Rom. Ja, das tat sie. Nun, diese Frau ... wie heiße sie ... Lenz sei in der Nacht gestorben. Er habe es am Morgen gehört.

Und als ich mich auf den Heimweg machte, ich wartete gerade an der Porta Pia auf ein Taxi, kam auch der Anruf von Lui.

»Ich habe dir doch gesagt, dass sie schwer krank ist«, schluchzte er, »ich hab es dir doch gesagt.«

Das Klopfen in den Ohren, die ganze Fahrt über dieses flache, mal an-, mal abschwellende Klopfen. Als ich in der Via Celimontana ausstieg, um die letzten Meter zu Fuß zu gehen, hielt es noch an, immer war dieses Klopfen da, auch als ich die Treppe hochstieg, die Tür aufschloss und ans Fenster trat. Und auf einmal wusste ich, was es war.

Es war das Klopfen, mit dem sie im Haus an der Bleiche das Geigenspiel einzuleiten pflegte. Der Notenständer stand neben dem Fenster. Sie nahm die Geige aus dem Kasten und hielt sie, samt Bogen, in der Linken, während sie mit dem Mittelfinger der Rechten gegen das Fensterkreuz klopfte, die Augen geschlossen. Eine Weile glaubte ich, das Klopfen hülfe ihr, den Rhythmus zu finden. Doch als ich das einmal sagte, lachte sie: Welchen Rhythmus? Nein, nein, das habe keine Bedeutung. Es sei ihr nicht mal bewusst.

*

Damals war meine Rückkehr nach Berlin längst beschlossene Sache, weshalb man nicht sagen kann, Yps sei der Grund dafür gewesen, höchstens, dass sie durch sie beschleunigt wurde.

In Rom trug sie noch ihren sich französisch spreizenden Namen, Yvonne, den sie erst einbüßte, als sie mir Briefe und E-Mails zu schicken begann, die sämtlich mit Y unterschrieben waren, als sei ihr der eigene Name peinlich. Liebe Ypsilon erwiderte ich. Oder: Liebe Yps. Oder: Liebes Y. Ja, so kam sie zu ihrem Buchstabennamen und nicht durch die Annahme, ihr Mann ließe sich durch die Namensverschlankung vom Verdacht ihrer Untreue ablenken.

Richtig aber bleibt ihre Überzeugung, dass ihn das Wissen darum umbringen würde. Daran hielt sie fest. Und erzählte, als sie mein zweifelndes Gesicht sah, eine

Geschichte, die sich noch in Köln ereignet hatte, oder in der ländlichen Vorstadt, in der sie wohnten.

Damals hatte er sie im Verdacht gehabt, ein Techtelmechtel mit einem seiner Kollegen angefangen zu haben, und war nach einer nächtlichen Auseinandersetzung aus dem Haus gerannt. Er blieb stundenlang weg. Im Morgengrauen machte sie sich auf den Weg, ihn zu suchen, und fand ihn, Kilometer vom Haus entfernt, auf den Schienen des Vorortzugs. Er saß mit dem Rücken zur Richtung, aus der der Zug kommen würde, der Arbeiterzug, der ab fünf nach Köln hineinpendelte. Nur mit Mühe und unter Anrufung der damals noch kleinen Kinder, erzählte Yps, sei es ihr gelungen, ihn zum Aufgeben zu überreden. Er hatte sich erhoben und war hinter ihr her über das Feld nach Hause getrottet.

Damals hatte er noch kein Gift im Haus. Inzwischen hatte sich das geändert. Er hatte nicht nur Gift, sondern auch eine Waffe, eine Pistole, beides gut verwahrt im Schreibtisch. Und völlig legal, sagte Yps, er sei ja Arzt.

4. Aus den Notizheften

Abends
Vom Schlafzimmerfenster aus eine Krähe beobachtet, die zwischen den vom Wind aus dem Walnussbaum geschüttelten Nüssen im Hof herumstolzierte: wie sie den Kopf schräg hielt und die Nuss mit dem Schnabel traktierte, bis unter der grünen Hülle das hellbraun Hölzrige zum Vorschein kam. Wenn die Schale geschlossen war, nahm sie die Frucht in den Schnabel, flog mit ein paar Flügelschlägen auf und ließ sie aus einer Höhe von drei, vier Metern aufs Pflaster fallen. Danach erneute Inspektion. War die Schale geplatzt, pickte sie den Kern heraus und wendete sich der nächsten Nuss zu, wenn nicht, wiederholte sie die Prozedur. So ging es, bis das Quietschen des Hoftors ertönte. Sie arbeitete weiter, behielt die Durchfahrt aber im Auge und flog beim Heranrollen des Autos hinüber zur Mauer, hockte sich hin und kam, als der Fahrer ins Haus ging, zurück und machte weiter. Nun mit veränderter Taktik: Sie suchte nicht mehr den Hof ab, sondern nur noch die Spur, die das Auto durch den Hof gezogen hatte, dort suchte sie nach Nüssen, die beim Überfahren aufgeplatzt waren.

Am Nachmittag dann Yps... bringt aus London, wo sie am Wochenende mit Lennart war, einen Artikel mit, den sie aus der Times ausgerissen hat. Er handelt von einem Unfall, der sich vor ein paar Wochen in der Nähe der Kensington Station ereignet hat. Obwohl groß genug, um auch bei uns Erwähnung zu finden, habe ich nirgends eine Zeile darüber gelesen. Zwei Vorortzüge sind frontal zusammengestoßen. Ein Sanitäter, der als einer der ersten am Unfallort eintraf, erzählte, der Anblick der ineinander verkeilten Züge sei das Schrecklichste gewesen, was er jemals gesehen habe, aber beinahe noch schlimmer sei etwas anderes gewesen: das Klingeln, Scharren, Musizieren der Handys. Es schien, als hätten alle, die unter dem Trümmerberg lagen, ein Handy dabei und als würden sie unentwegt angerufen. Sie waren tot oder verletzt, aber ihre Handys waren unversehrt geblieben und stießen diese Jubelrufe aus. Wie nach einer siegreich geschlagenen Schlacht.

Yps... wollte sie aus der Unglückserzählung heraushalten und merke nun, dass sie und Lennart längst Teil davon sind.

....

Nachts
Am frühen Abend beim Zusammentragen der Sachen für Düsseldorf, als Yps anruft und fragt, ob sie vorbeikommen kann. Klar. Halbe Stunde später klingelt sie, erschöpft von einer Sitzung, an der sie teilnehmen musste. Setzen uns mit Baguette, das ich zufällig im Haus hatte, Tomaten und Mozzarella auf den Balkon. Auf der Spree

dicht hintereinander drei, vier Ausflugsschiffe, aus den Lautsprechern das Gejohle, die Idiotenmusik, so geht es von April bis Oktober; die Ausflügler haben die früher üblichen Lastkähne so vollständig abgelöst, dass nur noch alle halbe Jahre mal ein mit Kohle, Sand oder Kies beladenes Schiff vorbeikommt. Auf der anderen Tischseite Yps in ihrer Kluft: grauer Anzug, weiße Bluse, roter Seidenschal; ihr locker ins Gesicht fallendes Blondhaar, das in den durchs Laub dringenden Sonnenstrahlen noch heller erscheint, und plötzlich, zwischen zwei Schlucken Wein, die Frage, die ich zuerst falsch verstehe... ob sie, wenn ich unterwegs sei, herkommen dürfe. Hierher? Sie nickt. Wenn ich nicht da bin? Ja. Warum? Nur so. Um (kriege ich dann heraus) in der Abgeschiedenheit meiner Wohnung eine halbe Stunde still auf einem Stuhl zu sitzen, kleine Verschnaufpause, bevor es den Heimweg anzutreten heiße... scheint mir ein nachvollziehbarer Wunsch, weiß ja um das Aufreibende ihrer Arbeit und den sie zu Hause gleich erwartenden Stress: der von seinem Klinikalltag ausgelaugte Mann, die halbwüchsigen, zwischen Anhänglichkeit und Aufmüpfigkeit schwankenden Kinder... ja, denke ich, klar, ruh dich aus, bis ich das Zucken um ihre Mundwinkel sehe, den leisen Spott in ihren kaum merklich zusammengekniffenen Augen.

»Ich meine, wenn es dir recht ist.«

Nein, ist es mir nicht, überlege einen Moment, stehe dann auf, gehe hinaus und komme mit einem Schlüssel zurück, den sie, ohne hinzuschauen, in die Handtasche steckt.

Nachtrag beim Wiederlesen
Mit der Schlüsselübergabe (vor einem Dreivierteljahr?) war der bis heute gültige Pakt geschlossen. Seit dieser Stunde verfügt sie über einen Schlüssel, den sie so dezent einsetzt, dass ich bei meiner Rückkehr nie mit Sicherheit weiß, ob sie ihn zu dem ihr unterstellten Zweck benutzt oder tatsächlich bloß auf einem Stuhl gesessen und aufs Wasser geschaut hat... nirgends ein stehen gebliebenes Weinglas, ein über die Stuhllehne geworfenes Handtuch, kein fremder Geruch am Kopfkissen, das Bett aufs Akkurateste gemacht... nur an der Post sehe ich, dass sie da war. Gewöhnlich fällt sie durch den Briefschlitz in den Flur, wo sie bis zu meiner Rückkehr liegen bleibt. Nun aber befindet sie sich jedes Mal, zu ordentlichen Stapeln zusammengelegt, auf dem Küchentisch.

....

Nachts
Noch im Schlafanzug, als ich das Rumsen des Lautsprechers höre und es mir auf der Stelle einfällt: der Halbmarathon, richtig, drüben am Schloss, gleich wird es losgehen, ohne uns, obwohl wir doch mitlaufen wollten, Lennart jedenfalls, seit Jahren träumt er vom Berlinmarathon. In Köln oder in jenem Kölner Vorort schaute er ihn sich im Fernsehen an, zu gern wäre er dabei gewesen, einmal wenigstens, aber es ergab sich nicht, nun aber, da sie hier wohnen und er vorm Schloss gestartet wird, für Berliner Verhältnisse gleich um die Ecke, nicht nur für mich,

sondern auch für die Westendbewohner, jetzt sollte es sein.

»Aber es ist nicht der richtige«, sagte ich, »nur der halbe.«

Doch das stört ihn nicht, er nimmt ihn als Vorbereitung auf den richtigen, an dem er im nächsten Jahr teilnehmen will. In diesem Jahr geht es nicht, wir haben die Anmeldefrist versäumt, das heißt, ich. Durch die vielen Reisen sind mir die Termine durcheinandergeraten. Im nächsten Jahr soll uns das nicht mehr passieren, das heißt, ihm. Erfüllt von der Begeisterung der Neuhergezogenen über die Vielfalt der sich bietenden Möglichkeiten, will er sich selbst darum kümmern.

Yps sieht unsere Annäherung (die natürlich durch Lui zustande kam) mit gemischten Gefühlen. Er gab den neuen Nachbarn Tipps für die Bepflanzung des Gartens und sorgte durch seine Beziehungen dafür, dass der Sandboden, auf dem nichts wächst, durch Muttererde ausgetauscht wurde. Als ich Lui ein paar Wochen nach meiner Rückkehr besuchen kam, stand Lennart vorm Haus und winkte, während Yps, die ebenfalls draußen war, rasch um die Ecke verschwand.

»Herr Vandersee«, rief er.

Ich trat heran. Wir wechselten ein paar Worte. Beide hatten wir Schmerzen im Rücken, das viele Sitzen, die Wirbelsäule, beide wussten wir, was dagegen zu tun war.

»Ich laufe«, sagte ich.

»Sie joggen? Wo?«

»Im Schlosspark.«

»Da fahre ich jeden Tag dran vorbei.«

Und fragte dann, ob er sich anschließen dürfe. Wie hätte ich das verhindern sollen?

Als ich hinkomme, haben die Läufer schon Aufstellung genommen, Schulter an Schulter, so viele, dass sie den Fahrdamm von der Orangerie bis weit in die Otto-Suhr-Allee hinein von der einen bis zur anderen Seite ausfüllen. Ihre Rückennummern flattern. Der Parkplatz, auf dem Yps ihren Wagen abzustellen pflegt, ist geschlossen, weiße Versorgungszelte stehen da, die Planen sind zurückgeschlagen, so dass man die Liegen sehen kann, alle frisch bezogen; auf den unteren Baumästen sitzen Kinder und schauen zu den Läufern hinüber, unten warten ihre Väter darauf, dass sie herunterfallen, sie recken die Arme hoch, um sie aufzufangen; auf den Trottoirs, die so breit sind, dass eine ganze Schulklasse darauf Platz hätte, nebeneinander meine ich, ist ein einziges Geschiebe und Gewoge. Dann, nach dem obligatorischen Herunterleiern der Sponsorennamen, der Schuss aus der Starterpistole, woraufhin sich die Menge in Bewegung setzt und den Damm hinaufwälzt.

Stehe noch eine Weile rum, gehe dann zurück. Und als ich wieder über die Brücke komme, ein jäher Perspektivwechsel, eine Hundertachtziggradwendung... der Zwang plötzlich, das Leben aus einem anderen Blickwinkel zu sehen, nicht aus dem des Lebenden, sondern aus dem des Toten oder besser: des Nichtexistenten / Zu-keiner-Zeit-existiert-Habenden, der auf Grund eines Schöpferversehens die Möglichkeit erhält, wie durch einen Türspalt aus dem Dunklen ins Helle zu blicken, ja, ich sehe mich in einem schwarzen Zimmer und durch einen Türschlitz ins Helle schauen, aus dem Nichts ins Etwas, so ungefähr ... dazu, beim Überqueren der Schlossbrücke, überfallartig die Erkenntnis, dass vor meiner Geburt Millionen von Jahre vergangen sind und nach meinem Tod wieder Millionen von Jahre vergehen werden, so dass die Annahme, das Leben sei der Normalfall, als blanker Unsinn dasteht. Umgekehrt ist es: nicht das Da-, sondern das Nichtsein ist die Regel ... ein strahlender Sonntagvormittag, auf dem Fluss die Ausflugsschiffe, auf den Bänken die buntgekleideten Passagiere, ihr Winken, und inmitten der vielen, mir auf der Brücke entgegenkommenden Leute die Gewissheit, von ihnen getrennt zu sein. Ich schaue ihnen durch den Türspalt beim Leben zu.

Erst kurz vorm Haus verschwindet das Gefühl, es löst sich auf, Luft zu Luft, ich drücke die Klinke herab, steige die Treppe hoch und höre, oben angekommen, das Telefon ... schließe rasch die Tür auf, bin aber zu spät, der Anrufer hatte schon aufgelegt. Im Display eine unbekannte Nummer. Überlege, ob ich zurückrufen sollte, und lasse es dann.

....

Vormittags
Man geht dem Unglück nicht nach. Man folgt ihm nicht durch die Straßen, schickt ihm keine Briefe, telefoniert

nicht hinter ihm her oder fährt in die Stadt, in der es wohnt. Das tut man nicht. Und dann tut man es doch.

Die ersten Sätze mit Kuli, der letzte mit Bleistift, also vermutlich hinzugefügt, als ich mit dem Briefeschreiben und Hinterhertelefonieren schon begonnen hatte.

....

Abends
In der Tasche einer lange nicht getragenen Jacke eine kleine Meldung, die, wie aus dem an den Rand geschriebenen Datum ersichtlich, vom Herbst 1998 stammt, also aus einer Zeit, in der ich zwar schon vom Genthiner Unglück wusste, ihm aber noch nicht nachging.

Sie lautet: »Von den mindestens 852 Menschen, die beim Untergang der ›Estonia‹ ums Leben kamen, wurden nur 95 geborgen. Man geht davon aus, dass sich mindestens noch 500 Tote im Innern des Fährschiffs befinden. Vier Jahre nach dem Unglück weist die Direktorin des Ersta-Krankenhauses in Södermalm darauf hin, dass der Wunsch der Angehörigen, die Toten zu bergen und zu bestatten, umso stärker werde, je weiter das Unglück zurückliege. Hatte sich nach sechs Monaten nur ein Drittel für eine Bergung ausgesprochen, so sind es jetzt, nach vier Jahren, bereits zwei Drittel. Achtzig Prozent derer, die Kinder verloren hatten, wünschten sich deren Bestattung. Für viele Hinterbliebene sei das Unglück eine offene Wunde. Solange sich ihre Angehörigen noch im Schiff befinden, könnten sie das Unglück nicht als abgeschlossen betrachten.«

Je weiter das Unglück zurückliegt? Heißt das, dass mit dem zeitlichen Abstand die Verbundenheit mit den Toten / Vermissten zunimmt?

....

Nachts
Auf dem Rückweg vom Laufen heute berichtet Lennart von einem Mann, der schon in Düsseldorf sein Patient war und es jetzt wieder ist. Er kommt extra angefahren, um sich von ihm behandeln zu lassen. Der Mann wird von vielen Krankheiten geplagt: Der Rücken, die Schulter, die Verdauung, bohrender Kopfschmerz, kribbelnde Füße, Schlaflosigkeit... mal ist es dies, mal das, was ihm Probleme bereitet.

Nichts davon fällt in Lennarts Fachgebiet, er ist ja Internist, aber da er den Mann so lange kennt, sorgt er dafür, dass er zu ihm vorgelassen wird. Er hört ihm zu, nickt, fühlt seinen Puls, legt ihm die Hand auf die Stirn. Dann stellt er ihm ein Rezept aus; der Mann bedankt sich und verabschiedet sich, bis er nach einem Vierteljahr wiederkommt, mit einem anderen Gebrechen diesmal. Im Grunde ist er gesund, und doch glaubt er bei jeder kleinen Störung, es ginge mit ihm zu Ende.

Als er sechzig wurde, erreichte die Furcht, in die ihn seine Beeinträchtigungen versetzten, ein solches Ausmaß, dass er zu der Überzeugung gelangte, es sei besser, über den Zeitpunkt seines Todes Bescheid zu wissen, als weiter in der Ungewissheit zu leben, und so beschloss er, Auskunft bei einem Institut einzuholen, das sich auf die Voraussage des Sterbejahrs spezialisiert hatte. Da es seine Berechnung auf Grundlage der ihm von den Kunden gelieferten Informationen anstellte, wunderte er sich nicht über den Umfang des Fragebogens, der ihm nach ein paar Tagen zugeschickt wurde. Er umfasste nicht weniger als zwölf Seiten, die er sich gründlich durchlas.

Da ihm klar war, dass ungenaue Auskünfte zu einem falschen Ergebnis führen würden, ließ er sich Zeit und trug all die Unterlagen zusammen, die bei der Beantwortung von Nutzen sein könnten: das Familienstammbuch, die Zeugnisse, Policen, Verträge, und nachdem er die Fragen ein zweites und drittes Mal durchgelesen hatte, begann er mit dem Ausfüllen. Zunächst ging es um ihn selbst: Geburtsjahr, Größe, Gewicht; Schul- und Universitätsausbildung, erlernter und ausgeübter Beruf, dann (sofern vorhanden) Anzahl und Geburtsjahr der Geschwister, schließlich Geburts- und Sterbedaten der Eltern, Groß- und Urgroßeltern.

Alles einleuchtend, wie er fand, auch die Fragen nach seinen Lebens-, Ess-, Trink- und Schlafgewohnheiten, nach der Anzahl und Dauer seiner Ehen, nach seinen außerehelichen Beziehungen und seinen sexuellen Vorlieben, nach der Anzahl und dem Alter seiner Kinder und Kindeskinder sowie die nach seinen bevorzugten Urlaubszielen, seinen überstandenen und anhaltenden Krankheiten, ja sogar nach seinen Schuh- und Kleidergrößen. Alles ließ sich so oder so mit der Frage, die ihn umtrieb, in Beziehung setzen.

Das Ausfüllen der Antwortspalten dauerte mehrere Tage. Schließlich setzte er Datum und Unterschrift darunter, steckte alles in einen großen Umschlag und schickte es ab. Endlich, nach einigen Wochen, lag der Brief mit der Berechnung in seinem Kasten und brachte ihm die Gewissheit, dass er erst im dreiundneunzigsten Lebensjahr zu Tode kommen würde, das Sterbedatum lag also weit genug entfernt, um ihm seine Unbeschwertheit zurückzugeben, allein, sie wollte sich nicht mehr einstellen.

Noch dreiunddreißig Jahre, sagte er sich, ein halbes Erwachsenenleben, er könnte sich aus seiner Ehe befreien, eine neue eingehen und noch einmal Kinder zeugen, in eine andere Stadt ziehen, einen anderen Beruf ergreifen. Und war es nicht möglich, dass in den verbleibenden Jahren ein Mittel gefunden wurde, mit dessen Hilfe sich das Sterbedatum noch weiter hinausschieben ließe. Beste Aussichten also. Aber es half nichts, die Unsicherheit blieb und damit die jede Freude, jede Unternehmung grau färbende Furcht.

Mittlerweile waren wir am Schinkelpavillon vorbei, überquerten die Brücke und gingen über den Uferweg zurück. Mehrmals lachte Lennart laut auf, und auf einmal, als ich ihn von der Seite anschaute, dachte ich, dass er von sich erzählt habe. Ja, er war es selbst, von dem er berichtet hatte.

....

Abends
Yps' gelegentlich zum Vorschein kommende Freude am schlüpfrigen Reden ... die Kehrseite ihrer bei der Arbeit an den Tag gelegten Disziplin? Wir sitzen (wie es uns im Sommer zur Gewohnheit geworden ist) auf dem Balkon, sie nimmt einen Schluck aus dem Glas und klärt mich über die roten Dinger auf, die ihr bei der Suche nach einer Zigarette aus der Tasche gefallen sind.

»Was ist das?«, frage ich, als sie sie aufhebt.

Ihre Antwort: »Liebeskugeln oder Love Balls.«

Und will nicht glauben, dass ich sie nicht kenne.

»Wie? Nie gesehen?«

So dass ich mir blöd vorkomme und genauer frage, als ich es sonst tun würde. Ja, erklärt sie, frau (hier stimmt es mal) führe sie in die Vagina ein, wo sie so lange blieben, wie es ihr angenehm sei, eine halbe Stunde, einen halben Tag, je nach dem ... sie selbst habe sie gelegentlich morgens dahin gesteckt und den ganzen Arbeitstag über drin behalten, beim Briefeschreiben ebenso wie bei den stets todlangweiligen Konferenzen, wenn sie die Beine geschlossen hielt und das Becken auf eine bestimmte Weise bewegte, sei dieser warme Strom durch sie hindurch geflossen, der sie daran erinnert habe, dass es noch etwas anderes gebe als die öde Veranstaltung, der sie gerade beiwohnte. Eine Weile sei es so gewesen, dass es keinen Opern-, Theater-, Kinobesuch gegeben habe, keine Verabredung, keine Essenseinladung, ohne dass sie zuvor die

Kugeln an ihre Stelle gebracht habe ... Vorglühen nenne frau das, stets sei ein leichtes, die Männer irritierendes Flirren von ihr ausgegangen, nie sei sie an einem solchen Abend allein nach Hause gekommen.

Nach Hause? Zu ihrem vor Müdigkeit graugesichtigen Mann und den sie mit ihren Ansprüchen nervenden Kindern? Zu mir, meint sie wohl ... in meine praktischerweise quasi auf ihrem Heimweg von Mitte nach Westend liegende, zwar winzige, für ihre Bedürfnisse aber wie geschaffene Wohnung.

....

Abends
Düsseldorf, Neuss, drei Tage, und bei der Rückkehr Lennart ... biege in der beginnenden Dämmerung auf den Uferweg ein und sehe seinen Wagen, dieses Trumm von Auto mit dem wohl als Tribut an seine Frau gedachten Kennzeichen, in dem ihre Initialen beieinanderstehen, YL, und bin mir sofort sicher, dass er gleich aussteigen und mich erschießen wird, um sich danach selbst eine Kugel in den Kopf zu jagen. Yps – lebt sie noch? Aber dann, als er das Fenster runterfahren lässt, sehe ich, dass er den Jogginganzug anhat, und da fällt es mir ein, richtig, wir waren zum Laufen verabredet. Normalerweise nimmt er den Golf, aber der ist zur Inspektion, deshalb ist er mit diesem Panzer gekommen.

»Warte«, sage ich, »ich zieh' mich rasch um«, aber er besteht darauf, mit hochzukommen. Oje, denke ich, als er aussteigt, aber Yps hat die Wohnung so ordentlich hinterlassen, dass nicht das Geringste an sie erinnert. Nur an der Post auf dem Küchentisch sehe ich, dass sie da war.

Als ich, umgezogen, ins Arbeitszimmer komme, steht er vorm Bild der Unglückslok, das am Bücherregal hängt.

»Sieht nicht gut aus«, sagt er. »Wann war das?«

Sage es ihm und nenne die Opferzahlen. Er nickt. Will ihm Carlas Befund zeigen, die Anamnese, kann sie aber in der Eile nicht finden. Außerdem: Es wird immer dunkler. Wir müssen los. Beim Laufen legt er einen ungeheuren Ehrgeiz an den Tag, er kämpft um jeden Meter, ehe er sich geschlagen gibt und mich davonziehen lässt. Die ganze Zeit über das Gefühl, dass er mir etwas sagen will. Ist er misstrauisch geworden? Muss hören, was Yps meint.

....

Nachts
Nein, sie glaubt nicht, dass er Verdacht geschöpft hat. Im Gegenteil. Beim Frühstück habe er gefragt, ob sie sich vorstellen könne, mich zum Essen einzuladen. Wie, sage ich. Zusammen am Tisch sitzen? Mit den Kindern? Kann ich nicht. Bin ich nicht für geschaffen. Viel zu nervös. Keine gute Idee.

Sie kam am Nachmittag, unangemeldet, nach einer früher als gedacht zu Ende gegangenen Konferenz. Normalerweise ruft sie an, aber der Akku ihres Handys war leer (sagte sie), und so ist sie auf gut Glück vorbeigekommen ... wobei ich den Gedanken nicht loswerde, dass es sich um einen Kontrollbesuch handelte. Sie wollte sehen, ob ich allein bin. Manchmal nämlich (alle paar Monate) wird sie von einer heftigen Eifersuchtsattacke heimgesucht, die anfallartig kommt, einen Tag lang in ihrem Herzen wütet, sich durch ihren Magen frisst, durch ihren Kopf bohrt und dann – so schnell, wie sie gekommen ist – wieder verschwindet. Solange sie aber anhält, sieht sie sich von allen hintergangen: ihrem Mann, ihren Kindern, ihren Arbeitskollegen, mir, überall wittert sie Liebesbetrug, Intrige, Verrat.

An diesem sich langsam in die Nacht hineinschiebenden Abend aber tritt die Beruhigung schneller als sonst ein. Anstatt auf der Suche nach einem ihren Verdacht bestätigenden Zeichen durch die Wohnung zu tigern, setzt sie sich nach kurzem Rundgang auf einen Stuhl und nimmt meine Hand, und als ich aufschaue, sehe ich, dass sie zu weinen begonnen hat.

»Was ist?«, frage ich.

Aber sie weiß es nicht. Sie schüttelt den Kopf und hebt dann, wie zur Bestätigung des Kopfschüttelns, noch die Schultern.

»Die Kinder«, sagt sie, beim Gehen auf die Einladung zurückkommend, »sind doch längst aus dem Haus.«

So lange kennen wir uns?

Und: Natürlich müsse ich warten, bis Lennart die Einladung ausspreche. Werde ablehnen, sage ich. Sie ist erleichtert. Aber als er sie dann tatsächlich ausspricht (kurz nach ihrem Weggehen rief er an), ist meine Antwort butterweich. Ja, lass mal sehn. Wenn ich da bin, gern. Oder so. Die Art von Antworten, die man gibt, wenn man sich alle Möglichkeiten offenhalten will.

....

Frühmorgens
Schönes Haus, ähnlich dem von Lui, dasselbe Baujahr, aber ganz anders eingerichtet: weiß, kühl, die Bauhausschule, Yps' Handschrift; im Parterre, in dem wir saßen, sind die Wände, sofern nicht tragend, herausgerissen, so dass von beiden Seiten Licht hereinfällt, sowohl von der Straße als auch vom Garten.

Bei meiner Ankunft ist die Tochter noch da, bleibt auch zum Essen, verabschiedet sich aber (wie vorher angekündigt) nach der Vorspeise: Salat, Baguette. Sie fliegt morgen nach Cleveland, wo sie ein Vierteljahr in der Rock and Roll Hall of Fame arbeiten wird, eine Art Praktikum.

Als ich wissend nicke, besteht sie darauf, dass sie die Stelle selbst gefunden habe und nicht durch Yps' Beziehungen dazu gekommen sei. Sie hat Größe und Haarfarbe ihrer Mutter, nicht aber ihr Aussehen, ihre Gesichtszüge sind gröber, der Mund breiter. Überhaupt ähnelt ihre ganze Erscheinung eher Lennart, der sie beim Essen nicht aus den Augen lässt. Sie umschmeicheln seine Tochter, die mir, wie ich zufällig mitbekomme, misstrauische Blicke zuwirft, als prüfe sie, ob ich in das Beuteschema ihrer Mutter passe. Im Hinausgehen dreht sie sich um und schenkt uns ihr Lächeln. Ja, so sieht es aus. Es ist etwas Huldvolles um sie.

Später am Abend. Nachdem Lennart mich hinausgebracht hat, wende ich mich nach rechts und bleibe, als ich sehe, dass er mir nicht mehr nachschaut, vor Luis Haus stehen. Sein Name (der sich in Lenski zurückverwandelt hat) prangt auf dem Klingelschild. Die auf Lisas Wunsch hin am Zaun gesetzten Buchsbäume sind herangewachsen und bilden eine dichte Hecke. Die Gartentür ist, wie ich beim Herabdrücken der Klinke merke, unverschlossen und lässt beim Zurückschwingen ein Knarren hören. Efeu und Weinlaub haben das Haus so vollständig überwuchert, dass es wie in einen schwarzen Winterpelz gehüllt ist, nur die unteren Fenster sind freigeschnitten, während die oberen, die zu Lisas Räumen gehörten, hinter der Laubwand verschwunden sind. Lui (erkenne ihn trotz Bart, den er sich zugelegt hat) sitzt, die Beine auf einem herangezogenen Hocker, im Sessel und folgt den Spätnachrichten, das Fernsehlicht flackert auf seinem kahlen Schädel. Ich hebe die Hand, um zu klopfen, und lasse sie wieder fallen... hab ihn seit langem nicht gesehen.

Obwohl wir uns gut verstehen, kam es nach Lisas Tod zu einer Verstimmung, nicht weil ich (wie man meinen könnte) die Herausgabe meines Erbteils verlangt hätte, sondern weil ich es nicht getan habe. Nach meiner Rückkehr aus Rom hatte ich nur das Zimmer in Friedenau und wusste nicht, wohin mit den Sachen, die er mir antrug. Aber das verstand er nicht. In seinen Augen sah es aus, als wollte ich sie nicht haben, und darin glaubte er ein Zeichen meiner Gleichgültigkeit zu erkennen, meiner Lieblosigkeit.

»Behalt die Sachen«, sagte ich.

Das tat er, notgedrungen. Eines Tages aber, ich war gerade in die Spreestraßen-Wohnung gezogen, klingelte es, und als ich die Tür öffnete, stand er davor.

»Hier«, sagte er, drückte mir die Geige in die Hand und stieg wieder die Treppe hinab. Nach einer Minute kam er zurück, vorm Bauch einen großen Karton, den er auf den Unterarmen balancierte und der Lisas Papiere enthielt, Zeugnisse, Briefe, Notenhefte, Partituren, Fotos. Letztere aus der Zeit vor ihrem Kennenlernen, die aus der Zeit danach hat er bis auf wenige behalten.

Ein Teil der Sachen liegt – noch in dem Karton, in dem er sie brachte – im Keller, wo sie den Modergeruch des Hauses annehmen werden, des Vorkriegshauskellers, weiß es, kann es aber nicht ändern. Mag sie nicht in der Wohnung haben, schon aus Platzgründen, und gleichzeitig sperrt sich etwas in mir dagegen, sie wegzugeben.

In der Wohnung selbst eigentlich nur die Geige, die (wie bei Lisa) auf dem Schrank liegt, nein, im Schrank, in dem die ganze eine Wand einnehmenden Schlafzimmerschrank. Und die Partituren natürlich, die ich zu Beginn der Zusammenschrift heraufgeholt und, in der Hoffnung, ihr näherzukommen, neben dem Schreibtisch vors Regal gelegt habe. Manchmal, wenn sie da ist, hockt sich

Yps auf den Boden und blättert darin. Heute, als sie gehen will, zeigt sie darauf und sagt, die habe sie auch gehabt.

»Was?«

»Den Kreutzer, dieselbe Ausgabe.«

Und erzählt dann, es sei der Wunsch ihrer Mutter gewesen, dass sie Geige spielen lerne. Aber da sie völlig unbegabt war, sei der Unterricht eine einzige Quälerei gewesen. Erst in der Oberstufe, mit fünfzehn oder sechzehn, durfte sie aufhören, woraufhin sie im Jubel darüber die Noten in den Ofen gesteckt und verbrannt habe.

Was sie nicht bedacht hatte, war, dass ihre Mutter nach denselben Noten unterrichtet worden war und diese als etwas Heiliges ansah, speziell den Kreutzer, er galt ihr als eine Art Tradition stiftendes Erbstück. Dass ihre Tochter es vernichtet hatte, verletzte sie mehr als jede Unbotmäßigkeit es getan hätte. Was sich zuerst wie ein Akt der Befreiung angefühlt hatte, tat Yps nun leid. Sie schämte sich, sie wollte die Sache wiedergutmachen und die Partitur ersetzen, aber es zeigte sich, dass es die Ausgabe, die sie suchte, nicht gab.

Natürlich gab es den Kreutzer, auch mit den Anmerkungen von Carl Flesch, und dennoch war es nicht dasselbe. Die in den Ofen gesteckte Partitur hatte einen roten Einband gehabt, der Einband der jetzt erhältlichen aber war weiß oder gelb, so dass sie, da sich beim Betrachten ein völlig anderes Gefühl einstellte, nicht als Ersatz gelten konnten.

Und nun, nach all den Jahren (und dem Ärger, den sie selbst mit den Kindern wegen des Geigenunterrichts gehabt hatte), sehe sie, die nämliche Ausgabe, die mit den Anmerkungen und dem roten Einband, bei mir herumliegen.

»Magst du sie haben?«

»Ist das dein Ernst?«

»Aber ja.«

Ich lief in die Küche, einen Beutel holen.

»Nimm alles mit«, sagte ich, als ich zurückkam.

Worauf sie sich bückte und den Notenpacken, der dort lag, in den Beutel schob.

....

Abends

Yps überrascht mich. Nicht nur dass sie ohne Hintergedanken gekommen ist und tatsächlich bloß einen Moment auf einem Stuhl sitzen und aufs Wasser schauen möchte, nein, sie will ihr Leben ändern, das Herumvögeln werde ihr lästig, und dann fragt sie so übergangslos nach Lisa, dass es fast eine Beleidigung ist, klärt sich aber rasch auf ... ob sie (fragt Yps) Kunstgeschichte studiert habe. Meine Mutter? Nein, natürlich nicht. Wie sie darauf komme. Nun, weil sie in den neulich mitgenommenen Noten einen Papierstreifen mit dem Namen eines Malers gefunden habe.

»Eines Malers?«

»Ja, einen, den keiner mehr kennt. Es sei denn, er hätte

Kunstgeschichte studiert und wäre mit der Düsseldorfer Malerschule vertraut.«

Wen sie meine.

»Mintrop, Theodor Mintrop.«

Der Name fällt so unverhofft, dass ich ihn nicht gleich einzuordnen vermag. Erst als sie einen Papierschnipsel aus dem Notizbuch zieht (mehr ist es nicht), kommt die Erinnerung. Die Straße, richtig, die Mintropstraße, Kuipers letzte Adresse, da steht es, wie um einer Buchstabenverwechslung vorzubeugen, in Druckschrift: Mintrop 1.

»Im Kreutzer?«

»Im Bériot, aber nicht in der Geigenschule, sondern in den Ballett-Szenen.«

Versuche später, als Yps gegangen ist, Frau Burckhardt zu erreichen, um ihr von der Entdeckung zu berichten, aber sie geht nicht ans Telefon, und dann verliert sich der Wunsch, und schließlich denke ich, dass der Papierschnipsel nichts beweist. Und denke, als er mir eine halbe Stunde später wieder einfällt, dass er alles beweist. Nicht nur, dass Lisa es war, die die Kleider ins Krankenhaus brachte, nein, er zeigt auch, dass sie miteinander gesprochen haben. Woher der Name, wenn er ihr nicht von Carla diktiert wurde? Und wozu, wenn nicht um Richard eine Nachricht zu übermitteln? Nur wenn Carla ihr einen Brief mitgab, den sie in einen Umschlag stecken, mit seiner Adresse versehen, in den Briefkasten werfen sollte, ergibt der Papierstreifen einen Sinn.

Lege ihn in den Ordner zu den Briefen des Begabten und kann ihn, als ich zwei Tage später danach schaue, nicht finden, weshalb ich es, als Frau Burckhardt zurückruft, unterlasse, davon zu erzählen. Sie war eine Woche in London und will sich in den nächsten Tagen mit einem Komponisten treffen, der in Düsseldorf seine Jugend verbracht hat. Oder mit dessen Bruder.

5. Carla

I

Mitte März, und wieder Schnee, der locker, wie Mehl, über die Felder gestäubt ist.

Entgegen den Voraussagen der Meteorologen ist es noch mal kalt geworden. Dabei sind seit Tagen die Rufe der Kraniche zu hören, die aus dem Süden zurückkommen. Sehe sie, wenn ich zwischendurch vors Haus trete: zwei, drei Mal am Tag die keilförmige Kette am Himmel. Und höre sie nachts. Liege auf dem Rücken im Bett und denke, dass hoch über mir die Kraniche vorbeiziehen. Keine Wildgänse, wie ich anfangs glaubte, sondern tatsächlich Kraniche. Jens, mit dem ich manchmal über den Zaun hinweg ein paar Worte wechsle, nickte, als ich danach fragte. Ja, Kraniche. Er bewirtschaftet den Nachbarhof und ist der Hüter des Schlüssels. Bei ihm und Ilse, seiner Frau, wurde er von den Besitzern des Hauses hinterlegt ...

... kenne es seit den Achtzigern, als Lui einen Ort suchte, der Lisas sich damals wieder bemerkbar machende Sehnsucht nach der Kanalstadt zu besänftigen imstande sein würde, und hier, im Wendland, fündig geworden war ... die gleiche Landschaft, die gleiche Anlage der Dörfer und Höfe ... und tatsächlich war sie bei der Besichtigung des Hauses so begeistert gewesen, dass sie gleich Pläne zu machen begann. Natürlich musste gründlich renoviert, ja, umgebaut werden: das Dach musste erneuert, die Räume durch Herausreißen von Wänden vergrößert werden; ein neues Bad musste her, ein Gästeklo, eine große, mit holländischen Fliesen gekachelte Küche. In den Garten gehörte Phlox, an der Südwand sollte Wein wachsen, vielleicht würde sie sogar Hühner anschaffen. Ja, es ließ sich gut an. Sie würde die Sommer hier verbringen, vielleicht auch die Winter. Lui würde an den Wochenenden kommen; mit dem Range Rover, den er jetzt fuhr, war das trotz der elenden Kriecherei über die DDR-Autobahn kein Problem, Schnackenburg war nicht weit, Hitzacker, der Blick über die Elbe, fast wie von Ferchland aus, nur von der anderen Seite halt.

Doch als es so weit war, dass sie hätten einziehen können, drehte sich ihre Stimmung, nun war gerade das, was zuvor ihre Begeisterung geweckt hatte, das, was ihr das Leben dort unmöglich machte: Die Ähnlichkeit mit dem dörflichen Teil der Kanalstadt und dem Haus an der Bleiche, deren Verlust ihr hier schmerzhafter vor Augen stand als anderswo. Und nun wurde der Umzug, der nur ein Teilumzug gewesen wäre, wieder abgeblasen.

Da Lui keinen Käufer fand, der bereit war, den durch den Umbau enorm gestiegenen Preis zu zahlen, stand das Haus lange leer, bis ich bei einem Besuch in Berlin mitbekam, dass ein Redakteur, für den ich arbeitete, etwas im Wendland suchte, im sogenannten Zonenrandgebiet, das seit den frühen Siebzigern durch die Ansiedelung einer Reihe von Berliner Künstlern und Autoren in Mode gekommen war. Ich brachte ihn mit Lui zusammen, und in seinem Glück räumte er mir, als der Kauf zustande kam, ein ewiges Gastrecht ein, von dem ich nur zwei-, dreimal Gebrauch gemacht habe.

Gegen drei Uhr wach geworden, und da ich nicht wieder einschlafen konnte, rausgegangen, durch den Hof, vorbei an den vier Eichen am Dorfplatz, dann weiter auf dem Betonweg, der sich schnurgerade durch die Felder zieht. Überall Reste von Schnee, Schneeinseln; die Luft ist so, dass man sie beim Einatmen spürt: ein kalter, aber reinigender Hauch, der einen durchströmt.
Das Land ist ganz flach, kein Wald, nur ein paar Baumreihen. Der Himmel schwarz, aber mit einer Unzahl von Sternen, von denen ich auf Anhieb nur den Großen Wagen erkenne. Wieder, wie schon früher, das Gefühl, auf einer Scheibe zu stehen. Und (dadurch?) allem ganz nahe zu sein. Und plötzlich, mitten im Feld, ein Geräusch wie von einem rollenden Zug, der einen Bahnhof durchquert. Aber nirgends im Umkreis von zwanzig Kilometern eine Bahnlinie, geschweige denn eine Station. Ein Echo der vielen Bahnfahrten des letzten Herbstes und Winters?
Umgekehrt und gesehen, dass das Haus hell erleuchtet war ... hatte vorm Losgehen offenbar überall das Licht eingeschaltet; neben der Tür der Stock, an dem ich wie früher als Kind bei meinen Spaziergängen herumschnitze, und auf dem Tisch vor der Terrassentür der Brief von Frau Burckhardt, den mir Yps nachgeschickt hat. Als sie den Absender sah, hatte sie geglaubt, er könne wichtig sein. Er war am Morgen eingetroffen, doch da der Brief-

träger ihn bei den Nachbarn abgegeben hatte, war er erst am Abend in meine Hände gelangt.

»Lieber Herr Vandersee,
habe ich Ihnen erzählt, dass ich jetzt öfter im Luisenstift bin, in dem der Bruder des in Australien verstorbenen Musikwissenschaftlers Hermann Winterfeld seinen Lebensabend verbringt? Er ist einer der wenigen, die noch aus eigener Anschauung Auskunft über das Musikleben der Endzwanziger-, Anfang Dreißigerjahre geben können.

Sein Bruder, der zunächst das Buths-Neitzel-Konservatorium besuchte und danach seine Ausbildung an der Rheinischen Musikschule in Köln erhielt, beherrschte fünf oder sechs Instrumente, darunter Geige und Bratsche, Posaune und Saxophon. Wie viele Musiker damals verstand er sich nicht nur als Interpret klassischer Musik, sondern auch als Unterhaltungskünstler. Einmal trat er abends mit Mendelssohns Violinkonzert im Collegium Musicum auf und wechselte danach ins Café Cornelius, wo es bis morgens um zwei Tanzmusik gab. Er war Mitglied einer Combo und spielte Saxophon. Sein fünf Jahre jüngerer Bruder Klaus – eben der, den ich besuche – war als sein Aufpasser und Instrumententräger immer an seiner Seite. Mitunter mussten ja drei, vier Instrumente innerhalb kürzester Zeit von einem Ort zum anderen transportiert werden: Geige, Bass (den er auch spielte), Saxophon.

Sofort nach der sog. Machtergreifung wurden die meisten jüdischen Musiker aus den Orchestern entlassen oder erhielten, wenn sie frei waren, keine Engagements mehr, so dass ihnen als einzige Auftrittsorte die jüdischen Einrichtungen blieben. Den Winterfeld-Brüdern wurde rasch klar, dass sie in Deutschland keine Zukunft hatten. Als sie in einem Informationsblatt für Ensemblemusiker eine Anzeige lasen, in der für eine Reise nach Britisch-Indien ›Musiker aller Instrumente‹ gesucht wurden, meldeten sie sich. Es hieß darin ausdrücklich, dass ›Israeliten und Ausländer, sofern Hot-Spezialisten und ledig‹, bevorzugt würden. Sie schickten ihre Bewerbung ab und wurden tatsächlich genommen.

Im Januar 1934 bestiegen sie in Bremen ein Schiff, das sie nach Bombay bringen sollte, tatsächlich aber nach Singapur fuhr. Das war egal, Hauptsache: sie waren raus aus Deutschland. Nach dem Krieg gelangten sie über Zwischenstationen in Djakarta und Bandung nach Sydney, Australien, wo sie blieben. Hermann wandte sich mehr und mehr der Musiktheorie zu, und Klaus entwickelte sich vom Instrumententräger zum Instrumentenbauer. Nach Hermanns Tod in den frühen Neunzigern kehrte er nach Deutschland zurück.

Gewöhnlich besuche ich Herrn Winterfeld in seinem Zimmer, manchmal aber, wenn sein Zustand es zulässt, gehen wir in die Trattoria, das heißt, ich schiebe ihn im Rollstuhl, an den er nach einem Schlaganfall gefesselt ist, durch die Gänge. Bei gutem Wetter setzen wir uns auch auf die Terrasse. An manchen Tagen funktioniert sein Gedächtnis so gut, dass die Anekdoten nur so aus ihm herausprudeln, an anderen schaut er mich hilflos an. Dann weiß ich, dass meine Fragen ihn nicht erreicht haben.

Neulich – es war einer seiner besseren Tage – saß eine ältere Frau am Nebentisch, die mir schon bei früheren Besuchen aufgefallen ist. Scheinbar grundlos stand sie manchmal, auf einen Stock gestützt, mitten im Gang und musterte die Vorbeigehenden mit ihren kleinen schwarzen Augen, ihre Gestalt war zusammengeschrumpft, das Gesichtchen zerknittert, die Haare offenbar gefärbt, aber so ungeschickt, dass die Farbe, wie ich jetzt sah, schwarze Flecken auf der Kopfhaut hinterlassen hatte. Sie saß vor einer Tasse Kaffee am Nebentisch und folgte Winterfelds Äußerungen so aufmerksam, dass ihr Ohr zu uns herüberzuwachsen schien. Hin und wieder schüttelte sie den Kopf, und als das Wort Kristall-Palast fiel, in dem Hermann zu Beginn der Dreißiger aufgetreten war, rief sie: ›Kenne ich, den kenn' ich.‹

Und woher? Nun, von ihrem Vater, der dort ebenfalls engagiert war. Jedenfalls sagte sie das. Um es kurz zu machen: Ich glaubte ihr nicht. Oder besser: Es war mir egal. Ich wollte hören, was Winterfeld zu sagen hatte. Er sollte durch das Geplänkel mit der offenbar Anschluss suchenden Alten nicht abgelenkt werden. Deshalb schenkte ich ihr keine Beachtung. Nach einer Weile stand sie auf und hinkte, das eine Bein nachziehend, hinaus, ein Vögelchen, dachte ich, dessen einer Flügel herabhängt. Winterfeld schaute ihr nach.

›Wer ist das?‹, fragte ich.

›Frau Oettinger‹, erwiderte er.

Und damit hatte sich das. Erst hinterher, schon auf dem Heimweg, dachte ich darüber nach. Ihr Vater war im Kristall-Palast aufgetreten? Als was? Zauberer? Jongleur? Stepptänzer? Oder ebenfalls als Musiker? Zumindest danach hätte ich fragen sollen. Nun war es zu spät. Aber beim nächsten Mal, nahm ich mir vor, beim nächsten Besuch wollte ich meine Frage nachholen. Doch als ich gestern wieder ins Stift kam, hörte ich, Frau Oettinger liege auf der Krankenstation. Sie leide unter Erstickungsanfällen, Atemnot. Das Herz offenbar. Es gehe zu Ende.

Nach der Sitzung mit Herrn Winterfeld trat ich ins Büro der Heimleiterin, einer Freundin, die eben dabei war, die Akte von Frau Oettinger herauszusuchen. Da sie in die städtische Klinik verlegt werden sollte, waren ein paar versicherungstechnische Dinge zu klären. Es waren dieselben Unterlagen, mit denen sie sich um die Aufnahme im Stift beworben hatte, also ein kurzer Lebenslauf, Versicherungspolicen, Geburts-, Hochzeits- und Scheidungsurkunden. Ein blauer Ordner. Ich las den Namen und sagte, dass ich mich eben nach ihr erkundigen wollte.

›Nach Frau Oettinger?‹, erwiderte meine Freundin, ›es geht ihr nicht gut.‹

Und dann sagte sie (weil sie wusste, dass ich einmal in derselben Straße mein Büro gehabt hatte), Frau Oettinger habe früher in der Oberbilker Allee gewohnt.

›Wann?‹, fragte ich.

›Ach, das muss in den Dreißigern gewesen sein. Nach der Emigration ihres Vater lebte sie bei ihrer Tante.‹«

2

Kurz nach Hannover beschleunigt der Zug so plötzlich, dass ich von der Geschwindigkeit wie von einer großen Hand in den Sitz gedrückt werde. Das Display über der Tür zeigt 158 km/h, und im nächsten Moment sind es schon 215. Die Wagen legen sich in die Kurve. Vier Mädchen wanken durch den Abteilgang. Dann ein Ruck wie beim Bremsen vor einem Hindernis. Sie stürzen gleichzeitig nach vorn und halten sich – alle vier – mit derselben Bewegung der linken Hand an der Kopfstütze neben sich fest.

»Huch«, rufen sie und lachen, als sie sich wieder aufrichten und weitergehen.

Schwarze, umgebrochene, vom Regen aufgeweichte Felder, Pappelwege, Entwässerungsgräben. Eine mit spielenden Kindern bemalte Schallschutzwand, über der die Dächer einer Siedlung vorbeifliegen. Und plötzlich die Sorge, zu spät zu kommen. Zwischen dem Schreiben des Briefs und meinem Lesen war ja fast eine Woche vergangen. Noch am Abend mit Frau Burckhardt telefoniert. Die Heimleiterin hatte sie einen Blick in den Ordner werfen lassen. Ja, kein Zweifel. Frau Oettinger hieß mit Mädchennamen Finck... der Vorname, das Geburtsdatum, der im Lebenslauf erwähnte Vaterberuf... alles stimmte. Ihr Zustand hatte sich weiter verschlechtert. Sie gehörte ins Krankenhaus, wehrte sich aber mit Händen und Füßen dagegen, so dass in Absprache mit dem Arzt auf die bereits beschlossene Einweisung verzichtet worden war. Sie lag, immer wieder wegschlummernd und nur zwischendurch ansprechbar, auf dem Rücken im Bett, doch da sie keine Schmerzen zu haben schien, sah es aus, als sei eine Stabilisierung ihres Zustands eingetreten.

Es hatte im Wendland geregnet, beim Umsteigen in Hannover, und als das Taxi vorm Luisenstift hielt, begann es wieder zu regnen. Der zum Schutz des Heims abgestellte Polizist straffte sich, als er sah, wie ich aus dem Wagen stieg und auf den Eingang zulief, entspannte sich aber wieder, als er Frau Burckhardt bemerkte, die herauskam und mir die Tür aufhielt. Da sie wusste, wann ich kommen würde, hatte sie hinter der großen Glasscheibe gewartet.

»Wie geht es ihr?«

»Weiß nicht. Der Arzt ist da.«

Sie ging, mir voran, in einen Gang hinein. An den Wänden hingen Drucke von Feininger: Gelmeroda erkannte ich, die Marktkirche in Halle, Segelboote und neben der Tür, vor der sie stehen blieb, die weißgewandete »Hochzeitsreisende«, die von einem Mann im roten Mantel in die Stadt hineingeführt wird.

»Hier?«

»Ja.«

Wir setzten uns auf eine Bank, und als nach ein paar Minuten der Arzt herauskam, ein junger Mann, der uns zunickte, standen wir wieder auf. Er hatte das Zimmer offen gelassen. Doch als ich einen Schritt vortat, um einen Blick hineinzuwerfen, schob sich eine Frau durch die Tür und schloss sie hinter sich... die hochgezogene Decke, der abgewandte Kopf, so dass zwischen den Kissenfalten nur ein wenig weißgraues, an Spinnweben erinnerndes Haar zu sehen war, der Galgen mit der auf den Kopf gestellten Flasche, aus der durch einen Schlauch eine durchsichtige Flüssigkeit in ihren neben dem winzigen Körper liegenden Arm tropfte – so das später immer wieder nach einem Zeichen durchforschte Bild, aber nichts. Nichts darüber hinaus.

Carlas Ehen – auf Grundlage des von ihr verfassten Lebenslaufs: Als sie den (dann von Frau Burckhardt im Archiv gefundenen) Brief an die Stadt richtete, hieß sie Fuchs, das war 1953, acht Jahre nach Kriegsende, sie hatte also geheiratet, aber es war weder ihre erste noch ihre letzte Ehe, sondern nur eine von fünf, wobei die erste noch während des Kriegs geschlossen wurde.

Im Juli 1942 heiratete sie einen Herrn Wósz, Musiker in der Kapelle ihres Vaters. Er spielte Klarinette und wurde mit Kriegsbeginn in wechselnden Formationen zur Truppenbetreuung an die Front geschickt. Carla begleitete ihn. Mit ihm irrte sie (ihre Formulierung) als Frau Wósz von Mitte 42 bis zum Kriegsende kreuz und quer durch Deutschland, Frankreich, Holland und Polen. Das Kriegsende erlebten sie zusammen in Zweibrücken.

Anfang 46 wurde die Ehe geschieden, und noch im selben Jahr heiratete sie einen Herrn Lessnik. Auf ihn folgte im Jahr darauf jener Herr Fuchs, trotz des Namens Argentinier. Sie wanderte mit ihm in das Land aus, auf dessen Visum sie und Kuiper anderthalb Jahre gewartet hatten. Aber auch diese Ehe hielt nicht lange. Sie lebte ein Jahr in Buenos Aires und kehrte Anfang sechsundfünfzig, erneut geschieden, nach Deutschland zurück.

Eine Weile blieb sie Frau Fuchs. Jedenfalls berichtet ein am 8. Oktober 1959 im Lokalteil der Westfalenpost erschienener Artikel, den sie offenbar zur Illustrierung ihres Lebenslaufs dem Antrag beigegeben hatte, dass Frau Carla Fuchs in der Obermarktstraße von Minden ein Hutgeschäft eröffnet habe. Man wünschte ihr Glück.

Im Jahr darauf aber änderte sie den Namen und wurde Mrs. White, die Ehefrau eines in der Stadt stationierten englischen Sergeanten, der sie nach Ende seiner Dienstzeit mit nach England nahm, nach Swindon in der Grafschaft Wiltshire, wo er nach der Entlassung aus der Armee bei der British Railways Anstellung fand, dem größten Arbeitgeber der Stadt.

Aber auch dieser Ehe war kein Glück beschieden. Vier Jahre darauf kehrte sie nach Deutschland zurück, nicht nach Minden, sondern nach Köln und heiratete im Jahr darauf jenen Herrn Oettinger, dessen Namen sie (obwohl auch diese Ehe geschieden wurde) bis heute führt.

Während mir Frau Burckhardt die Daten diktierte, hielt sie den blauen Ordner, den ihr die Heimleiterin, Frau Lepsius, gegeben hatte, auf den Knien. Frau Lepsius, die von Frau Burckhardt mit Renate angesprochen wurde, stand mit dem Rücken zu uns am Fenster und schaute hinaus in den Regen, wobei sie in Abständen ihre Mahnung hören ließ.

»Aber Bri, das geht doch nicht, das ist doch vertraulich.«

Woraufhin diese jedes Mal die Augen verdrehte und durch die Nase schnaubte, und auf einmal dachte ich, dass sie zusammengehörten, und so war es auch. Als ich ging, brachten sie mich zur Tür, Arm in Arm wie ein altes Ehepaar, und dachten laut darüber nach, ob sie mir einen Schirm mitgeben sollten, entschieden sich aber, da ich ja nicht aus Zucker sei, dagegen. Und während wir hinter der großen Glasscheibe auf das Taxi warteten, das mich zum Bahnhof bringen sollte, stellte Frau Burckhardt die Frage, die ich mir auch gestellt hatte. Was es eigentlich sei, das ich von Carla zu erfahren gewünscht hätte.

»Sie wollten sie doch etwas fragen.«

Ich dachte nach und schüttelte dann den Kopf.

»Weiß nicht.«

Worauf sie nickte, als hätte sie sich das gedacht. Ihre Freundin, die zugehört hatte, schaute mich an, die Augen verengt, um den Mund einen spöttischen Zug.

Im Übrigen waren wir uns darüber einig, dass keiner sagen konnte, wie lange der Schwebezustand, in dem sich Carla befand, andauern würde. Es könnte (nach Auskunft des Arztes) ein Tag sein, eine Woche, aber auch ein halbes Jahr. Sicher aber war, dass die Gesprächssituation, die mir das Fragen erleichtert hätte, nicht eintreten würde. Stattdessen würden die Absenzen zunehmen und irgendwann (mit Glück: ohne das Auftreten von Schmerzen) in einen Dauerzustand übergehen.

3

Es war gegen Mitternacht, als ich aus dem Zug stieg. Jens wartete am Bahnhof. Er lehnte unter dem Vordach an einer der runden Hundertwassersäulen. Wenn er mich früher abgeholt hatte, war es nie ohne die Bemerkung abgegangen, dass es im Landkreis ohne den Lappen nicht gehe. Man sehe es ja an mir: weit gereist, aber hier, auf dem Land, immer auf jemandes Hilfe angewiesen, darauf, dass ich irgendwo hingebracht oder von irgendwo abgeholt würde. Als er noch klein war, ein Junge, hatte er Lisa ein paar Mal gesehen und erinnerte sich gut an sie. Dass sie nach den aufwändigen Hausumbauten, die im Dorf für Gesprächsstoff gesorgt hatten, dann doch in der Stadt blieb, schob er auf ihre späte Erkenntnis, dass sie ohne Führerschein auf dem Land aufgeschmissen gewesen wäre.

»Mach es besser, Tommi«, sagte er. »Mach den Lappen.«

Obgleich beträchtlich jünger als ich, sagte er, wohl weil er es von ihr gehört hatte: Tommi. Sie hatte mich nie so genannt. Erst, als ich erwachsen war (besser: in ihren letzten Jahren), hatte sie gelegentlich den Diminutiv benutzt, und nun war es Jens, der es tat. Er durfte das. Inzwischen hatte er sich an meine Autolosigkeit gewöhnt.

Der Regen hatte aufgehört, am Straßenrand standen Pfützen, die Nässe bildete einen glänzenden Film auf dem Asphalt. Die Schneereste, die am Morgen als weiß leuchtende Flecken auf den Äckern gelegen hatten, waren getaut; die Scheinwerfer griffen ins Leere. Die Dörfer, durch die wir kamen, duckten sich unter dem schwarzen Himmel. So stark war der Seitenwind, dass Jens, um das Auto auf der Straße zu halten, ständig nachfassen musste. Er drückte die Arme durch und schloss die Hände ums Steuer.

Am nächsten Morgen Nachricht von Yps auf dem Handy: Wann ich zurückkäme. Beim Rückruf dann: Ob sie mich abholen solle.
»Du hast doch Gepäck.«
»Und Lennart?«
Der sei mit Freunden zum Skilaufen ... wollte zustimmen, als mir einfiel, dass sich bei uns etwas eingeschlichen hatte, dem ich früher, bei anderen Frauen, aus dem Weg gegangen war, etwas Eheähnliches, das mir Angst machte ... wusste schon, dass sich nach den Regeln der Küchenpsychologie Kinder aus krummen Verhältnissen als Erwachsene feste und sichere Verbindungen wünschten ... auf mich, durfte ich sagen, traf das nicht zu, eher trat ich bei sich abzeichnender Beziehungsverfestigung die Flucht an. Bei der Häufung von freundlicher, aber als Vereinnahmung deutbarer Fürsorge geriet ich in Panik, plötzlich sah ich mich eingereiht in die Schar der stets paarweise auftretenden, auf Grund des gemeinsam bevorzugten Kleiderstils und der mit den Jahren stattgefundenen Gesichtsangleichung auf den ersten Blick als solche erkennbaren Eheleute ... gehüllt in eine Wolke des Einverständnisses trippeln sie durch Museen und Opern-

foyers, seine Hand umfasst ihren Oberarm, beim Platzeinnehmen im Kino schieben sie sich mit identischem Entschuldigungslächeln an den Sitzenden vorbei, in der Pause dann am Büfett reiht er sich in die Schlange ein, während sie, die Hände gefaltet, neben dem mit schnellem Schritt angestrebten Stehtisch verharrt, trotz des jetzt eingetretenen Abstands bleiben sie auf Anhieb als Einheit erkennbar. Oder Rentner, im Supermarkt... er schiebt mit schafsähnlichem Gesichtsausdruck den Einkaufswagen, um den sie, bald hier, bald da etwas aus den Regalen pickend, herumschwirrt; während sie an der Fleischtheke ansteht, wartet er, von ihr zur Bewachung abgestellt, neben dem Wagen; am Rückgabeautomaten reicht er ihr die Flaschen an, die sie, ohne hinzugucken, entgegennimmt und in die Öffnung schiebt; in der Schlange vor der Kasse hält sie den Wagen vorn, er hinten fest, bis ihr einfällt, dass sie etwas vergessen hat und – mit den Worten: Bin gleich zurück – noch mal zu den Verkaufsständen rennt. Aber sie kommt nicht zurück. Während er unruhig nach ihr Ausschau hält, muss er einen nach dem anderen vorlassen, bis er schließlich aus der Schlange ausschert und merkt, wie der Hass in ihm anwächst. Und die ganze Zeit über ist die Verbindung da, ein unsichtbares Band zieht sich von ihm zu ihr und von ihr zu ihm, ein Doppelband, in das sie sich mit der Zeit so verheddert haben, dass sie kaum noch den Kopf wenden oder den Arm heben können, jede Bewegung ist eine Qual... das Grauen, die Hölle, nein, sagte ich deshalb, nein, danke, ich komm hier schon weg, kein Problem, und sagte dann:

»Weißt du denn, wie du fahren müsstest?«

Nun, das Navi, sie nähme den Panzer. Am späten Nachmittag. So gegen fünf?

Suchte, obwohl noch viel Zeit war, meine Sachen zusammen und stopfte sie in den Koffer; der Laptop, die Akten, die Notizbücher, die Zusammenschrift (fast abgeschlossen), alles kam in einen großen Karton. Durchs Fenster sah ich Jens am Traktor herumschrauben, während Ilse auf der Treppe saß und ihm zuschaute; ihr glucksendes Lachen, wenn er etwas rief.

Am Nachmittag wälzten sich Wolken heran, es wurde so dunkel, dass man Licht einschalten musste. Das Wetter, dachte ich, wird uns doch keinen Strich durch die Rechnung machen. Ich wollte über Arendsee zurückfahren, wir könnten, dachte ich, bei Tangermünde über die Elbe gehen und in Genthin übernachten… überlegte, ob es notwendig sei, im Brückenhotel ein Zimmer zu reservieren, unterließ es dann. Die von Lui zu beiden Seiten der Auffahrt gesetzten Pappeln duckten sich unter den Schlägen des Winds, er drückte gegen die niedrigen Fenster, die Scheiben bebten, in der Luft war ein gleichmäßiges Klirren, so dass ich das Telefonläuten fast überhört hätte.

Yps, dachte ich, als ich es mitbekam, Yps, die mir sagen will, dass sie vom Gewitter aufgehalten wird, aber es war Frau Burckhardt.

»Herr Vandersee, eine traurige Nachricht.«

Wusste, wie sie lauten würde. Carla war, ohne noch einmal aufzuwachen, in der Nacht gestorben. In einer nachgelassenen Verfügung bat sie darum, nach jüdischem

Brauch beigesetzt zu werden. Da sie kein Mitglied der Gemeinde war, sei das, Frau Burckhardt zufolge, nicht ohne Weiteres möglich. Man würde ihrem Wunsch aber insofern Rechnung tragen, als die Beisetzung schnell erfolgen werde, am nächsten Vormittag. Falls es mir nicht möglich sei zu kommen, wovon sie ausgehe, würde sie in meinem Namen ein Schäufelchen Erde ins Grab geben. Und dann, nach einer Pause, sagte sie noch etwas. Ob mir etwas aufgefallen sei.

»Was?«

»Carlas Ehen.«

»Was ist damit?«

»Die Vornamen. Sie war fünfmal verheiratet.«

»Ich weiß.«

»Fünf Ehen«, sagte Frau Burckhardt, »und immer hatten die Männer denselben Vornamen. Richard. Wie Kuiper. Sie hießen alle Richard. Ryszard Wósz, Ricardo Fuchs, Richard Lessnik, Richard White, Richard Oettinger.«

Hatte ich das übersehen? Ich lief zum Schreibtisch, aber die Notizen, in denen ich nachschauen wollte, waren schon eingepackt, sie lagen neben der Tür im Karton, und als ich wieder ans Fenster trat, sah ich das Trumm von Auto in den Hof fahren. Später Nachmittag, aber fast dunkel. Die Pappeln links und rechts der Einfahrt zwei schwarze Säulen. Die Scheinwerfer waren so grell, dass ich die Augen schließen musste, und als ich sie wieder öffnete, war es dunkel, die Lampen waren ausgeschaltet, so dass ich Yps sehen konnte, die ausstieg und auf das Haus zukam.

1. Vier Sekunden 9
2. Carla und Richard 127
3. Das Violinenfräulein 205
4. Aus den Notizheften 291
5. Carla 315

Nachbemerkung

Die Darstellung des Unglücks hält sich an die beim Gerichtsprozess ermittelten Fakten. Die Namen und Charaktere der handelnden Personen, insbesondere des Lokpersonals und der zum Unglückszeitpunkt beim Bahnhof Genthin Beschäftigten, sind frei erfunden, ebenso die der Polizei- und Ermittlungsbeamten. Weder ihre Namen noch ihr Tun sind mit denen der am Unfall Beteiligten identisch.

G. L.

Zitatnachweis

Das Motto auf S. 5 ist entnommen aus: Uwe Johnson: *Heute Neunzig Jahr.* Aus dem Nachlass herausgegeben von Norbert Mecklenburg. © Suhrkamp Verlag Frankfurt am Main 1996.

Gert Loschütz

Ein schönes Paar

Roman

240 Seiten, btb 71872

Eine Liebe vor dem Hintergrund der deutschen Teilung. Beim Ausräumen seines Elternhauses stößt der Fotograf Philipp auf einen Gegenstand, der in der Geschichte seiner Eltern eine entscheidende Rolle gespielt hat. Die beiden, Herta und Georg, waren ein schönes Paar. Philipp erinnert sich an ihr junges Liebesglück, ihre Hoffnungen und Gefährdungen, an die überstürzte Flucht seines Vaters aus der DDR in den Westen. Das hätte, da ihm die Mutter und der Junge ein paar Tage später folgten, der Beginn eines erfüllten Lebens sein können, tatsächlich aber trug die Flucht den Keim des Unglücks in sich. Nach und nach geht Philipp das Paradoxe der elterlichen Beziehung auf: Dass es die Liebe war, die ihre Liebe zerstörte. Damit aber ist die Geschichte, die auch sein Leben überschattet hat, nicht vorbei. Am Ende stellt er fest, dass Herta und Georg all die Jahre über miteinander verbunden waren, auf eine Weise, die sie niemandem, nicht einmal sich selbst, eingestehen konnten.

»Gert Loschütz hat den diskretesten aller Wenderomane geschrieben. Ein Buch von klassischer Schönheit.«
Katharina Teutsch, Die Welt

btb